我是魔儿，从来都是。
而阿琉因，
你才是救赎我的神。

欣梦享
ENJOY LIVING

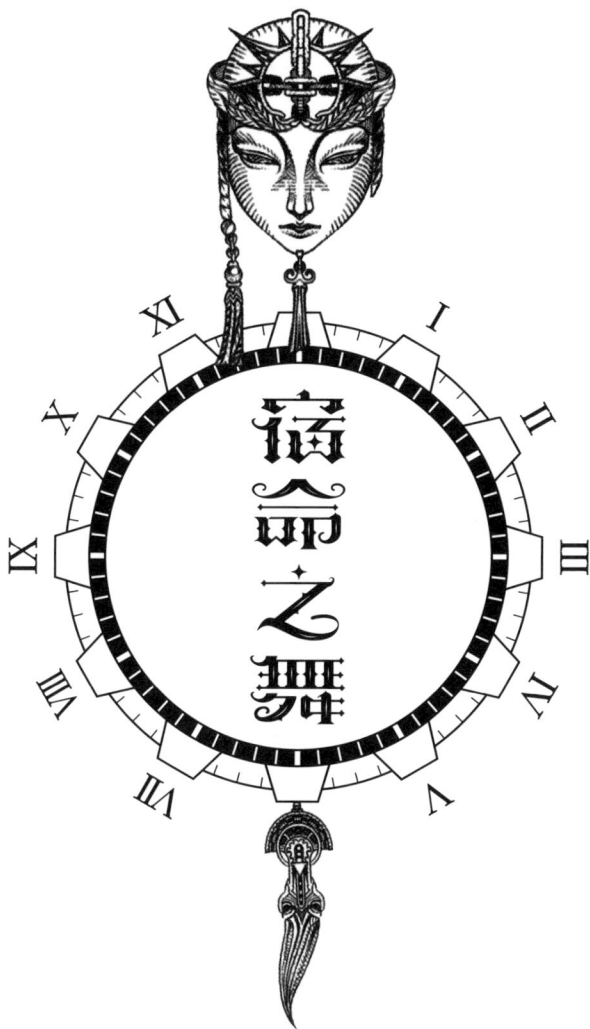

窃命之舞

崔生 著

团结出版社

"我不相信命运，不相信时间，唯独相信你。"

目 录
CONTENTS

"你得学会对我诚实——
　　我是你的主人。"

"我忘了，
我的确会那么一支舞，
祭神之舞。"

以爱之名，赠予阿硫因。

罗
马
篇

楔子

轰隆隆——

一道闪电撕裂黑压压的云翳，混沌之中乍现的光亮照亮了雅典山顶一座孤零零的白色神庙。它依附在山脊蜿蜒陡峭的阶梯上，一个瘦小的孩子正颤抖地攀爬着。他的动作如此缓慢，犹如一条搁浅的鱼濒死挣扎，身后拖曳着一条长长的血迹，正逐渐被倾盆大雨抹去。

他满身血污，单薄的背脊从破碎的衣衫间露出来，洁白的皮肤上纵横斑驳的伤痕触目惊心。

黑暗中远远地传来追捕的喊声。他不敢回头去看，只怕一回头，便又重新跌入那个地狱一样的奴隶窟里去。他拼命地向那光亮的神殿门口爬着，明明知道也许爬到顶端也不会得到诸神的解救，却还是竭尽全力，如濒死前与命运做最后的抗争。

他的精神恍惚，力气正随淌过身体的雨水迅速流失，只有抬头仰望的力气。虚弱的孩子泫然欲泣，发出痛苦的哀鸣。

而仿佛是神终于向他探出了怜悯的双手，一个身影从上方神迹般的火光中剥离轮廓，向他缓缓走来。

他眨了眨眼睛，看见一个披着白斗篷的少年。他在风雨中衣袂飘飞，宛如圣子降临，半张脸被斗篷的帽檐所遮掩，只露出苍白俊美的下颌。顾长的脖颈之下，是一具消瘦得近乎孱弱的身躯，似乎并不能充当一个保护者的角色。

抱着一种绝望的企盼，孩子仍然紧紧抓住了他的衣摆，却忽然看见，那少年纤细的脚踝上，缚着比他挣脱的那条锁链更为粗重的枷锁。

像被骤然扼住了咽喉，他张开嘴，无声地痛哭起来。

"别害怕……我会保护你。"一个清冷的声音轻声道。

馥郁的幽香随披覆在他身上的斗篷涌入口鼻，一双寒冷的手捧起了他鲜血淋漓的脸。少年扶起他，要给予他唯一所能给予的力量那般。

他们的身躯在无边无际的黑暗中紧紧倚靠，好像巨大的用命运之网织就的牢笼里，两只相依相偎的困兽，彼此汲取对方的温暖而活。

第 1 章

被缚之奴

"这是最后的一个，来自萨珊波斯的奴隶！"

一个声音在我的头顶高高地叫起来。我麻木地听着周围惊讶的哗然之声，心里没有一丝起伏，仿佛正在被明码标价出售的是另一个人。

被按着跪下来时，眼睛上的布条还缚得紧紧的。我什么也看不见，只感到灼灼的烈日照耀在身上，好像有股烈焰灼烧着枯草的味道。

我仿佛再次回到在那场惨烈的战争中受俘的那个夜晚。漫天遍野的火在河畔熊熊燃烧，黑色硝烟四下弥漫，象牙号的声音响彻云霄，马蹄金戈声震耳欲聋。持着标枪的罗马骑兵气势汹汹踏水而来，盾牌方阵层层逼近，犹如死亡的秃鹫结群而至。

而后数十根寒光森然的标枪瞄准了我，仿佛我是一块砧板上的肉——与我此刻的处境何其相似。

这时，一串哐啷啷的钱币声随着脚步声由远及近，浓重的酒气扑面袭来："啊，看哪，快让我瞧瞧这稀罕的眼睛，听说波斯人的双眼就像猫眼石一样耀目！"

"那可不行，您得付账买下他——他起价十五个金币，是我们这儿最值钱的奴隶。"我听见贩卖我的商人以夸张的语气赞美着我，并拍了拍我的脸颊，似乎我真的是一件不能言语的货物。

我咬着嘴唇，一动也不动。

我向神明发誓，假如他肯解开我的镣铐，并且赐我一把利剑，我能够立刻用惊人的速度将面前之人的脑袋斩下来。

脸上的遮盖物被扯了几下，我听到奴隶主不满地喝止道："大人，在您付账之前可不能对他这样。如果看了他的眼睛，您就必须把他买下。他可是以十五个金币为起价的！"

"噢，这么昂贵？那我可得仔细验验货，假如合格，我可以把他进献到我的主人那里去。眼睛不能看，那哪里能看？"

"等等！他很危险，可不能随便碰！"

奴隶主的警告并未起到作用，我的嘴巴被猝不及防地撬开来。锋利的匕首顶在我的胸口上，威胁意味地戳了戳。

我闪身避开，一个灵巧地转身，再顺势一挥，刀身划破对方的胸膛，深深嵌进他的肩头。

我冷笑了一声，勾起了嘴角。

"杀了他！给我杀了他！"

周围此起彼伏的惊骇之声中，我被缚住手脚的锁链粗暴地拖下高台，扔掷在冰冷的地面上。鞭子暴雨一样砸落背上，阵阵针砭似的剧痛深入骨髓。我蜷缩起身体安静地承受着，紧咬牙关，一声痛呼也没有发出。

为了防止损伤到奴隶的外表，他们常使用这一招。这种险恶的鞭子又细又软，对皮肤造成不了什么大伤痕，却足以叫人感到椎心蚀骨的疼痛，许多奴隶只要听见这鞭响就吓得魂飞魄散，但其中不包括我。

拜曾经长达六年的武士训练所赐，我对疼痛的耐受力惊人，这点皮肉之苦算不了什么。我的血液已经沸腾，体内困着一只亟待复仇的野兽，只等他们打开兽厩放出它来。

这场殴打并没有持续多久，就在我早已预料到的一声喝止中结束。

奴隶主怎么舍得毁坏他最值钱的货物呢？他将我从罗马郊外关押战俘的囚牢里花了五个金币才赎出，又带着我长途跋涉来到更富饶的城区，就是希望我能卖个好价钱。

"我将你从死囚牢里救出来，你就是这么报答我的吗？我该把你扔回那不见天日的鬼地方去，任你腐烂成一摊烂肉！"奴隶贩子目眦欲裂地骂道。他一脚踩上我的脊背，碾压似的磨着，一只手揪住我的头巾，迫使我仰起头来，又将蒙着我眼睛的布条一把扯了下来。

阳光逼得我不得不眯起眼睛。台下的人群猛然爆发出一阵嘈杂的声潮，好似一群苍蝇在我的耳膜嗡嗡过境，令我感到强烈的眩晕与焦躁。

"我不想就这么宰了你，波斯男孩。可你让我没法不这么做，你让我惹上麻烦了。"刀尖嘶嘶划过石地的声音传入我的耳膜。

眼前的黑影抬起手来，似乎打算将我的脖子割断。但我清楚，这个奴隶贩子并不想杀我，他可不想白白损失其他买主和他该得的钱。

正如我所笃定的那样，冰冷的刀刃停留在我的咽喉处，仅仅是恐吓意味地划出了一道浅浅的血口，周围便有人大呼小叫起来。奴隶贩子的脸上露出了如愿以偿的阴险笑容，他无疑是表演给观众看的。

但比起死亡，我更不愿以一个奴隶的身份苟活下去。

波斯战士该战死沙场，永不为奴。

我仰起脖子，把头索性抵在刀尖上，眯眼盯着这个家伙，一字一句斩钉截铁："听着，我有更大的用处——我会杀人。我听说罗马有个赚钱的好地方，角斗场，你该把我卖去那儿。我每赢一场决斗，你都会得到丰厚的酬劳。这是比卖掉我更合算的买卖，不是吗？"

"杀人？"奴隶贩子像听到了什么荒唐的笑话那样哈哈大笑起来，

用刀尖挑起我的下巴，"你这副瘦不拉叽的小身板能杀人？你想去角斗场跟那些比你身形壮上两倍的家伙对决？别做梦了！"

我磨了磨牙关，把嘴里的血沫挤出齿缝："我可以证明给你看。假如你能给我一把剑和一个愿意与我对决的人。

"哈，众神啊，听听，这只柔弱的波斯小鸟想要找人决斗！"像听到了什么天大的笑话似的，奴隶贩子的嘴巴大大地咧开了。他将我从地上拖拽起来，一直拖回那展示奴隶的高台之上。

台下的人群因这场热闹而沸腾着，各色目光聚集在我的身上。

微微仰起下颌，我冷冰冰地望着台下，如同高高站在兽苑上，观看一群被本能主宰的野兽——或者连野兽也算不上，仅仅是一群愚蠢贪婪的动物。

"波斯战士，永不为奴。"我低声用我的母语说道，语气肃杀。这是每个波斯战士在即将受俘时选择自杀的宣誓。继而我又换了拉丁语："我只为真正的强者效命。想让我臣服，得先证明你有让我低头的资格。"

也许是我的话具有十足的挑衅意味，人群中一些人看上去已经蠢蠢欲动，或交头接耳地讨论着，或大声嬉笑着，摩拳擦掌，跃跃欲试。

这正中我下怀。

很快，一个十分魁梧的身影从人群中挤了过来，围观的人群惧怕那人一般，纷纷为他让开了一条道。

那是个皮肤黝黑的壮汉，一道刀疤从他的颧骨一直延伸到下巴处，使他的面目看上去非常狰狞，以至于他笑起来的时候就像整张面庞裂开了那样可怖。

我垂下眼皮打量他。他的体态好像波斯王殿的柱子那样敦实，粗壮的肌肉犹如树藤般虬结在手臂上。这是个经常经历武斗的、不好惹的家伙。但是，他这样的体型必定通常是靠力量取胜，速度不会比我更快。

——这将成为他致命的破绽。

那人同样审视着我，扬了扬下巴："让我来教会你什么叫臣服，你想要见识一下角斗场里真正的男人那一套较量，还是现在就爬过来舔我的脚趾求饶？"

"我要一把武器。"我压根没有搭理他，低而清晰地冷冷陈述道。

"假如我驯服了他，外来的商人，我要免费得到他。"黑皮肤的男人狂妄地笑着，他径直跳上高台，张开双臂，"这是我今日成为自由之身该得到的奖励。"

"嗯……这个……"奴隶贩子支支吾吾地犹豫道。他心疼极了我该卖得的那十几个金币，却又无法在众人面前拒绝这人的要求——这人显然是最近一场角斗会中的最终获胜者，是一个获得了荣誉的自由人，也许还受到了某些贵族的青睐，没有人愿意招惹上这个不速之客。

我幸灾乐祸地观察着奴隶贩子为难的神色。我听说过罗马的这种习俗，听说角斗士只要在角斗盛会中打败所有挑战者，便能获得自由之身。

"怎么样？商人，瞧瞧大家多想看这有趣的戏码！"角斗士大笑，底下的人群随之骚动起来，如同一锅烧沸的水。

然而此时，我不经意地注意到一个从远处骑马走近的身影。

那人披着一件纯黑斗篷，像是个修士或者使徒。

我隐约嗅到了一股弥漫在空气中的危险气息——比迫在眉睫的威胁要大得多的危险。直觉使我判断这个人绝不是什么善类。

脚边突然哐啷一响，一把锈蚀了的短剑被踢到我的面前。

奴隶贩子气急败坏地跺了跺脚，走到一边骂道："贱奴，捡起这个站起来决斗吧，尝尝这个家伙的厉害！跟着他，可没跟着贵族好过，这是你自找的！"

"来吧，让我看看你的舞蹈！听说波斯人都能歌善舞，让我见识见识吧！"角斗士兴奋地爬上高台来，壮硕的身体在烈日下油光发亮，投下的阴影将我完全笼罩在底下。他岔开双腿站在那儿，抱着胳膊瞧着我，似乎随时打算将我一把拎起来。

我没有抬头。不是不敢，而是没有必要。

地上的影子足以让我出其不意地击中敌人，每个武士都学习过像鳄鱼那样伏击敌人，一招毙命。我淡定自若地在衣服上擦拭干净掌心的汗，捡起地上的剑，握在手中捏了捏，假装出笨拙不会拿剑的模样，跌跌撞撞地爬起来。

我垂着头，一语不发，我知道我的体型过于瘦削，显得弱不禁风，正好可以使敌人放松警惕。我令自己快速地进入冥想状态，四肢百骸乃至每根血管积蓄起杀人所需的力量，所有感官都开始变得异常灵敏。

手脚上的镣铐将会拖延我的动作，若是在真正的战场之上，这对于我的攻势是个致命的制约。我的爆击将无法发挥到铁链长度之外的距离，只能在一到两米之内。但是只要这个家伙不离开这个高台，就都在我的必杀范围之内。

我绷紧小腿肚，抓紧手中的剑，踩在滚烫的地面上一跃而起，假装莽撞地冲向角斗士，又假意滑倒在他的身下，身体献祭般地在地上舒展开。他被我惊得一愣，既而夸张地哈哈大笑起来，身躯宛如遮天蔽日的山体一般向我扑来。

我迅疾如电地闪避开，敏捷地从角斗士的身下滑了过去。

在他还没反应过来之时，我一个箭步蹿到他的背后，反手狠狠割断了他的左脚筋。他惨嚎了一声，趔趄着半跪在地。我灵巧地旋转身体，胳膊紧紧勒住他的脖子，手起刀落，刀刃在烈日下化作一道刺目的白光，利落干脆地割断了他的咽喉。

当触目惊心的鲜血从角斗士的脖子处迸射而出时，一只苍鹰犹如一根箭矢那般快速掠过展台的半空。它锐利的鹰目足以捕捉住这短短的一瞬所发生的一切。角斗士捂住脖子倒在地上，因濒死而失焦的双眼注视着波斯少年。

从空中望下，杀人者被发丝遮住的后颈暴露在鹰的视线里，那儿赫然有一个金币大小的日月星图腾。这一刻，它明白这便是它的主人命令它不远千里飞到这片陌生的土地上寻找的目标。

然而，当它发现一根弩箭对准了自己时，它知道将无法顺利地继续跟踪下去。求生的本能使它展开羽翼，风驰电掣地在空中划下一道弧线，朝来时的方向折返而去。

可一切已经来不及了，一根箭矢刹那间穿透了它的脖子。

它只来得及发出一声短促的哀鸣，便如断线的风筝般向大地坠去。

"怎么样，我的舞蹈好看吗？"我漫不经心地抬起眼皮，甩了甩手里的剑。剑尖带起的一串血珠飞向惊恐得几乎呆滞的奴隶贩子，溅在他颤抖的脸上。

奴隶贩子目瞪口呆，一时间连逃跑都忘记了，双腿发软，吓得几乎要尿裤子："来人，把他抓起来！"

数十个身形壮硕的打手立即从台下一跃而上，朝我猛扑过来。有人试图抓住牵制我的锁链，被我一剑刺伤了手臂，一脚踹到了台下。这小范围的战斗甚至不需要我多挪一步。我一个转身，手中的剑尖便如刀轮战车上旋舞的飞刃，飞速袭向打手们的腿脚。

一瞬间从四面喷薄而出的鲜血交织成一片艳红的雾，惨叫宛如鬼哭狼嚎不绝于耳。

没有任何迟疑，我赤脚踩过他们颤抖的躯体，拎着剑，在剑刃折射出的凛冽寒光中，向奴隶贩子步步逼近。在他逃下台去之前，我一脚踹倒了他，将他的头狠狠踩在脚下。

他恐惧得浑身痉挛，如同一只垂死的猪猡，全无之前那副横行霸道的模样。

我冷笑了一下，用剑尖抵着他的胳膊肘，用拉丁语轻声道："把镣铐的钥匙给我，否则把你的骨头剔了。"

"在，在腰带上。"他打着哆嗦，口齿不清地答道。

我把剑尖挪到他的腰间，挑开他的腰带，果然看见一串银晃晃的钥匙。自由在望。然而，就在我伸手去拾它的一刹那，我突然听见一道破空而来的锐响。出于防卫的本能，我立即向后闪避了一步，一根寒光闪耀的箭矢闪电一般击在我的剑身上！

猝不及防的冲击力使我的剑柄从手心滑脱，刺啦一声，我的小腿袭来一道火辣辣的刺痛，箭矢一下子钉在我的脚踝边。我迟疑的这一瞬，镣铐的锁链就被猛地从四面扯紧，手脚被一股巨大的力量牵制住。奴隶贩子连滚带爬地翻身起来，慌不择路地逃下台去，号叫着："把……把他绑起来，拖到竞技场去！他……他不适合待在这儿！"

"是！"

锁链哐啷哐啷地绷紧了，几个打手将我朝台下扯去。虽然不算什么好结果，但至少遂了我不想待在这奴隶卖场上的意愿，这偷袭者也算替我解了围，让我不必再为眼下难以企及的真正自由去白费体力表演。

我抬头睨向那个偷袭我的家伙。

他正是那个骑着黑马的不速之客，手中正举着一把明晃晃的弩。

"住手！我要买他。二十个金币。"那家伙低声说道。他的声线听起来冰一般冷冽，有一种不容忽视的威压。顷刻间四周沸腾的人群，好似因注意到了他的存在而安静下来，整个看台边鸦雀无声。

我心里陡然一沉，攥紧了拳头。这人是瞎了眼，看不见这台上被我宰了的人吗？

"什么？什么！"奴隶贩子夸张地惊呼起来，撕扯我的力道顷刻松缓下来。

一团东西被扔掷上来，重重落在台上，哗啦一下散开来，金色的光芒顷刻从那些罗马钱币上绽开，刺得我双目发痛。

他驾着那匹马慢悠悠地踱上前来，阴影犹如一道幕布从他的身上缓缓褪去。

阳光倾泻在来人的周身，仿佛被他的黑色斗篷尽数吸去。帽檐挡住了他的大半面孔，整张脸上只能看见一张青铜面具泛着毫无温度的冷光。那镂空的眼孔隐藏在阴影里，让我不禁觉得面具后是一颗骷髅。

尽管连这人面目是什么样也没有看见，我却冷不丁地打了个寒战。

——克星。

不知道怎么地，我的脑海中冒出了这个念头。

但是，他并不像是那些贪图享乐的贵族，买下我也许是出于什么别的目的，说不定是我命运的转机。

"太好了！太好了！"

奴隶贩子狂喜地趴在地上拾掇着那些金币，肥肉在脸上丑陋地颤抖着。

我不禁后悔自己没能杀了他，血洗自己受到的羞辱。但我的手臂很快被看押者抓住，铐在一个比镣铐更沉重结实的枷锁之中，锁链的另一头则顺理成章地，被交到了那个男人手上。

我挣扎了几下，那男人则掉转马头，一下子将我整个人拖出了好几米，我狼狈不堪地栽下了一人多高的台子，摔在坚硬的地面上。我气喘吁吁地趴在地面上，晃了晃头颅，在头晕目眩之中，一串马蹄声哒哒地接近了我的身侧。

脖子处的颈环猛地一紧，迫使我不得不迅速爬起来，以免被这种拖拽的力道勒死。

我艰难地抬起头，马背上那个逆着烈日的身影猝不及防地撞进我的视线里。他胸前的一个银色的十字架摇晃着，反射的闪光令我双目刺痛。还来不及站稳，我的身体已被他拽得一个趔趄，随着马蹄扬起的尘埃，一股巨大的力道扯得我不得不跟着他奔跑起来。

锁链在身前哐啷作响，汗水自发间不断落下，脚底在斑驳滚烫的路面上仿佛烧焦了般疼，仅仅是奔跑，都犹如一场酷刑。

夜幕降临时分。

当血色晚霞逐渐消逝在萨珊帝国的地平线上，飞翔的苍鹰穿透云层，飞向泰西封的腹地中那高高耸立的圆形宫殿。随着最后一缕霞光的隐匿，它飞入了宫殿最高处的一扇黑暗的窗内。

身着绯色长袍的宦官伸出苍白的手臂，接住收起翅膀的苍鹰。他注视鹰的眼睛，它的瞳仁散发着幽幽红光，在暮色中映射出变幻的影像。在看清那些凌乱的残影之时，他便立即明白，作为一个幸存者，它仍然带来了一些可用的讯息。

而另一只，显然已经死在了罗马的土地上——有什么不得了的人察觉到了它们的追踪。

宦官关上窗子，朝殿内退去。穿过幽邃的长廊，徐徐步入王室的禁苑。拨开低垂的重重帷帐，他轻声遣散拨弹竖琴的乐官，走近正在王座上等待着他的萨珊波斯的帝王——沙普尔二世。

王者闻声，睁开半翕的双目，帽檐下的阴影里露出一双幽深的黑眼睛，居高临下地注视着跪在座前的宦官，神情流露出一丝少见的殷切："你的使者确定了他的下落，拉伊厄尔？"

"他从关押战俘的监狱里被奴隶贩子带出来，又被一个罗马人买走了。那个人似乎不是一般人，他竟然察觉到了我们的鹰使，并……射杀了一只。"

"哦？让我看看是什么人这样厉害。"王者眼中起澜，展开手掌，宦官心领神会地在他手上搁了一个水晶球，又召唤苍鹰飞到臂上，低头观望，顷刻球体里清晰地映出几幕变幻的画面来。

在那之中，他捕捉到了意料之中的一张面孔，不禁双眉舒展，靠在王座上，重新端起了酒杯，却不再续饮，盯着杯里的酒，似乎陷入了沉思。

"您不该寻找他的，陛下。把他带回来有什么意义呢，依我看，那份罗马人捎来的霍兹米兹德的遗嘱压根不可信，那些前朝老臣说什么？他们竟说霍兹米兹德才是先帝选定的继承者，而霍兹米兹德的儿子——那个混血种，该是萨珊名正言顺的王子！简直荒谬！为什么不借这个机会将他除掉？"

拉伊厄尔不满地压低了声音。他摸了摸苍鹰的羽翅，小心翼翼地靠近王座，放它回到王座旁的金制支架上，自己倚靠王者的脚边，抬头仰视着他。

"那遗嘱的确是真的，他必须成为王子，否则那些老臣更不会罢休，会把这件事传得举国皆知，这才是真正的麻烦。"王者淡淡地答道。

他抬起戴着三个玛瑙戒指的手，拂过绣着日月图腾的王袍："一个血统不纯的私生子而已，成不了大麻烦。何况……让他流落罗马，本就是我的目的。"

"陛下？这是为什么？"拉伊厄尔睁大了眼，露出一种困惑又惊喜的表情。要知道他看那个迅速晋升高位的家伙不顺眼很久了。他一直在想法子把那小子除掉，但顾忌国王对那小子青睐有加，不敢下手。

"你知道我和罗马副帝尤里扬斯的交易，我相信他的承诺与能力……"王者浓黑的眼睛深如古井，藏着深不可测的用心，"但我需要一个监视者和协助者，他必得对我绝对忠心，足以吸引尤里扬斯的注意，且能助他刺杀罗马至尊皇帝君士坦提乌斯。并且，在尤里扬斯他日登上罗马皇帝之位后，成为牵制他的一枚关键棋子——这个棋子，没有人比阿硫因更合适了。"

"您是说，那个买走他的人就是尤里扬斯？"拉伊厄尔不可置信地摇摇头，"真不敢相信……"

"的确。"王者若有所思地低声道，"他现在……与一个魔鬼无异。"

"可是，您怎么确定阿硫因一定能牵制他呢？"拉伊厄尔刻薄地扬起眉梢，"就凭他那名不副实的、连他自己也还不知的波斯王子的身份？"

"我派人调查过，他们在雅典曾有过交集。今天你的问题太多了，拉伊厄尔。"

王者垂目，黑压压的睫羽抹下一道阴霾似的浓影，为他冷酷如霜的面容更添寒色。尽管他的脸上仍然带着柔和的微笑，但拉伊厄尔察觉到他在生气。

他不敢再问了，识趣地噤声，顺服地垂下脖颈。

"去吧，继续为我监视他们，让幽灵军团的其他人把消息带给阿硫因，在合适的时机协助他行动。"

王者的语气里藏着不容置喙的警告意味，使拉伊厄尔不由自主地屏住呼吸，下意识地点了点头。

他害怕触怒他的帝王，更害怕成为那失去鼻子与眼睛的弃奴中的一员，即使他的地位在宦官中称得上"位高权重"，但这一切仍然是不稳定的。

拉伊厄尔战战兢兢地站起来，给身旁的苍鹰喂上几片新鲜的肉干，便带着它向外走去，目送它飞向罗马的方向。

波斯王者的目光亦随着苍鹰投入暮色中，他恍惚又看见彼时那个少年自血色夕阳深处走来。他一手提着敌人将领血淋淋的人头，一手提着寒光毕露的半月弯刀，踏上燃烧着熊熊圣火的祭坛，身影矫健，风姿惊艳。

他依稀想起自己伸手扶起少年，揭下遮掩他面容的黑色布巾，低声问他可愿退出军队做他的近臣，却没有得到想听到的回应。

少年朝他仰起头来，碧瞳犹如乌尔米耶湖的水光般清澈寒冽，眼底比冬日湖面结的冰更坚毅，却映照不出半点帝王眼中的暗示。

"吾哈塔米氏乃世袭武士，只愿终身为战士，为王征战沙场，鞠躬尽瘁，死而后已。"少年的誓词字字如刃，如凿冰琢雪，冷却了他的情意。于是他不再强求，只远远静观他退出王殿，走下祭坛，步入黑暗里，成为沙场上一抹鬼魅般肃杀的影。

他有一种预感，他的这个侄子将是坠落在罗马的一颗耀眼星辰，他绽放的光华，足以让庞大的罗马帝国为他斗转星移，足以让那强大无匹的尤里扬斯因他生死难料。

第2章 星火熔炉

"哈……哈……哈……"

我汗流浃背地喘着气，弯下腰，跪倒在终于停下的骑马人身后。我攥住脖子上的铁锁，努力想要从地上爬起来，可双腿如同灌铅了一般沉重。跟着这个人跑了三个山头，似乎早已远远地离开了罗马的城区，我不知道自己到底要被带去什么地方。

远处钴蓝的天际中，遥遥浮动着一层缥缈的灯火光华，仿佛之前执行任务时所望见的海市蜃楼。我精疲力竭，大口喘着气，吸入口里的空气却充斥着大海的味道。

怎么会到海边来呢？一定是做梦吧。

我恍恍惚惚地晃了晃头，企图使自己清醒一点。

"撑不住了吗，波斯小子？"男人的声音从上方扔掷下来。随着靴子碾压石砾的声音由远及近，我身上的铁锁被骤然拽紧，整个人被拖拽起来。我还没从强烈的眩晕里回过神来，就被一只铁钳般的手掌捏住了下巴，一道黑影遮住了我的视线，"你刚才不是十分威风吗……"

近距离地听他的声音，使我莫名生出一丝异样感。来不及捕捉这种渺远的感觉，清凉的水就一股脑灌进我的口腔里。

我实在太渴了，本能地大口吞咽起来，顾不上这样被人喂水有多么难看，一直喝到呛得不住咳嗽起来。下巴的钳制被松开，我退了几步，看见那黑斗篷的男人正盯着我看。

他的面具上雕刻着类似伊什塔尔城门上的龙蛇图腾，凿空的眼孔内，一双眼瞳在暗处泛着阴冷的蓝紫幽光。不知是不是那张面具的缘由，他的眼睛显得妖异非常，仿佛能够摄取人的心魄。

我被他看得脊背发凉。忽然他在黑暗中动了一动，抬起手不知想对我做什么。

我戒备地抬起手肘护住心脏，向后退去，谁料脚却被镣铐一下子绊住，差点栽倒在地。锁链被他一把扯紧，我的头猝不及防地撞在他的身上。黑斗篷下硬邦邦的，发出链条牵扯的细响——是一层锁子甲。他是个武者。

离得这么近，真是突袭的好机会。错过岂不可惜？

我绷紧手脚，暗暗蓄力，一呼吸，却嗅到一股从他身上散发出来的馥郁幽香，像是迷迭香的味道。这似曾相识的气息又勾起刚才转瞬即逝的感觉，使我犹疑得僵住。我仰起头定睛打量他的样子。

面具挡住了他的大半面孔，露出一丁点尖削的下颌，薄薄的嘴唇半隐在阴影中，若有似无地翘着，唇色红得近乎紫色，像淬毒的刀刃。即使看不见全脸，也可判断他定拥有一副相当俊美的容颜，只是不知道为什么要遮挡着。

我的目光沿着他露出来的脸部轮廓游走，下意识描摹着他的全容，脑海里不知为何浮现出那已有点模糊的人影来，这鬼使神差般的感觉促使我伸手想要扯开他的帽檐。

他敏捷地侧身避开，眼疾手快得令人难以置信。近距离的面对面，使我立刻感到与这人身高的差距，他跟我杀死的那个角斗士差不多高，足高过我整整一头，尽管黑斗篷显得他身形瘦削颀长，但他的力量却绝对不可小觑。

我直觉这人是个心狠手辣的角色，落在他手里不会有什么好日子过。

本来体力不足，我只打算试探一下他的身手，但这个念头却把我冒险的冲动激发出来了。现在还在人迹罕至的路上，还有机会逃走，要是被这家伙带到他的地盘上，也许就只能做困兽之斗了。

下一瞬，我便抬起一条腿，借着腰力奋力旋身跃起，小腿如索命的绳索钩向他的脖子。

我敢肯定我爆发的力量足以勒断一只野兽的颈骨。但这瞬间，我眼前黑影一晃，一双手快如闪电地扣住了我的小腿。难以想象的野蛮怪力从这男人的身躯里爆发出来，表面上却只是稍稍一抬手的动作，就把我的袭击彻底压制住了。

在战场上还没有人能这样迅速地将我打败。在我隶属的军团里，我的袭击是公认最快的，一向让敌人防不胜防，连最悍勇的剑斗士也不是我的对手。

这下我得以确定，这人的身手在我之上。

我仰着脖颈盯着他——碰到他，我的运气很不好。

他垂眼睨着我，以一种我最不堪忍受的审视弱者的眼神。

"你的剑术的确优美凌厉，可赤手空拳，像猫被拔了爪牙一样不堪一击。"面具后的眼睛微微眯起，轻描淡写地火上浇油。

我顷刻间火冒三丈，怒不可遏："那是因为我被这该死的镣铐锁着！你若敢松开我，说不定就会被我打得满地找牙……不，也许是连找牙的机会也没有，找你的脑袋才对。"我挑了挑眉，故意激他，"不过我想，你没那个胆子放开我吧？"

"嘴巴倒挺厉害。"好似我的激将令他觉得十分有趣。他悄无声息地笑了，红唇里露出一点森白的犬齿。

我用母语咒骂起来："无耻的野蛮人！"满腔愤怒使我勉强又聚起

一丝气力，抬肩冷不丁地给他下巴来了一击。

他猝不及防被我撞了个正着，松开了钳制。一线血丝沿着他的唇线沁出来，他盯着我，伸出手指拭去。

我盯着他，做出一种蓄势待发的攻击姿势，以警告他少惹我。尽管我已经浑身乏力，只是虚张声势，希望别被他看出来。以为花了二十个金币就能肆意戏辱一名波斯战士，我得让他明白这是做梦！

"我是个战士，不是个奴隶。"我冷冷地吐出几个字。

"真是凶神恶煞啊……"他稍稍倾身，眯起眼俯视我，就好像我是一只小动物。

这眼神让我十分不悦，如果不是被锁链缚着又体力不支，我会毫不犹豫地挖了他的眼珠子。

"你的眼睛……你是个混血种。纯血统的波斯人都是黑眼睛。"他审视着我，自言自语似的对我妄加评判，"你的拉丁语很流利，似乎还带着特殊的口音？"

我怠慢而漠然地哼了一声，不想搭理他，一动不动地暗中蓄力，好出其不意地反击他。我不能轻易放弃这个逃走的时机。

我盯着他，提防他因为我不驯的态度对我突然施加毒手，而他果然动了。

我立刻拾起锁链蹿起来，猛地一拽，打算趁他不备把锁链从他手中扯脱，没想到一股出乎意料的力道牵制住了我——他站在那里纹丝未动。

绷直了的锁链另一头赫然扣在他背后的马身上。

那马侧头扫了我一眼，打了个响鼻，好似在表达它对我拉扯的力道有多不屑。

意识到自己脱身的希望渺茫，我全身僵硬地瞪着他。他慢条斯理地走到我跟前，失笑了一声，伸手拨弄那不断在半空中晃荡的铁链，甚至带有嘲弄意味地弹了几下。我却不合时宜地被他的手吸引了注意力。

他的手苍白如同冰质，以至于手背上微微曲起的几根青筋都呈现出一种极冷的蓝色，手指极其修长优美，仿佛即使他是在杀人剥皮，也仍然会让人觉得优雅。我不禁想起弗拉维兹弹奏着竖琴的手。记忆里他的手与纯白象牙的琴身好像浑然一体，琴弦在他翩翩飞舞的指头下颤抖地歌唱出天籁。

依稀之间，我再次听见了那惊心动魄的琴音，一时失却了神志，忘了身处何方。

"你怎么了，像丢了魂一样？是被我吓到了吗？"低沉的声音灌入耳膜。我打了个激灵——这恶魔的手不知何时搁在了我的后颈处，竟让我产生幻觉，误以为是弗拉维兹的手！

真是中魔了……这人难道会什么控制精神的邪术不成？

我骇然地一把挣开他的手臂，颈环却骤然一紧。一股怪力扯得我脖子后仰，腿窝也遭到重重一击，膝盖本能地向前屈去，一下子跪在了地上。

脊背被他的膝盖重重顶住，我几乎要趴在地上，缚着镣铐的双手随之被扭制在背后。

我转头看去，斗篷的阴影里，他的嘴唇沾染着湿润的血色，仿佛下一刻就能随面具上那栩栩如生的龙蛇一并露出獠牙，啃噬我的头颅。

我直觉他是个残忍的人。而且刚才我被他两次扰乱心神，可能是因为他的身上携带邪力。不管他表面上是什么人，私底下八成是个巫师或祭司。

以前我还在阿刺莫忒山谷的刺客城堡接受武士训练时，传授我冥想技巧的老师就告诫过我，这两种人都是一个武士该远远避开的，无论杀人技巧有多么高超，也难以与他们抗衡。稍不留神，就万劫不复。

"知道害怕了？真是识相。"他笑了一下。

我一动也未动，碾磨着牙关，只恨不得给他一刀。似乎察觉到我的恶意，他的膝盖终于离开了我的背部。

我得以直起身来，目光却扫到一颗发亮的物体——他的一只手的拇指上戴着一个蛇形指环，正中一枚紫色宝石在夜色里幽光流转，犹如一只窥视猎物的妖兽眼瞳。

只看了一眼，我便感到一阵晕眩，急忙撤开了目光。

这恶魔身上的邪力，有可能就来源于这个指环。

我被他从地上拎着颈环拖起来："我听出来了，你说话带着希腊腔。你在希腊待过？"

仿佛一根刺扎在神经上，我感到心惊肉跳。

希腊的往事是我的死穴。不容踏足的禁区遭到侵犯，怒意如剧毒般扩散到肺腑，我从牙缝里咬碎几个音节吐出来："没有。"

"你在说谎。"他低头盯着我，一双黑中泛蓝的瞳仁妖光闪烁。

"我说了，没有。"我冷冷地重复道。

"你得学会对我诚实。"他压低了声音，语气充满了威胁之意，"我是你的主人。"

有一天我会让你为这句话付出代价。

我咬了咬牙，索性闭嘴不答。我的沉默却仿佛起了反作用，他掐住了我的咽喉，两根手指逼近我的双瞳，似乎要挖出我的双眼。

沦为战俘以来，我这才头一次真正体会到受制于人的恐惧。

这一路上一个人也没有，在这荒郊野岭无论他想对我做什么，都没有人能施以援手，即使有，也不会帮助我这样一个异邦人。

"你住手！"我吼了一声，艰难地挤出一句话，喉头发颤，"我的口音来自我的母亲，她是希腊人。"话一出口我就觉得丢脸极了，我竟然屈服在他的威胁下，吐露了一点我从未与人谈起的身世。我损害了身为一个武士的尊严。

"哦？难怪是绿眼睛呢，原来是个混血种。"他的手总算停下来，没再继续用力。我如释重负地松了口气，却见他若有所思地凝目打量着我的眼睛，眼底眸光暗涌，似是迷惑，似是惘然，不知是想到了什么。

下一刻我整个人被轻而易举地扛起来，扔到马背上。

他驾着马带我越过了一个最高的山头，到达顶部向下疾奔起来，眼前的景象豁然开朗。

城池依山而立，巨石砌成的围墙将罗马帝国的国土包围起来，一个个的山头布满了那些向往得到神的眷顾的贵族的府邸。高低错落的圆形拱顶与高耸的尖塔，从起伏的山峦一直蔓延到海湾，富丽的王宫、雄伟的神殿与宏大的广场犹如星辰点缀于天幕里，闪闪发光。

在这星辰之间，一道金色的巨大城门绽放着最为夺目的光华，好似冉冉升起的日轮，叫人震撼神往。

我忽然意识到了这是什么地方。

我一直以为他刚才身处的地方就是所谓的罗马帝国中心，未料到眼前这巨大的城池才是。我来到了君士坦丁堡，新罗马——

传说中那片神话一般坚不可摧的星与火之地。

尽管不愿承认，这城池的宏伟令人叹为观止。

无疑罗马的确拥有能够与我的母国萨珊波斯抗衡的实力。只是，就算罗马人在西方能够横行霸道，他们也绝对无法在东方讨得什么好处，想要占据我们波斯人在亚洲的地盘，就像一只野蛮的巨兽，只要一伸出爪牙就会被打得连连哀号。这一点，已经在罗马皇帝君士坦丁提乌斯在东方战场上节节败退的惨况中体现得淋漓尽致了。

想起这个，即使此时流落敌国，我的心中也不禁一阵痛快。

但是，我到底何时能离开罗马，回到自己的故乡？

我睁大眼，目光越过辉煌的君士坦丁堡的黄金海墙，望向城池背后的黑暗，茫茫雾色中，一道长长的黑影若隐若现。

那就是隔开欧亚两洲的傅斯普鲁斯海峡。那座由我们波斯人的先王大流士在几个世纪以前攻进欧洲时所铸的浮桥，它的尽头，再远一点，就是我的母国萨珊波斯。

我顺着浮桥望去，一直望进雾深不知处，心里涌起一大股潮水似的哀恸。昂起头颅，我深吸了一口气，仿佛通过这道浮桥嗅到了我生长的那片土地的气味。

"知道那座桥是通往哪里的吗，波斯小子？你看起来很伤感。"一声讥嘲使我的愁绪烟消云散。

"我不关心那个，我只关心在我离开这个鬼地方前，你是怎么死的。"我恶声恶气地答道。

"离开？"耳边嘲讽地轻笑起来。我企图挣开被缚在背后的双手，脖子却被他勒住，动弹不得。他腾出一只手来，把玩我颈环上的吊牌，"我花了足足二十个金币才把你买下，比我这匹上好的烈马的价格还要高呢！ⅠⅩⅤⅠ……"他清晰地念出铭牌上令我耻辱的囚徒编号。

"闭嘴，罗马野蛮人！"遭到如此羞辱，我咒骂了一声。

"错了，是高贵的罗马人，并且是你的主人，波斯野鹰。"

这称呼再次让我如鲠在喉。

我忍无可忍地发作了："我警告你，别再那样叫我，否则你将为此付出代价！"

"是什么代价呢？"

我终于体会到了怒发冲冠是什么感觉，从没有人能把我激得这样愤怒。如果能做到，我实在想跳起来，一刀把他的脑袋砍下来当夜壶。

但实际上，我根本做不到——我的手被绑在背后，只能紧紧攥着锁链。

并且，他很强悍，能够在武力上制服我。

危机感溢满全身，使我陡然喘不上气来。罗马，也许将成为我新的牢笼，就像当年身陷雅典那个地狱般的奴隶窟那样，我又变回一只困兽。

就在脑子里充斥着这个可怕的念头时，他抓紧马缰，像一道飓风那样朝那星与火的城池冲去，我险些从马背上摔下来。

我那时还不知冥冥中注定的安排——

我不知这城池是一片等待炼烧我的熔炉，不知锁住我的镣铐犹如希腊神话中命运女神的织机上的丝线，不死不休。

第3章
请君入瓮

步入君士坦丁堡金色的巨大城门内的那一刻，我感到自己好像从关押战俘的地牢里被送进了另一座监狱，只是这监狱更大，更为固若金汤。

城区里繁荣喧嚣，灯火辉煌。

沿路的戏台上演着夸张的希腊笑剧，是阿里斯托芬那出著名的《鸟》，我幼时常在雅典看到。他们戴着白色的面具，看不见底下的喜怒哀乐。我的脑中浮现起旧忆，目光不自觉地被台上的演员吸引，那些人也似乎侧目望着我。

恍惚间，我才是演员，并且是那个最滑稽的丑角，在这个不属于我的异国戏台上戴着镣铐表演。

所幸的是，夜色昏暗，我不必再暴露于天光之下。

周围各色行人川流不息，有些贵族打扮的年轻人在街上大肆撒野，遭到追逐与欺辱的平民惊叫逃窜，唯恐被马匹踩踏到。更多的人选择视而不见，像是早已对贵族们的游戏习以为常。奴隶们则默默地在路边行走，犹如一群盲目的牛羊。

夜晚的罗马帝国的街市混乱不堪，又仿佛隐约存在秩序，就好像一半是猎场，一半是城区。我初次来到这个西方的帝国，不禁对这样的景象颇为诧异。波斯的夜晚大多是静寂的，因为在夜里有斋戒。

除了特定的节日，在新王继位的几天也未必有这等喧闹热闹，尤其是王都，深夜里还灯火繁盛的也只有那遥不可及的泰西封的宫殿之巅。

按捺不住好奇心，我举目四望着罗马的街景，目光穿梭于灯火之间。

正穿过的是一片广阔的广场，高大的白色廊柱耸立在街道两侧，右侧靠着一座宏伟的建筑物有一座喷泉不见歇地涌出水柱，水花在夜色散发着星河似的光芒，将中央三尊不知名的神像映照得十分耀目。喷泉旁聚集着不少平民，正面朝水池俯身朝拜。

当我们走到喷泉旁，人们仰起头来，不约而同地注视着我们。

我注意到人们眼神中流露出敬畏与崇拜之情，自动向两旁避开，让出一条窄道，容我们通过。这显然不会是因为我的缘由，而是由于我背后的这个神秘男人。

我的心里不禁有些忐忑，难道这人在罗马有着什么特殊的地位与身份吗？我惹上了什么不该惹的角色？希望这男人别是罗马帝国的皇室贵族，否则我想要重获自由的愿望就变得难上加难。

"低下头，别让他们看见你。"男人的低喝忽然在耳边响起，他用斗篷的下摆挡住了我的脸。

这时，一串马蹄声从前方由远及近，迎面而来。

正朝我们的方向走来的是一列罗马军队。为首的是一名身着深红战袍的高级将领，他头上的竖形鸡冠帽飞扬跋扈。他身后跟着一个蓝袍百夫长，手中扛着的双头鹰帜熠熠生辉，刺得我双目疼痛。他们显然是刚从战场上凯旋，带着战胜的荣耀游城。

几年前与罗马军团在纳塞宾血战的一夜又浮现眼前。我就是从那一晚起远离了波斯，由一个肩负护卫王者重任的战士沦落成罗马的奴隶。

我低下头，抓起男人黑斗篷的衣摆，将自己藏匿在下面。

马队为首的人驾着马缓缓步近，哒哒的马蹄声在离我们几步之遥才停下来。我忍不住将视线投过去，看见马队里的士兵们纷纷取下护面的头盔，而为首的高大军官却一动不动，犹如即将上场杀敌般的姿势，头盔缝隙里露出的眼睛闪烁着狠戾之光。

他挡在我们身前，如同两军对阵。

喧闹的人群因此而忽然安静下来。突如其来的肃杀之气犹如一道壁垒，厚得可以插刀矗立，连空气也无法从中穿过。这样的阵势意味着来人怀有敌意，我隐约嗅到了一丝硝烟的味道。

"这不是我们尊敬的副帝尤里扬斯陛下吗？什么风把你从高卢吹回了这儿来？"一个雄浑的声音从对面男人的头盔里响了起来。刚刚大获全胜归来的骑兵统帅说完，挑衅似的昂高了头，嫉恨地盯着那张铁质的面具。

一个本该是个死人的流亡者，现在却成了他最强有力的皇位竞争对手，此时狭路相逢，让他如何能不恶火藏心？

太不可思议了。

从雅典归来后，尤里扬斯就与过去那个沉默隐忍的少年圣徒判若两人，好像他真的在那场烧毁神殿的天火里涅槃重生了。并且，从他接受了那如同丧服的恺撒紫袍的那一天起，这病秧子就好像得到了上帝的垂青。

所有人都以为被拔擢为帝国的新副帝后，尤里扬斯将成为继他的亲哥哥加卢斯后的又一个牺牲品。

尤里扬斯自小体弱多病，没人认为他是个能胜任这权位的材料，都断定他免不了像加卢斯一样被他们的堂兄——当今罗马帝国的至尊皇帝借机处死，像当年屠杀他的家族将近所有的旁系后裔那样，将这最后一个弗拉维兹皇室的末代子嗣也除掉。

可出人意料的是，尤里扬斯在短短两年间就在高卢证明了他卓绝的军事才能，他不但迅速收复了阿格丽匹娜殖民地，打败了强大的阿拉曼人，更与西哥特王国结盟，平定了日耳曼乱事，让整个罗马朝野为之震惊。

凯旋的荣耀为他的紫袍镀上了一层神性的光辉，使他摇身一变从一个可怜的权位斗争的幸存者成了一位英雄，名正言顺地坐稳了帝国的摄政王的位置，拥有了分治西部的资格。

如今无人能对尤里扬斯的地位提出异议，连至尊皇帝也拿不出理由让他下台。

提利昂的脑门突突直跳。即使他是至尊皇帝的养子，又是战功显赫的高级将领，是最可能被指定为皇位继承人的，但与尤里扬斯这个出身弗拉维兹皇室的副帝相比，他在血统这一点上略逊一筹。如今朝野之上，支持尤里扬斯的声音已不在少数了。

提利昂的手不自觉握在腰间的短剑之上，只想立即把他的眼中钉削成两半。

"当然是因为奥古斯都的召见，你不也是因为这个远道而来吗，提利昂？"尤里扬斯的语气讥嘲而慵懒，他拽紧了马缰，缓缓朝提利昂逼近。

他的眼睛漫不经心地半眯着，目光却并未看提利昂，而是望着仰视他的平民们，取下黑斗篷上的帽子，露出额上一道象征地位的镶金抹额。

深铜色的长发流泻在他斗篷里露出的紫袍上，丝丝如燃，身影如在火光中灼烧。而与之对比鲜明的是他的面具，冷如寒霜，让人心生畏惧，却又情不自禁被他散发出的烈焰似的魅力所惑，只想朝他跪下顶礼膜拜，无论他是魔是神。

这些想要膜拜尤里扬斯的人里绝没有提利昂。他昂起头颅，目光如毒辣的酸液浇遍对方的周身。

假如不是那张面具，他恐怕都要认不出尤里扬斯了。几年前离开罗马的时候，尤里扬斯仍是瘦削孱弱的少年模样，可如今——

他打量着面前的男人。肩膀宽阔，身形高挑却不显单薄，可以想象黑斗篷下掩盖的必是一具精健有力的身体。

难道天火烧毁了他的容貌，却烧出了一副健康的体魄吗？多么荒谬！

说不定那流言是真的——尤里扬斯把自己献祭给了邪魔，从天火里重生。他根本是披着圣徒外衣的一个魔鬼。

"自然是的。我从战场上凯旋，正要从这儿前往凯旋门，越过帕拉丁山迎接奥古斯都，你不一起前往吗？"提利昂不怀好意地眯起眼，"对了，您招安的哥特军队呢？怎么没随您一起进城来？"

"他们举止野蛮，恐怕会扰乱城内治安，我将他们留在了莱茵河对岸。"尤里扬斯淡漠地答道，似乎根本没察觉他意味深长的揣度。

提利昂从鼻子里发出了一声冷哼。据传尤里扬斯之所以能够降伏西哥特人，带领他们在高卢所向披靡，也是由于他向哥特国的古老魔神献了祭。有从高卢返回的士兵说曾亲眼看见。

他的脑子里盘桓着那些真假难辨的传言时，对方已慢悠悠地从他身边驱马走过。

尤里扬斯以一种高高在上的姿态，连看都懒得看他一眼，仿佛他是一只不足挂齿的蝼蚁。

他的心里蹿起一股火来。他在脑中搜刮着尤里扬斯曾经的落魄模样，恶声恶气地低声道："喂，您的脸……该不会真的毁了吧？啧，真是可惜了……"

话音未落，提利昂就感到自己的手腕一紧。

尤里扬斯从黑斗篷下伸出的手牢牢卡住他的腕骨，修长的手指骨节凸起，虎口犹如某种刑具猛地收紧。

即刻他感到那只手掌里蕴藏的力道大得可怕，尤里扬斯中指的戒指内环里镶着一根凸起的尖锥，正往他的肌肉里刺进来。

他震骇地抬起头，见尤里扬斯睨着他，嘴角微微牵动了一下。

这笑容让他毛骨悚然。提利昂疼得整个面部都扭曲了，手臂却被对方抓着高高抬起。尤里扬斯扬高了声线，面朝着民众："为罗马的胜利！"

四周掀起一阵欢呼的浪潮。没有人察觉到尤里扬斯在折磨他。他竭尽全力将手缩回来，发抖的腕部上赫然是一个深可及骨的小洞。但诡异的是，一点血迹也没有。

他立刻联想到过去那几个曾为难加卢斯与尤里扬斯的高官显宦的遭遇。他们都死了，一个接一个莫名其妙地暴毙，七窍流血，身体腐烂——在加卢斯被斩首后不久，尤里扬斯受到牵连而下狱的同期。有传言说那是尤里扬斯指使巫师干的，虽然没有证据能证明，但这些话绝不是空穴来风。

假如这是真的呢？

提利昂冒出了一身冷汗。

他下意识地抬起头去。尤里扬斯与他擦肩而过，他的黑斗篷下什么东西动了动，一颗头颅露了出来。他冷不丁与一双深邃的碧色眼睛撞了个正着。半张极俊美的面孔从阴影里一掠而过，恍若一场亦真亦幻的梦。

他的神经拨弦似的猛地一跳，目光紧追着尤里扬斯马上的人而去，而对方亦撇头打量着他。

东方人特有的浓黑发色，皮肤白皙，即使是掩着半面，仍可看出眼神过于锋锐，明显是个男孩。可他并非普通的奴隶，脖子上套着颈环，坠了象征战俘的铜牌——为了防止他们脱逃而弄得如此醒目。

可没有容他多看几眼，对方就被尤里扬斯的袖摆掩住了头面，活像一只被鹰鸶捉住的夜莺。提利昂有点失神地望着尤里扬斯远去的方向。

他能够辨识出，那样具有特点的长相，一定是萨珊波斯人。

要知道萨珊波斯是当今唯一一个有实力与罗马匹敌的强国，在一百年前它就试图将势力扩张到一直处在罗马控制下的美索不达米亚，并在多年间屡次与他们交锋，遏制了罗马在东方的扩张。

最不容忽视的耻辱是，早前的萨珊帝王沙普尔一世甚至还曾俘虏并杀死了罗马皇帝瓦勒良，如今，他们当朝的皇帝君士坦提乌斯，再次在东方战场上吃了波斯人的大亏。

在这种情况下，在高卢获胜的尤里扬斯，却拥着一个波斯奴隶大摇大摆地进城，难道不是一种明目张胆的挑衅吗？

又或者……那是一个尤里扬斯要进献给皇帝陛下的贡品？

提利昂若有所思地攥紧了身侧的刀柄，忽然心生一计，附耳向身旁的亲信低声吩咐了什么，远远地望了一眼那座金光闪闪的神圣宫殿的方向。

还有两日，他们的至尊皇帝君士坦提乌斯便要从他落败的东方战场上回城，接见前来投靠罗马的亚美尼亚公主，在宫廷里举行一场盛宴。

亚美尼亚本就居心难测，而尤里扬斯的归来，将会让本来复杂的局势变得更复杂——

高高坐于金交椅上的王者，比他更希望除去如今已威胁到他的统治的尤里扬斯。

一场蓄积已久的暴雨，将要在那座神圣宫殿的穹顶之上，在精彩绝伦的宫廷舞台之上，轰轰烈烈地喧嚣起来。

从刚才那场对峙中，我终于得悉了这买下我的黑袍男人的身份，不免为之惊异。他竟然就是当今统治罗马帝国西部的副帝尤里扬斯。

传闻他十分精于战术，即位短短时间就在高卢所向披靡，虽然他还没有与我们波斯军队正面交过峰，但威名远播，我受俘前就听过他的名讳。军方因忌惮他将来会协助君士坦提乌斯来东方战场对波斯作战，还曾派出一个军团刺杀他，但并没有成功。

也不知是由于什么原因，整整一个军团，就这样在前往刺杀他的路上销声匿迹了，简直让人匪夷所思。

而这样一个危险人物，此刻就在我的身后，不知要把我带往何处。他将我买下，到底是出于什么目的呢？其中缘由绝不简单。

我不安地琢磨着，不知不觉已被他带着穿过城中心，进入了人烟稀疏的城郊密林。透过斑驳的树影，我看见林子深处起伏的山峦宛如野兽的脊背，山腰上矗立着一座巍峨的神殿似的建筑，山脊后则是一堵黑压压的高不可攀的城墙。

无论城墙有多高，都拦不住我——连泰西封最高的象牙塔，我也曾攀到过顶峰，这点高度对我来说是小意思。

我隐约窥见了重获自由的希望的一隅，但且不提此刻我受制于人，我实在精疲力竭，绝没有多余的爬上那堵城墙的力气。

穿过密林时，周围静悄悄的，马蹄踏过枯叶的声音格外响，在进入树影最浓的区域时，墨水般浓稠的黑暗披覆到我的身上，让我感到一阵阴森的寒意。

除了脚步声以外，还有一种不寻常的窸窸窣窣的碎响尾随在后。我警惕地扭头向身后看，就望见几只巨大的黑犬从四面的树影之中逼近，不远不近地保持着一段距离，似乎是在迎接尤里扬斯的到来。其中有一两只虎视眈眈地盯着我，龇牙咧嘴地露着森森獠牙，喉头里咽着低低咆哮，似乎急不可耐地要扑上来把我撕成碎片。

我厌恶地皱起了眉——我非常、非常讨厌狗。

我的武士导师有一只异常凶猛的獒犬，它比狮子还要强壮，与它搏斗是被所有受训的武士公认最难通过的考验，连如今已成为我所在的幽灵军团团长的伊什卡德也曾败在它爪下。为了成为一名合格的武士，我一次又一次地去挑战这只狗，于是一回接一回地被它扑倒在爪牙下，以至于我清晰地记得那只狗腥臭的血盆大口与它黏稠恶心的唾液。

如果那是真正的战斗，我大概已经死了数十次不止。

就在我回想着那些不堪回首的可怕经历时，其中一只狗竟然朝我的左侧方逼近。它看上去体型是这些狼犬中最大的，比马小不了多少，足以咬到骑马的人。

我本能地缩起腿脚，唯恐给它咬到，不料它竟得寸进尺地把脑袋凑过来，似乎打算袭击我。

我立刻在马背上蹿起来，颈子却被尤里扬斯一把按住。他侧过脸，狭长的眼睛睨着我："你不是胆子挺大的吗，居然怕狗？"

脚边响起一串低低的嘶吼，足踝沾上一片湿热，我条件反射地向后一缩："这些狗是你养的吧！叫它们离我远点！"

耳边轻笑一声："你放心……它们不会像你一样，乱咬人。除非你不驯服，胆敢忤逆你的主人。"

这当口那狼犬探头嗅了一口我的小腿，獠牙外龇。

"滚开！"我蜷起双腿，浑身紧绷。

"叫我一声'主人'，它就会离开了。"

我心泛恶火，冷冷地回绝："休想！我只臣服于我们波斯人的国王，你算什么东西！"

身体一空，整个人被他从马背上推了下去。

我猝不及防地滚落在地，尤里扬斯兀自驱马牵着锁链朝前走去。四面响起一片此起彼伏的咆哮，周围腥风卷浪，几道黑影闪电似的朝我扑来。

霎时间我肝胆欲裂——曾经对付一只巨犬我都十分吃力，现在我的手还被绑在身后，面对着十几只与那獒犬差不多大的狼犬！

这个念头一闪而过，一道黑影已逼至身前。我就地打了个滚，身体却还是被撞到，失去平衡地摔倒在地。数十道黑影犹如乌云压境，将我团团包围。我感到尖锐的獠牙与湿润的腥舌肆虐在身体上，似乎即刻要将我撕咬得四分五裂。

一种濒死的恐惧感刹那间淹没了我整个人。

我紧闭双眼，下意识地想要护住头颅，被缚的双手却动弹不得，心底升起一股巨大的绝望。我知道开口示弱也许能阻止这一切，但我无法那样做，比起死亡，更让我难以面对的是折辱。

然而预料中身体被撕裂的疼痛并没有到来，一声口哨穿透滚滚雷鸣般的咆哮声，狼犬们立刻如乌云四散。

我睁开眼，看见尤里扬斯不急不慢地缓缓走到我身前，低下头，打量着我狼狈不堪的模样。我还处在死里脱身的惊惶之中，只觉得他仿佛是希腊神话里的死神达拉特斯来向我索命，只觉得呼吸困难，如命门被扼。

"宁可死也不愿开口求饶，你倒是很有骨气……"他讥诮地翘起唇角，甩了一甩手中的锁链，将我从地上拖拽起来。

我踉踉跄跄地站稳，却又被他落井下石地绊了一下，双膝不由得一软，再次跪倒在他身前。他朝我俯下身来，暗赤色的头发流泻在我的脸上。黑暗中他的那双狭长的眼瞳半眯着，幽幽泛着噬骨夺魂的妖光。

铁链被寸寸收短，我无可避免地被牵到他跟前。他抬起手来，捏住了我的肩膀。那里不久前曾被刺伤过，伤处立即袭来一阵刺痛。我瞥了一眼，才发现肩上已鲜血淋漓——刚才在狗群扑袭我的时候就撕裂了，只是我没意识到。

我向来对这种小伤不以为意，却被尤里扬斯的神态吓了一跳。

他的眼睛直勾勾地盯着我的伤口，呼吸紊乱，仿佛饿狼嗅见了腥味，下一刻面具上的龙蛇就能骤然蹿起，一口咬上来。

我心中骇然，忙喝了一声："喂，你看什么！"

这一声好像让他如梦初醒。一双蓝紫的妖瞳在黑洞洞的面具眼孔内转动起来，目光缓缓挪到我身上。

做什么？

我条件反射地屈膝踢了他一下，向后退了一大步，冷不防被一只扑来的黑影撞倒在地，转瞬一口獠牙已含住了我的脖子，将我扼制在地上。

我拗着脖子，紧张与愤怒在心中交战，汗液止不住地从额头上淌下来。就在这时，周围的密林忽然无风自动，传来一阵窸窸窣窣的碎响。一道似鹰的飞影从我的头顶掠过，以迅雷不及掩耳之势朝尤里扬斯袭去，却被他侧身闪过。

狼犬们霎时间争先恐后地朝突袭者扑窜而去，却一只也未得手，被它轻而易举地突破重围，展翅转了个弯，便又消逝在了夜色之中。

那只鹰……

我的心里咯噔一响，生出了一丝强烈的异样感，隐隐感到了不寻常。在不死军中，上下级与军队成员之间常使用信鹰传递情况，每个军团都配有一只随团军用鹰，所以我对鹰这种生物极其熟悉，以至于能通过它们各自独有的飞行轨迹与飞行方式来判别他们来自哪个军团。

刚才那鹰飞下来时我看得分明——它飞行时朝下身斜，展翅滑翔时一只翅膀未能完全舒展，是左翼曾受过伤的迹象。

　　那极有可能是我的阿泰尔，来自我隶属的幽灵军团。

　　我震惊地呼吸凝固。难道有我们军团的人在这儿？他们是接到什么命令前来罗马？还是听闻了我从监牢里被放出来，特地过来营救我的？

　　稍一思虑我立刻否定了后者。

　　即使情谊深厚，他们擅自行动的可能性也微乎其微。那么唯一可能的答案是，他们接到了来自上级的命令，并且那命令牵涉我，需要我来执行。

　　我感到异常激动。好似此刻已经脱去一身镣铐，又回归到了军团里，重新穿上了我的一身黑鳞戎装。

　　"看来你还真不是寻常的战俘啊……"

　　这声音将我瞬间拖回了现实。狼犬的利嘴没有从我脖子上挪开，我仍然受制于人。

　　我举目望了望四周，知道军团里的其他人可能就潜伏在附近，继而又联想到，这有可能就是尤里扬斯把我买下的目的——出于某种原因，他想利用我把他们引出来。

　　"难怪那些密探要跟着你……"

　　我心中一凛，心想果然是这样。难怪这身为罗马副帝的男人会在我演了那么一出恐吓众人的戏后，仍然花重金将我这样一个危险品买下。

　　尤里扬斯慢悠悠地走到我身旁来，解开了自己的斗篷，动作慢条斯理，好似在自己的寝室里一样从容自然。

　　我不禁怀疑他是不是打算干点什么雪上加霜的事来折磨我，以逼我的军团成员现身。

　　我戒备地瞪视着他，浑身紧绷得如同蓄势待发的弓弦。额头上的汗液淌进了我的眼眶，我眨眼的工夫，一块厚实的衣物已落在我的周身，那是他的斗篷。随之狼犬松开了我的脖子。

我小心翼翼地顶着身上的斗篷站起身来。出乎意料，我看见尤里扬斯已兀自转身朝前方白色神殿走去，没有再为难我的意思。

我随他跌跌撞撞地走近神殿。它的周围被一些东倒西歪的巨大神像的废墟所环绕，积压着厚厚黄绿色的橄榄叶，使这座蛰伏在密林间的建筑像一只沉睡千年的古老巨兽。这里显然很久未有人踏足了。

他来这儿做什么？我转头四望，谨慎地观察这个地方。

透过神殿高大的拱门望去，穹顶高而空旷，支撑殿门的柱子上有一些明显新铸造的天使像，它们背后的羽翼所落下的阴影里，是另一些截然不同的神像的模糊轮廓。

数张面孔安静地俯视着一切，仿佛越过数百年的岁月俯视着芸芸众生，已落满了遗忘的尘埃。

循着月光落下的方向，我抬头朝神殿的穹顶望去，却一眼瞥见了前方的身影。

尤里扬斯同样在仰头望着那些神像，若有所思。我不可自抑地被他吸引了目光，脑中莫名又浮现出当年弗拉维兹仰视神像祈祷的姿态，一时有些怔忡。

光影描摹出他挺拔而瘦削的背影，锁子甲上一层冷光潋滟，顺着流水似的赤色长发淌到深紫色的内袍上，宛如冰火交织。他整个人像立于烈焰之中，却通体散发出孤寂冰冷的寒意。

焚烧的冰雪。

他的身前是一座半人高的石坛，像是曾为信徒们净手而存在的水池或者小型喷泉。它已经完全干涸了，可令人惊讶的是，那已残缺不全的喷水口上，竟然生长着一株血色的花朵。

它就在这堆废墟上妖异地开放着，像是白森森的骸骨上的一滴残血，宛如命运女神摩依赖面对死亡时那凄艳的微笑，而又因这种危险的气息散发出致命的诱惑。

在我发怔的时候，一只苍白的手忽然将那株花摘了下来，我凝视他的视线来不及收回，猝不及防地与那双妖瞳撞在一处。

"你在看什么？"

我冷冷道："我在琢磨怎么宰了你。"

"你大可以试试。"他扫了一眼我的身后，似笑非笑。我听见狼犬跑过落叶的声音，由远及近，不由得寒毛直竖。

我忙不迭地三步并作两步跨上神殿的石阶，一脚陷入了柔软的落叶之间。落叶底下竟是潮湿光滑的石头地面，布满了青苔。

还不及站稳，铁链就被他向前拖去，我一下子滑倒在地。额头磕在地砖上，大脑瞬间嗡嗡作响，眼冒金星，一种精疲力尽所造成的眩晕向我排山倒海地压来，让我竟连爬起来的力气也聚不起来，肩膀也袭来一阵阵的刺痛。

我想我是失血过度，伤势已经超过了我的身体负荷。

我的视线晃晃悠悠地升向上空，一道黑影荫蔽了我头顶的月光。

尤里扬斯低头打量着我，微笑着，眼睛在逆光的阴影里幽暗魅惑，不知为何让我想到曾在印度的死亡沼泽里看见的森蚺，它一点点绞紧猎物时的眼神，就如同此刻注视我的这双眼睛，透着致命的吞噬之欲。

浓烈的危机感当头扑下。我拼命地试图凝聚起气力，告诫自己绝不能这样晕倒，视线却不听使唤地模糊下去。

……

"阿硫因……阿硫因……"

朦朦胧胧地，一个清冷的声音轻轻地呼唤着我的名字。

我恍惚像从一场噩梦中醒过来，睁开了眼睛。窗外是一片沉寂的黑暗，冰寒的月光透过白色石柱铺洒在大理石地面上，潋滟出一圈虚幻的光雾。

对面的铜镜映出我的倒影。

我的身躯瘦小孱弱，面露稚气，还是孩童模样。

我知道自己又陷入七年前的那个梦境里了。

第4章

危险之境

"阿硫因……阿硫因！"呼唤从缥缈变得清晰可闻，断断续续。

与梦里无数次重复的举动一样，我昏昏沉沉地拾起床头的长袍为自己系上，赤着双脚踏入一片月华里，循声朝黑暗深处走去。撩开隔挡神殿的主殿与里殿的黑色帘帐，一抹白影便映入我的眼帘。

弗拉维兹正倚靠在一根靠窗的圆柱上，他颀长的脖子向后仰着，清瘦的身体瑟瑟发抖。他的背后是临海的高台，夜风撕咬着他希腊式白袍的衣摆，好像随时能把他卷入高台下的万丈悬崖，翩翩化作一只坠鸟。

——他的顽疾又发作了。

慌忙抓起一个神像座下的白瓷瓶，我舀了一瓶圣水，向他冲去，慌张地将他从高台上拖下来。他跟跟跄跄地倒下来，而我扶不住他，一下子摔在了一起。

近在咫尺的苍白面庞上泛着一层不正常的红晕，斗大的汗液沿着他瘦削的脸颊淌下，有几滴积压在浓密的睫羽上，微微颤抖。

我屏息凝神，不敢动弹，怕一动，弗拉维兹就要离我而去。

他的手时轻时重掐着我的肩膀，薄唇里泄出的急促喘息喷在我的面上。

我的肩头被他掐得疼痛，胸腔里一阵阵发堵，把洒了半瓶的水颤抖地递到他唇边："喝水，弗拉维兹……"

"不，不喝！"他夺过水瓶狠狠扔掷出去，俊美的脸孔因过分用力而微微扭曲，吼声嘶哑得不似人声，单薄的身躯里好似突然挣出了一只野兽。我被他惊得僵住，继而被他一把扣住肩膀。

"阿硫因……你害怕了吧……我这副半死不活的样子，根本不能保护你。"他努力平复着呼吸，浅金色长发丝绸一般轻柔地披覆在身上，像一团绞缠着溺水之人的水草。

我深嗅了一口他身上飘散的馥郁的迷迭香的香气，坚定地摇了摇头，低声道："我会变强的，将来会保护你。"

"不，你会离开我，像所有人一样。"他自嘲地笑了一下，身体抖得如风中残叶。我拼命摇头以示我绝不会如此，耳边他的声音喑哑得几不可闻："你要证明你绝不背叛我……"

"我发誓，以诸神的名义……"

就这么一瞬，周围的景象霎时间变了。

我不再站在神殿之内，而恍然一下子到了神殿下漫长得似乎无边无际的阶梯上，重复着那个令我终生难忘的夜里的疾奔，竭尽全力地冲向前方那正燃烧着熊熊烈焰的神殿里。短短几步路，仿佛穷尽了一生的气力。

一切都来不及了。

凶猛的火舌以燎原之势席卷了整个神殿，火光铺天盖地地吞噬一切，只是一眨眼的工夫，那个犹如神子一般的人影就被火焰吞没，化作一个扭曲佝偻的人形，在滚烫的火海之中我伸出一只焦黑枯槁的手来，仿佛冥河里死不瞑目的亡灵那样绝望而执着的姿态。

"弗拉维兹……弗拉维兹！"

我歇斯底里地哭喊着，跌跌撞撞地朝他冲过去，手里抓到的却是一把焦炭似的灰。

"啊……啊！"

我大吼着睁开了双眼，浑身冷汗涔涔。

意识到自己再次梦见了弗拉维兹，我捂住了头，整颗头颅胀痛欲裂。大脑昏昏沉沉，恍惚之间，我似乎还跪在那遍地焦尘的神殿里，拥着他的骨骸，跪在神像前悔恨地号哭，期冀天上的神祇把他还给我。

我忏悔我不该一时赌气离开神殿，把拖着一副病躯的弗拉维兹单独留下，将他的赌咒当作气话。我那时在朱庇特神像面前大声起誓，如果弗拉维兹能再次出现在我的面前，假如让他死而复生，我宁可用一生的自由来交换。

然而神灵自然没有回应我。这就是我一生的罪咎。

为什么……又会想起这个我曾恳求巫师使用催眠术令我遗忘的梦魇呢？

忘掉它吧，阿硫因！你不是曾发誓要抛却过去的自己吗？已过去了七年之久，即使弗拉维兹死而复生，现在的你还会兑现那个毒誓吗？以一个忠诚的波斯军人之身？

我扪心自问着，却无法得出准确的答案。

双手情不自禁地攥握成拳，我的指甲刻进自己的掌心里。我闭上眼睛，深吸了口气，强令自己进入冥想状态，过了片刻后，才清醒了几分。我嗅到自己的嘴里有一股浓烈的酒味，但不单单是酒，还有某种奇异的甘甜，辨不清是什么味道。

有人趁我晕倒的时候给我灌了什么鬼东西。

我用力按压喉部，想逼自己吐出来。可喝下去的时间似乎已经过了很久，我只是干呕了几下。手肘擦到肩头，我才发现肩上的伤口已经得到了妥善的包扎，但仍在隐隐作痛。而我的身上被换上了一件罗马式的丘尼卡。我不禁皱了皱眉。

"扑簌簌——"

就在这时，一阵鸟类扑扇羽翅的声音忽然从上方传来。

我抬起头去，望见一抹黑影降落在上方被铁栅栏封住的窗户外。敏锐地意识到了什么，我靠近了墙壁，随着窸窸窣窣的碎响，一个发亮的东西从我的身侧滚落下来，被我眼疾手快地伸手接住，赫然是一把钥匙。

我的精神一振——我的军团真的来营救我了。

我把钥匙插入镣铐上的锁眼，却发现对不上号。

怎么回事，难道是门？

我扫了一眼四周，发现四面皆是墙壁，门竟然在我的正上方。我在一个地下监牢里。头顶的门离我有一个人身高的距离，也覆盖着一层铁栅栏，上面挂有一把粗大的青铜锁。

爬上去对于我不是问题。

可这样贸贸然出去，手脚还缚着镣铐，逃跑的失败概率很大。怎么样，要冒这个险吗？鹰使已经到来，上级一定有什么命令急于交给我，军团的成员也在等待。

不能犹豫了。

暗自权衡了一番，我攥紧了拳头，将背倚在墙根处，双脚撑在墙的夹角里，一点点往上挪。等到接近那扇窗户，我绷紧腿肚，一蹬墙壁，便飞身抓住了那窗户上的铁栅栏。用脚踝钩住窗户，我犹如蝙蝠一样悬挂在上面，纯粹借着腰力弓起身体来。该庆幸我的腰十分有韧性，即使在受伤的情况下，仍然能够支撑我本身的重量。

深吸了一口气，我纵身一跃，轻而易举地抓住了头顶的铁门。

因为我体重很轻，没发出什么动静。

我朝外望去，外面是幽暗昏惑的地下长廊，地上每隔一段距离有个水渠，高大的石柱屹立在走廊两侧，底座都是巨大的雕刻成头颅的石台。我辨认出那是美杜莎的头像。刻成蛇形的头发盘踞在她的脑袋上，深凹的眼窝幽幽地对着我，透着困囿的绝望。

我可不会被困在这儿。

我冷笑了一下，敲了敲铁栅栏，等待了一会儿，外面依然静悄悄的。

没有人看守这里。

我摇晃了一下身体，蜷起双腿钩住铁栅栏，打开铁锁，利索地翻了出来。上下观察了一下这些石柱，我尝试性地将镣铐卡在那些繁复的浮雕形成的凹槽之间，手脚并用地往上爬，爬了几下我就差点失笑起来。

用镣铐锁住我的家伙怎么也不会想到，它竟然会成为助我逃跑的一件利器。飞檐走壁是我在武士训练中最擅长的一项，甚至比突击杀人做得更好，过去我的养父与老师常常为此夸赞我，这也决定了我成为不死军中的幽灵，而非那些看上去最威风的黑甲重骑。

不一会儿我就爬到了廊柱顶端。拨开头顶扰人的爬山虎，我从廊柱间的空隙里探出身去，贪婪地深吸了一口外界新鲜的空气，举目望去。

这长长的柱廊在神殿的后方，像一条蜿蜒卧于山脊上的蟒蛇，穿过神殿的穹顶，延伸到山脚底下的密林里。

突然，底下传来了一声叫喊。

我呼吸一紧，从叶子的罅隙间低头望去。两个配备有腰刀的人从长廊的一头冲来，背后跟着一个高大的黑影。他们的嘴里叫着我听不懂的语言，赤着上身，粗犷的蓝色刺青从胸膛一直延至颧骨上，耳朵均坠有夸张的铜环，像是蛮族人。

"去附近搜搜，他被喂了安神液，跑不了多远。"

这个声音立即吸引了我的注意力。它听上去怪异可怖,就像是遭到过灼烧一样,每个音节都让人好似听见了焦炭在烈焰里龟裂的声响。

我的目光投向那身影,看着阴影从他身上一寸寸褪去。那是一个高大的黑发男人,光被他高挺的鼻梁分成两半,好似将一张面孔割裂开来。一半算得上是英俊,而另一半则在斜长的刘海下若隐若现,骇人至极——焦黑的皮肤干巴巴地皱成一团,爬满了纵横交错的裂纹,好似只要轻轻一碰,这半张脸就要剥落下来,露出血肉模糊的骷髅。

是被烧毁了。

梦魇里的漫天火光又从脑海里涌出来,我想到尤里扬斯戴着面具的脸,不由得有些发怔,却听见头顶忽然传来一阵振翅声。

我直起背脊,让鹰使降落在我的肩膀上。近距离一看,我马上发现这鹰的头顶有一簇红色的翎毛,它的确是我的阿泰尔,在军中陪伴了我三年的忠实战友。它飞过了海峡,从遥远的波斯飞到我的身边!

"好孩子……"我低喃道,心里百感交集,伸手摸了摸它的翅膀,它则用头亲昵地磨蹭了一下我的脸颊。

我望了望四周,清楚我的军团成员就在附近,等待阿泰尔将我引领到他们身边。一种光荣的使命感立刻自胸臆油然而生。

"好了,带我去我该去的地方吧,阿泰尔!"

我轻声道,扬起胳膊。阿泰尔振翅飞起,我顺着它的身影望去,看见它来回盘旋在神殿的穹顶上不再往前。我心知阿泰尔是在提示我去找什么东西,且这东西一定跟我接到的指令相关。

可现在,我能顺利完成任务吗?

我松了松领口,感到脑子有点发晕。听那鬼面男人说,我被喂了什么安神液。我不知道这是什么鬼东西,但可以猜测这是一种能限制人行动的毒药。

兴许是我刚才在梦中发了大汗,把药效排掉了一部分,才有力气活动。

必须得撑着！我狠狠咬了一口自己的手臂。疼痛暂时驱散了晕眩感，使我更加清醒了一些。

阿泰尔降落在穹顶上，焦躁地冲我拍了拍翅膀。我连忙拂掉额头上冒出的汗液，匍匐身体沿着廊顶朝穹顶爬去。由于镣铐的限制，我在这些廊柱上方行动得异常艰难，只能依靠双肘双膝保持平衡，一不小心就会从柱子间的缝隙掉下去。

假如此时能摆脱这些令人痛恨的束缚，我能在任何建筑上如履平地，没有人能轻易抓住我。可眼下，我就与一个残疾人无异，而且是被追捕的残疾人。

真够惨的。

我自嘲地笑了一下。这时周围传来一些动静，伴随着几声狗的吠叫，几个人影从我的下方朝密林里跑去，身后尾随着那些巨大的狼犬。幸而我是跑到了这上面来，不然可能跑不出几米就会被狗循味追上。

待追击者都跑进了林间，我便继续朝神殿的穹顶爬去。沿着自下而上贯穿整座殿身的石柱，我攀到了它的顶端。它的构造与希腊式的传统神殿差不多，顶部是一个半球形，透过一些拱形的天窗，内部有融融的火光漏出来。

跟随着阿泰尔，我爬到神殿的后方，一个石台的正上方。透过石柱的缝隙，我窥见里面是一间宽敞的石室，正中有一座石床，里面很黑，但一缕月光使我看清石床上搁着一件黑色衣物，它的上方，一件锁子甲散发着淡淡的冷蓝色光泽。

是那个人的衣服？

我要取的东西，还有锁着我的镣铐的钥匙，一定都在这儿！

我左右望了望，见四下无人，便顺着石柱滑了下去，一个打滚翻进了石室里，伸手搜索那黑色斗篷。我摸到了一把沉甸甸的钥匙，以及一把匕首。它吸引了我全部的注意力。那是一把波斯式样的半月匕首，刀柄为白象牙所制，柄身镂刻着日月星图腾，顶端嵌有一枚稀有的日曜石，在黑暗中流光溢彩。

我震惊不已地打量着它，屏气凝神。

如果我没记错的话，这玩意被称作日曜之芒，可是皇室宝物。

我唯一见过它的一次，还是随养父入王宫参加一次宫廷祭典时。神圣女祭司向国王陛下传递神谕的时候，曾以此物在献祭的牲畜身上采血，后来它就被封存在了圣火祭坛。怎么会落在这人手里？太不可思议了！

阿泰尔啄了一口我的手指，才令我回过神来。我立即将日曜之芒绑在腰间，小心掩住发光的宝石，用钥匙打开了手脚的镣铐。从这长久以来困住我的鬼东西里解脱，我像获得了新生一般如释重负。这让我从挥之不去的恶心感中缓和了不少。我长呼一口气，活动了一下四肢，筋骨发出咯咯的响声。

正要沿原路退出石室，忽然从神殿后方响起了几声狗吠，其间夹杂着人的吆喝。我知道不得不选择另一条出路了。我探头朝石室的另一扇窗外望了望，发现外面是神殿高层的走廊，外侧有石栏，林立的白色石柱在月光下投下一道道阴影，还算适合隐蔽身形。我蹑手蹑脚地翻出去，猫腰迅速潜行。

经过一段距离的黑暗，离那散发着火光的窗子愈发近了，隐约飘来一些不寻常的声音，像是一群人在喁喁低语，似在念咒。

仿佛是受到什么惊吓，阿泰尔忽然从石柱之间飞了出去，我被吓了一跳，所幸的是无人发现它制造的小动静。阿泰尔是训练有素的军用猛禽，绝不会轻易被什么东西吓到。按捺不住心下蹿出的疑惑，我小心翼翼地靠近那窗子。

里面幽暗昏惑，是一个典型的圆形水潭，从内至外有高低三层石阶，由深入浅，似是一个祭坛。祭坛四面环绕着石柱，柱上均嵌有火炬，池中水雾弥漫，波光粼粼。隐隐约约的数抹人影从昏黄的火光里透出来，亦真亦幻，形如鬼魅。

水雾随风扑面而来，钻入鼻腔的竟是一股浓烈甜腻的血腥味，闻来霎时让我头昏脑涨，胸口发闷。

我对人血的气味并不陌生。定睛看去，那池中盛着的哪里是水，分明是一池红得近黑的血。

我知道自己该赶紧离开这个诡异的地方。

我转过身去，正撞见阿泰尔凝视我的一双银瞳。它尖锐的鹰喙几乎要戳到我鼻尖上来。我被吓了一跳，头撞身后的墙壁上，它重重地啄了一口我的鼻子。实在痛极了，我简直怀疑它想把我的鼻梁一口咬掉。

但阿泰尔是在救我，它比我更敏锐地感知到一种邪恶的气息萦绕在这块地域。我遭到了迷惑，阿泰尔则受到了惊吓，可见这力量有多么邪异，必须赶快离开。

而就在我挪动脚步的一瞬间，一个冰凉的物事碰到了我的后颈，嘶嘶的细响钻入耳膜。

我的脊背一下子僵硬了。

那是一条蛇，也许是曾盘在尤里扬斯脖子上的那条。这种情况下暂时不能轻举妄动，一动就容易遭到袭击。无法看见这蛇的七寸，不能急于出手。我按兵不动，一手则摸出了腰间的日曜之芒，但阿泰尔即刻被激发了一只猛禽的本能，它闪电般地一伸脖子，鸟喙就咬住了蛇身。

我暗叫不好，双手一撑地面，半跪着抽身滑开，那蛇果然犹如离弦之箭那样朝我咬来。我眼疾手快手腕一旋，日曜之芒的锋刃削向它张大的血口。啪嗒一声，蛇头就掉在了我的脚下。浓稠的鲜血直朝我面上喷来，我甩开无头蛇身，却感到腿肚突然袭来一道剧烈的刺痛，使我双膝一软。

阿泰尔向我扑来，将那袭击我的东西一口叼住，甩在了一旁。

蛇头脱离蛇体，仍保有咬噬的本能，我没能顾及这一点。糟糕透了。这像是一条蓝树蟒，以它那样强烈的毒性，血液流动又会加速毒发，我走不出十步就会毙命。祸不单行的是，长廊前后，被数十来人堵住了去路。他们都全副武装，手上拿着明晃晃的兵刃。

我知道自己插翅难逃，但阿泰尔可以。

"阿泰尔，离开这儿，去报信派人来救我！"我低喝了一声，迟疑了一下，将日曜之芒甩给了它——尽管这是我唯一防身的武器，但珍贵的国宝与使命，永远比我个人的安危更重要，我不能让它落回敌人手上。

阿泰尔担忧地睁大双眼，磨磨蹭蹭，不肯接走日曜之芒，我狠狠给了它一巴掌："滚，这是命令！"

就在它呼啦一声振翅飞起的一瞬间，一个高大人影逼近而来，是那个阴阳鬼面男人。他一把拧住我的胳膊，将我朝石殿里拖去，径直拖向那雾气弥漫的浴室里。祭坛里看起来空荡荡的，一个人也没有了。

我不知道这鬼面人把我带这儿是要做什么，却也无力挣扎，只能任他将我像是投尸一般扔进了祭坛。

浓郁腥甜的血雾时淹没了口鼻，我艰难地扑腾了几下，尚留有一点知觉的脚触到了池底。这池子只及我腰深，这是我唯一庆幸的事。我纯靠腰力挣扎着游到了池子边，倚靠着池壁，容下半身浮出水面。我仰脖大口喘了口气，摸索着那条正逐渐麻痹的伤腿的膝盖，紧紧按压住脚踝处的伤口。

从头顶投下的一缕月光照在我的面上，让我在突如其来的恐慌中抓住了一丝冷静，阿泰尔定会找来援兵，我得尽量拖延时间，不让自己在这儿毒发身亡。

这样想着，我眨了眨有些模糊的双眼，朝四周望去。借着昏暗的光线看清祭坛里的景象时，我差点儿当场灵魂出窍。

尤里扬斯就在我的对面。他仰着头颅，靠在池壁边，一头赤发披覆着他露出水面的半身，让他看起来好似一具被红色水藻纠缠的浮尸，苍白的躯体在一池浓稠的血色里潋滟出妖冶的光泽。如同真的死去了一般，他这样安静，似乎根本没有察觉或在意我的到来。

浓重的危机感笼罩着我的心头，可我的目光依然如被磁石吸附，聚集在那张覆盖着他的脸的金属面具上。

那张面具近在咫尺，仿佛伸手可触。

心怦怦加速地狂跳，一股不可自抑的冲动自指尖涌上头颅，驱使我不受自控地靠近过去。

等我反应过来的时候，我已经朝那张面具伸出了手。

来不及后悔与自控，我的手指刚刚接触到冰冷的金属表面，手腕就骤然被紧紧捏住了。我被吓了一大跳，盯着那张冰冷的面具。

黑洞洞的眼孔里，一对蓝紫妖瞳犹如幽幽鬼火般窅亮，眯成一线。

我这才如梦初醒，猛地退开，跌跌撞撞地攀住身后的池壁，身体已然软了半截，一只腿全麻了。

"怎么了？"他冷不丁地轻笑起来。声音幽暗缥缈，好似一缕浮在水雾里的鬼魂，"你好像很难受啊？"

"明知故问。"我咬了咬牙，求生之欲重重锤击着我的神经，令我的大脑嗡嗡作响。血水里的倒影迷幻不清，有那么一瞬间我觉得自己只是陷入了一个噩梦里。如果这只是梦，我会祈求神祇让我赶快醒来，可惜事与愿违。

可以判断的是尤里扬斯也许会施救，他不会让我就这样死去，否则也不会将我买下关起来。

尤里扬斯瞅了我一会儿，无声地笑了一下，慢悠悠地从池里朝我走近。

朦胧的水雾里他的身影几近虚幻，面具泛着森森寒光，躯体在一片暗艳的血色里显得白如冰雪，以致被他沾染的血水都仿被凝结，连同我的呼吸与目光。

我忽然有种可怕的感觉。好像假若他撕开这副人类皮囊，里面就会蹿出一条嗜血妖蟒，将人紧紧绞缠，连皮带肉地囫囵吞下，一点骨头渣子也不留。

尤里扬斯轻轻哼笑了一声，半眯着眼皮，眼瞳幽深暗沉："说实话，你可真让我意外呀。戴着镣铐，又关在地牢里，还能逃得出来……告诉我，你要逃到哪儿去呢？"

这似曾相识的话语直逼入耳，一阵心悸袭击了我的胸口。

阿硫因……你又要逃到哪里去？

别离开我，别离开我！你不要离开这神殿……永远不要！

弗拉维兹那日的呜咽与嘶吼从脑海深处骤然响起，夹杂成雨声雷鸣，时而远在天边，时而萦绕耳际，声声犹如蛛丝，好似缠住我的灵魂，勒住我的咽喉。

一瞬间我感到惶然失措，不知道为什么会被这句话轻而易举地就勾起了尘封已久的旧忆。一种令我不敢置信的猜测在心中蹿跳，我怔怔地睁大眼睛，望着那张魔鬼似的面具，呼吸紊乱，唇舌发软："弗拉……维兹……"

"你在乱喊谁呢？"面具里的眼睛眯成一条缝，唇畔笑意敛去，"叫错主人的名字，可是要受到惩罚的……"

"你滚开！"我打了个寒噤，屈肘顶开了他的手，撑起身子朝池子外退去。

我真是中魔了，竟然会产生这种荒谬的错觉！

奢求这个变态施救根本是妄想。他刚才大概在试图用邪力蛊惑我，诱出我的心魔，也许就是通过这种方式让我受他控制。古往今来的邪教里，这种通过邪术控制祭品来献祭的方式并不鲜有。

也许这就是他把我买下的目的，献祭。

我不由得一阵毛骨悚然。

我竭尽全力想爬起来逃跑，但遭蛇咬的脚踝已然肿胀起来，腿如同灌铅了一样沉重，根本无法行动。我瘫软得就如同一条搁浅的鱼，只能仰着脖子苟延残喘，冷静的伪装已经不堪一击。

阿泰尔，你们快点来吧！

尤里扬斯静静地瞧着我，仿佛一条毒蟒欣赏着被它一点点绞死的猎物。

黑暗中，他的眼睛似能视物，透着一种能洞悉人心的魔力，仿佛能剖开肤表直抵体内，连心脏跳动的频率也能感知出来。四周一片寂静，透过鼓膜我能听见自己的心脏狂跳不止，仿佛已抵达了崩溃的边缘，而他大概心知肚明。

我发誓我从未真的害怕过谁，但面对他，我头一次尝到了恐惧的滋味。无法确定敌人的意图时，只能静观其变、随机应变，我在战场上学来的法则，此刻却根本派不上用场。我就像多年前那个手无缚鸡之力的孩子一般感到无助。

这种身为弱者的感觉，明明牢牢焊在我心底的禁区里，现在却如洪流一样要将我淹没。

"咻——"

就在这时，一道银光疾电般袭来，凝成一根利箭，恰恰嵌在尤里扬斯的肩头，使他猝不及防地跌入了血池里，激起一片红色水雾。

"阿硫因！"

熟悉的呼喊使我精神一振，立即反应过来。这竟是团长伊什卡德的声音！我的军团来救我了！

我爬坐起身朝祭坛上方的天窗望去，果然见一道人影闪过，一根箭矢拖着绳索直扎入我身旁的墙面。我伸手抓紧绳索，手臂将它绞紧，电光石火之间，身体便腾空而起，朝天窗飞速升去。

　　水声从我脚下袭来，我唯恐被尤里扬斯抓住，忙警觉地缩起身体，朝下望去。

　　他仰头靠着血池边沿，一只手捂着中箭的肩头，大抵是无暇来抓我，一双狭眼半眯起来，嘴唇似笑非笑地动了一动，用口型说了什么。

　　"——你会回来的。"

　　一阵恶寒袭来，我猛地攥紧绳索翻了出去。

第 5 章
重生代价

当马克西穆冲进浴室里后，他看见血池里的人正抬头静静地望着天窗。

一缕月光落在尤里扬斯的面具上，反射出一层淡而阴寒的青光。他潮湿的发丝宛如一大团水草漂浮在血水之中，隐约掩着他苍白的身体，好似一具浮尸。

假如不是他的胸膛在微微起伏，马克西穆会错觉他真的被一箭射死了，尽管他知道那是不可能的。除了再次经历焚烧，已经没有什么能杀死他眼前的这个青年了。

"那波斯小子我已经派人去追了。陛下，您的伤要紧吗？"马克西穆在祭坛边半跪下来。

波光粼粼的血水里，人影仍旧一动不动，半眯着的眼睛凝视着月轮，若有所思。

那双泅蓝的眼眸一如既往像凝结着寒冷的坚冰，可当他的眼珠转动起来，马克西穆却能窥见他的眼底隐约涌动着一团捉摸不到的光亮，好似一片广袤的荒原上的鬼火——只为一丝至死不渝的希望和怨恨而经久不息。

即使对君士坦提乌斯的仇恨已侵蚀了他的灵魂，即使已把自己变成了邪神力量的载体，即使已焚毁了过去的他自己，这孩子，仍无法完全磨灭他的执念……这执念该有多深？马克西穆的心底发出一点哀叹，脸上却未露波澜。

"马克西穆……我的胸口怎会疼呢？"一声沙哑的喟叹从黑暗深处溢出来。

池里的人终于动了一下，抬起一只湿漉漉的手臂捂住了胸口。箭仍深深嵌在他的肩头，他却仿佛浑不在意，只是梦呓似的低喃着："我的心脏不是早就已经献给了女神吗？我怎么还能感到它的存在呢？"

"那一定是您的错觉，兴许是这箭扎得太深了吧。是我亲手剖开您的胸膛的。您的心脏没留下一星半点，都留在了神龛里，女神定感知到了您的诚意。"

听见这诚实无比的陈述，尤里扬斯失声笑了一下。

是啊，那开膛剖腹的剧痛至今仍清晰可感，让他生不如死，犹堕地狱；那被烈火灼烤的苦楚，至今仍摧折他的肺腑，让他时常如遭酷刑，又怎会是假的呢？

他从池水里起身，抓住肩头的箭尾，稍一用力就将它从肉里拔了出来。

瞬间撕裂的皮肉裹挟着方才胸口的绞痛离体而去。

恍如隔世的画面又从记忆深处蔓延而上，如同密密匝匝的荆棘围住胸口，刻骨铭心的刺痛从四面袭来，直抵骨髓。

"我想要自由，想要变强，不想一辈子都困在这儿！弗拉维兹，我讨厌你锁着我！我已经开始讨厌你了，你让我觉得可怕！我会离开，永不回来！我发誓！"

清冽的眼睛里含着决绝的泪光，仿佛凝成坚冰一般斩钉截铁，把他的自矜与理智砸得四分五裂。

然而当年他是那样孱弱，不堪一击，连想要保护一个孩童也是痴心妄想。曾与他相依为命的孩童已长成了一只展翅欲飞的雏鹰，带着对高远天穹的向往，企图挣脱他薄如蝉翼的荫蔽，也许再也不会回来。

神是残酷的，将这从他背着不祥者的恶名诞生起，在仇恨的浸淫里长大，直至他成年也从未拥有的奢礼——"亲情"，猝不及防地在他绝望之际施予，又在他对生命重燃希望时绝情抽离。

是啊，枷锁与病痛早就夺去了他作为一个正常人所能拥有的一切，连用双脚走出这兽厩也无法做到，连追上与他相依为命的人也没有力气，又能奢求什么呢？

那一刻，他忽然明白了这漠然俯视众生的诸神之主是何其冷酷。

于是他转而跪拜在邪神的足下，如一只飞蛾，纵身投向万劫不复的地狱熔炉，索性把这千疮百孔的半生烧得片甲不留。

好在……好在，重生的痛苦万分的代价，他没有白白承受。

他们再次相遇了——如他灼烤之中得到的神谕所预见的那样。

一手扒在池壁上，缠绕着发丝的手臂上淡蓝的青筋根根凸起，如使他苍白近冰的皮破裂开来，仿佛随时会渗出艳丽悲凄的血色。尤里扬斯靠到池壁边，自嘲地闭上了眼："只要见到那波斯小子，就把他抓起来，带到我这儿来。"

我无缘无故地感到背脊一阵发麻，下意识地朝身后望去。那树影之间的白色神殿已被远远抛在身后，马匹在身下疾驰，零星的灯火逐渐消逝在黑暗里，人声与狗吠模糊在猎猎风声之中，一如当年我逃离雅典的情形。

不同的只是，这次带我离开的，不是那前往波斯的人贩子旅队，而是属于我自己的军团，我身前驾马之人是我最钦佩的团长伊什卡德。这提醒我，我是谁。我不再是当年那个手无缚鸡之力的孤儿，也不是流落异国的战俘，而是不死军中幽灵军团的军长阿硫因·哈塔米尔。

可就在片刻前，被尤里扬斯困住的时候，我几乎迷失了，迷失在他身上携带的诡异力量给我造成的错觉里，又变回了过去的自己。

我竟然差一点以为，他会是弗拉维兹。

但他们怎么可能是同一个人呢？

弗拉维兹……早就死在那场天火里了。

回想起当时的景象，掠过周身的冷风便仿佛顷刻化成烈焰，令我如遭灼烤，湿透的衣襟里冒出汗液。这时马速逐渐慢下，眼前豁然开朗，进入一片光亮之中。

伊什卡德带着我穿过了罗马城郊的密林，抵达了罗马的城区，远远地可以望见那堵面朝港口的君士坦丁黄金海墙，在黎明前的黑暗中仍显得金碧辉煌。这里是罗马的繁荣城区，人烟稠密，即便是在深夜，从港口往来的行人仍川流不息。

为了防止引来过多的注意，我们像以往执行任务时那样靠近偏僻的建筑物，开始向上攀爬——夜里行动，永远是屋顶最利于隐蔽与脱身。

我该庆幸我的脚又恢复了知觉，不至于拖伊什卡德的后腿。他冒险独自来营救我，作为团长，也许已经算渎职；而作为我的哥哥（伊什卡德是我养父的长子）——尽管我已经很久没有这样叫过他了，我更不希望他因我而身陷险境。

为了防止我突然昏厥，伊什卡德给我一片每个军团成员都会随身携带的药草。这神奇的药草总让我们保持精神高度亢奋。这是必要的，因为飞檐走壁是高危险、大强度的体力运动，稍有不慎就会摔得粉身碎骨。在正式加入幽灵军团前，我有三个同伴死于从高处跌落。

但愿被囚禁的这几个月，我的身手没有变得迟缓吧！否则"幽灵军团的军长刚出狱就意外摔死"，可真是一个天大的笑话。

我的掌心有点儿出汗。紧随在伊什卡德身后，我小心翼翼地在建筑物之间穿梭着，纵身飞跃过那些或大或小的间隙。尽管不像身体状态好的时候那么得心应手，但我欣慰地发觉，我刚才的担心是多余的，我依然非常矫健。

当我们的脚下已经不再是那守卫森严的贵族住宅区，而是平民区弯曲狭窄的小巷，前方的伊什卡德才停下来。

这里的世界似乎是隐藏在天堂的光辉下的人间地狱，既混乱又安全。

阿泰尔在空中拐了个弯，俯冲入前方不远的一个灯火通明的建筑物内。我随伊什卡德徐步沿着屋檐走近那儿，看见窗口火光里透出影影绰绰的婀娜身影。

妖娆的歌声混合着浓郁的香风，在我们谨慎地顺着柱子爬过去时，犹如一张蛛网扑面而来。

我稳稳地落在建筑物的房梁上，厌恶地心想，真是一首艳曲。

但那是自然的，因为任谁都看得出来，这里是个妓馆。

伊什卡德带我来这里做什么？

"喂，团长……我们来这做什么？其他人难道在这里等我们？"

伊什卡德头也不回地顺着一根梁柱滑了下去，抬起头命令道："下来。"

我只好依言照办，快步跟上伊什卡德，径直朝妓馆的门前走去。

儿时我随寻找父亲下落的母亲前往遥远的西方，辗转流浪在异邦，落魄之时被拐卖到雅典最混乱的露天妓院里。母亲在那儿受尽了凌辱，无力保护我。

与母亲相依为命了几年。后来她病死了，我也长大了点。我性子烈，不听话，常常被虐打得遍体鳞伤。有心肠恶毒的人爱用锐器扎我，有一次捅穿了我的肩胛骨，让我奄奄一息。人贩子以为我活不下去，把我扔进抛尸的坟堆。

我撑着一口气，逃到了附近山上的神殿门口，在那儿，遇到了弗拉维兹。那就是我命运的拐点。

"阿硫因，快点跟上！"

伊什卡德的低声催促将我从记忆的泥沼里拔脱。

我疾步登上楼梯，随他来到妓馆的二层。令我松了口气的是，这儿有帘子阻隔的单人浴室。室内雾气缭绕，散发着一股棕榈叶的香味。

我知道伊什卡德带我来这里必有什么特殊用意，果然，他对我比了个抹脖子的手势，抛给我了一把手刃。

我心领神会地点了点头，与他分头动手。须臾之间，二层楼上十来个人已悄声无息地丧了小命。每一个人都被我们按进水中再干净利落地割了喉，浴帘上连一丁点血迹也没溅上。

干完这一切后，我才从伊什卡德口中得知，这些人是来自阿拉伯商队的人贩子，其中有一个人负责押送这妓馆里的一些人出城，运往遥远的丝国，冒充他，可以躲过城门卫兵的检查。至于杀其他人，则是为了防止走漏风声，这是惯例。

可不幸的是，我和伊什卡德之间，必须有一个人扮作老鸨。我宁死也不穿女装。在我的严词拒绝下，比我身材高大不少的团长大人屈尊扮演了这个角色。

我发誓，我绝没有在看见他套上那妖媚的斯托拉式衣裙时在心底狂笑，并且由衷地觉得，当伊什卡德打扮成这样时，他还真的颇像一位东方美女，只是身材过高，肩膀有点太宽，但在头纱的掩饰下，一切不成问题。

但那绝不是因为他长相阴柔——伊什卡德有一张颇为英俊的面孔，轮廓硬朗锋利，但假若单单直视他的眼睛，就会发现他其实有一颗温柔的心。这一点从他在我被收养时起，就给予我默默无言的关怀就足以看出。

所以我假如嘲笑自己的长官与长兄，是万万不该的。在伊什卡德冷冰冰的注视下，我憋得快要流出了眼泪，嘴角也没敢抽搐一下。

换好一身阿拉伯长衫以后，我没忘记冲伊什卡德敬了个军礼，诚恳无比地说道："团长，我对你的敬意好像又增长了几分！"

"别急着说这话，你也许会后悔。"伊什卡德微微侧过头，浓黑的眼角扫了我一眼，眼波暗涌。

"嗯？"我愣了一愣，没听懂他的意思。

当时，我不敢相信一向铁面无私的伊什卡德肯屈就于我的坚持，但假如当时能预料到一个比老鸨要让人难堪得多的角色在等待着我的话，我会万分理解他出人意料的爽快与"后悔"的含义——在我即将忍受一个奇耻大辱前，给我保留一点最后的尊严。

"如果你以为我是来救你脱身回波斯的话，就大错特错了。我们是有任务在身的。"

"这我知道。但不回波斯？去哪儿执行任务？"我疑惑地挑起一边眉头，"难不成在罗马吗？"

"是的，如你所料。我们这次行动的位置，是在那儿。"伊什卡德望向我的斜后方，我循着他的视线望去，一眼望见远处一座巍峨华美的圆顶建筑高高屹立在白色的建筑群中，最为引人瞩目。

"君士坦丁神圣宫殿。"

它宝蓝色的穹顶被云霭所环绕，浮动着一层月华的冷辉，殿身的窗户里却喷薄出日曜般的金色灯火，宛如在黑夜当空日月同升，犹似天国之府。我知道我不该这样去形容一座敌国的皇宫，但它的确给我这样震撼的感觉。

"去做什么？"我预感到一个非比寻常的任务正等待着我，眼皮突突直跳。

"刺杀君士坦提乌斯——当今罗马至尊皇帝。国王陛下的命令。"

我浑身一震。

"这是真的吗？"

我知道自己问的是废话，继而不敢置信地摇了摇头，倒吸了一口凉气，心中满是惊涛骇浪。

才从战俘的处境里脱身，转眼就接到了这样一个重大的任务。这太突然了。我六个月无从接收军方消息，不知罗马与我国战况如何，眼下幽灵军团竟被出动，难道是因为在正面战场上的我军与罗马交锋失利，不得不采取暗杀行动？我们的不死军……败了，败给了罗马军团？

我刚要追问，伊什卡德打断了我："等我们先混出城，我会在船上给你细细交代此次行动的计划，你是主要执行者。"

"明白。"我点了点头。

想起脚上的伤，我低头看了一眼自己的左脚脚踝——两个被蛇咬出的细小孔洞赫然在目，呈现出一种近黑的深紫色，周围散布着细小的血点，但仅止于膝盖以下。我转动脚踝，伸手摸了一摸，伤处一点也不疼痛，似乎已经麻痹了，虽然不影响行动，但附近的表皮及至肌肉都没有任何知觉。

显然毒性并未除去，只是毒血凝结在了那一部分，没有扩散。

即使是死，我也得死得其所，以军长的身份而死，而非一个战俘。

这个任务，不成功便成仁，我绝不能让我破茧后的第一个任务失败，绝不能让国王陛下大失所望。

这样暗暗发着誓，我的眼前又浮现出当日站在圣火祭坛上那万分荣耀、热血沸腾而又胆战心惊的时刻。

那宛如太阳一般遥不可及的伟大御者用一种凝望着亲眷的眼神望着我，有如传闻中说的一样，将他的臣民视作手足。被他的目光所照拂着，就仿佛沐浴在日光之中，让人充满了力量与信心。除此以外，他的亲和与宽容更让人吃惊——

在我婉拒了他欲拔擢我为御前侍官的一番好意后，他并没有因此而动怒，抑或对我施以任何惩罚，反而宽宏大量地批准了伊什卡德的举荐，使我加入了我梦寐以求的幽灵军团，并且将我荣升为军长。这该是多么大的一个恩赐。

天知道这对于我的意义有多么重大。从那时起，阴郁、暴躁、忧郁与时常一触即发的愤怒，一切如同挥之不去的阴影一般的情绪自我身上渐渐褪淡，尽管称不上焕然一新，可我的确由此获得了新生。

假使弗拉维兹赐予了我第二次生命，又几乎毁坏在那场天火里，那么就是国王陛下，在我如行尸走肉的岁月里，给了我脱胎换骨的机会。

以非正统武士后裔出身加入不死军，已是破例；当年以十六岁低龄被拔擢为军长，已是鲜见；于圣火祭坛上被王亲自授予圣衫圣带，更是罕见的莫大荣耀；我沦为战俘，未自裁已是罪过，王仍不弃不罚，委以我重任。

——我必不负他厚望，以命相报。

第6章

特殊使命

当午夜的钟声响彻罗马城的上空时，我与伊什卡德已经妥善地完成了伪装，跟随着妓馆的商队踏上了通往海港的城道。

大轱辘的马车托着大型的货物箱子行进在最前边，骑着骆驼的旅商紧随其后，末尾则由成群结队的奴隶们组成。

他们的手脚上拖拽着沉重的镣铐，随着蹒跚的步伐，在地上磕碰出刺耳的响声。与之对比鲜明的是他们背上扛着的大木架上，坐着花枝招展的妓女们——也许知道接下来要被卖到异国他乡，她们蜷缩着身体，耷拉着头，五颜六色的头纱掩盖了面孔，像一丛枯萎凋零的鲜花。

围观她们的人很多，我们尾随其后，周围鱼龙混杂，卫士们难以挨个盘查。

也许是由于我们的打扮，一些妓女抬起头打量着我们。浓重的胭脂水粉掩不住她们眼底的苦楚与泪光。我看着她们，心底忽而涌起一股酸涩之意。

我想起我的母亲，眼眶不觉发热，不经意对上一双泪水盈盈的美目。

那是一个十五六的少女，有一双和我母亲极为相似的浅碧色眼睛。

大约是瞧着我的面相显得与她差不多大，她目不转睛地瞅着我，有些失神似的，惹得我心生悸动。

假如不是使命在身，我定会掏出些钱来把她买下，让她不至于与我母亲的命运一样悲惨。可此时我不得不低下头，避开她的视线，以免她的注视引来别人的侧目。

直到商队行到城门外，我们朝两个方向远去，就要永远南辕北辙，我才又抬起头望向她。

她仍翘首望着我，如同记忆里母亲在阑珊灯火里绝望地仰头祈盼，面目却看不清了。人贩子大抵没料到我的生命力那样顽强。然而我的母亲，却终究没机会得知她的儿子如她所愿地逃出生天，更没能看上一眼她的儿子多年后站在那圣火祭坛上被万众瞩目的模样。

浓稠的情感忽而漫上胸口，但兴许是饱经磨难使我的心硬，扑面而来的一阵海风就吹干了我的眼眶，我眨了眨眼，就好似什么也没忆起一样。

我面无表情地转头，顺着马队行进的方向望向海面。

一艘通体黑色的小船漂浮在另一艘堪称庞然大物的商船旁边，被荫蔽在它巨大的风帆阴影之下，好似战象的肚子下站着一匹矮脚马，十分不起眼。除了我们这样对象征不死军的黑色十分敏感的波斯军人，很难在黑暗的海面上注意到它。

这样隐蔽，即是它存在的意义，如同整个幽灵军团。

在我们挨个钻入船舱后，便驶离了港口，以防隔墙有耳，便于讨论刺杀计划。

每个人都在黑暗中静默无声，等离港口有相当一段距离，桌上的煤油灯才被伊什卡德点燃。火光照亮了我的每个同伴年轻的面庞，他们眼睛里都折射着我所熟悉的身为幽灵战士的锐利冷静。我扫视着他们的脸，他们则一一取下掩面的黑面巾来，朝我点头致意。

一时间我感到自己好像死而复生，心潮澎湃。军团就像是我的另一个家，在这儿，与他们患难与共，并肩为保卫波斯而战，让我感觉活在世上的每时每刻，都这样意义非凡。

"巴扎尔，布米耶，塔图，伊索斯，苏萨……"我挨个念出每个成员的名字。当然在场的并不是整个幽灵军团，仅仅是十分之一而已，一共十个人，但都是千里挑一的武士。

当然其中最出色的并不是我，而是军团的总指挥、团长、我的哥哥伊什卡德。他是哈塔米尔氏这一代最厉害的武士。而我排行第十一，是最小的，也是家族里唯一一个被收养的宗室子弟。

"你是不是在被关押期间遭到了虐打，阿硫因？"苏萨忽然发问道，将一个琉璃的小瓶子递到我手里。

她是军团里唯一一位女性。她那双黑珍珠般的眼睛关切地打量着我："擦点这个吧，你的脸色看上去不太好。"

"谢谢。"我感激地握紧瓶子，心中泛起一丝暖意。

"等任务结束以后，我们一定要狠狠教训敢冒犯我们军长的家伙！"伊索斯伸手揽了揽我，却碰到我肩头的伤处。我疼得吸了口气，意识到他们并不知晓我之前的处境，不由得感到一阵庆幸，否则这脸可就丢大了。

就在我这样琢磨时，一直在船舱外望风的伊什卡德掀开帘子，弯腰进来，将一张地图铺展到桌面上，同时摆上来的还有从尤里扬斯身上偷得的日曜之芒。

"好了，我们开始吧。"他坐到我对面，用油灯照亮了地图。

我立即将注意力聚集到那图纸上来。

那是一张类似宫殿的俯视图，细细密密的标注布满了每块区域。不同深浅的线路叠加在一起，我判断那该是这地方的外部结构与隐藏结构——密道或暗室。

"这是……君士坦丁神圣宫殿的地图？"

我一眼认出那圆形穹顶的位置，心下了然，伸手点了一点。

"嗯，没错。"伊什卡德点了点头，"两天后君士坦提乌斯将从东方返城，届时人们会夹道迎接，我们就趁乱混入这里。"

说着他用手比画着图纸上的各个区域，开始部署每个人潜入的位置，我聚精会神地记下，但直到他一一交代完，我也未听到对于我的行动安排。我虽心存疑惑，但不愿打断其他人的讨论。等他们各自确认完毕，我才向他询问。

伊什卡德的回答让我感到了前所未有的压力。

"之所以最后告诉你，阿硫因，是因为这一次刺杀行动与以往不同，有一个人需要在明处行动，现身在君士坦提乌斯的眼皮底子下，吸引他的注意力。并且，协助罗马副帝尤里扬斯控制朝野，助他顺利夺取至尊帝位。"

——无疑那个人就是我。

"协助……尤里扬斯？"我重复了一遍这句话，恐怕自己是听错了。突然接到刺杀罗马皇帝的指令让我措手不及，不仅要干涉敌国内部的权位斗争，还要协助那个身带邪力的变态，助他成为下一任罗马皇帝？

这任务的起因到底是什么？国王陛下他为什么要命幽灵军团干涉罗马内政？实在匪夷所思。

脑子里浮现出尤里扬斯的样子，我的背脊一阵阵发凉，不可置信地盯着伊什卡德。

他微微皱了一下眉，火光在他漆黑的瞳仁里变幻跳跃。

这种秘密行动，定是受什么重大的因由驱使，一旦走漏风声就会引起不堪设想的后果，往往以古老的波斯密符传递，只有懂得将信息翻译成明文的人手上才握有指令的核心信息。我偷偷背诵过那些记载波斯密符的卷宗，并且过目不忘，可我不会向伊什卡德发问，除非他主动告诉我。

作为一个军人，绝不可轻易质疑使命，亦不可擅自向上级探问。缄默法则被某个军人视作圭臬。在临死前、酷刑下，也得三缄其口，否则就是要被株连家族亲眷的叛国罪。

"执行时间？我该以什么方式曝光？怎样协助尤里扬斯？"尽管胸中翻涌着惊涛骇浪，我仍冷静清晰地发问，却注意到一旁的塔图露出了一种异样的神情，好似饶有兴味似的。那大概是由于他知道这个问题的答案。

伊什卡德暂时没回答，手指节轻轻叩着桌面，似乎在斟词酌句。

船舱里陷入一片凝固的寂静，火光的照耀下，塔图的笑容仿佛升温了。我不安地用拇指的指甲盖磨着手心，抠掉翻起的死皮。

若塔图认为什么觉得好笑，一定不会是什么好事。

作为一个跟了上届军长十五年的老兵，塔图一直对太年轻的我不服，很喜欢故意给我使绊子，特别是在我三年前刚当上军长的时候。我比他小整整一轮。他是我们中间最年长、也最不正经的一个，假如不是他执行任务时雷厉风行，与平日判若两人，人们很难相信他会是不死军中与死神打交道最频繁的幽灵军团成员。

"咳，军长大人，"塔图耸耸肩，笑眯眯地说，"可能这次真得委屈你了，不过我想以军长大人的才能，一定能胜任。"

我眉头拧紧，心里一阵恼怒，同时有种十分不好的预感冒了出来。

"塔图，信不信我把你扔海里去？"伊什卡德声色俱厉地寒声道，眼角如黑色镰刀一样劈向塔图。

塔图悻悻地垂下头，脸垮了下来。

我盯着伊什卡德，在胸口比画了一个加入不死军前宣誓的手势，无声地向他暗示我将无条件执行计划中的任何指令。

他的眼神沉了一沉。像是终于下了什么决心，伊什卡德一把拿起日曜之芒，起身朝船舱外钻去："你随我出来，阿硫因。"

船舱外夜霭茫茫，大海平静无波，一轮明月映在黑暗的海面倒影成双，一眼望去，海天仿佛无边无界，犹如置身高空，让人心生恍惚。

风撩起伊什卡德的黑发，将我和他的衣袍与头巾吹得猎猎作响，一瞬间我仿佛又回到了在泰西封接受武士训练的那些日子，又站在那座能俯瞰整个王都的白象牙塔顶端。

我那时常攀爬城堡高塔，享受飞檐走壁的乐趣，我是一同与我受训的初级学徒里身手最敏捷灵活的，没什么人能追上我，除了作为我兄长和半个老师的伊什卡德。我们常在那高耸入云的泰西封之巅同看日落，共盼日出。

太阳总是从茫茫沙漠的尽头升起落下，整个大地浸染着金子般的光辉，又在月芒下褪成冰原一样的幽蓝，仿佛是光明神阿胡拉的绣满日月星辰的衣袍拖曳过人间世界，引领朝圣的信徒追随他的荣光。

那些时日美好得近乎虚幻，就像我和弗拉维兹起初共处的那段岁月，直至它如同梦境一样难以为继——在我从一名武士正式成为军人、伊什卡德被拔擢为幽灵军团团长的那一刻。

起初我不习惯循规蹈矩地严格遵守军规，向来寡言少语的伊什卡德则不习惯横眉冷目地命令他人，尤其是对我。但时间与使命感能改变一切，在我两年前成为军长后，我们最终都习惯于保持这样的距离，以防止某天我们不得不在作战中做出舍弃彼此的决定，而无法执行。

"人最难克服的总是自己，不是吗……"伊什卡德侧过脸来，拂面而来的海风将他的声音揉得有些模糊。

我的口腔里忽然多了点苦涩的味道，却不置可否地牵了牵嘴角，好掩饰自己不适时的怅然，以免让伊什卡德觉得我不够成熟坚韧。

"好了……你到底想说什么，团长？"我走到船头，转身看着他，收敛笑意，带着点咄咄逼人的意味，"你知道我执行命令从不犹豫。难道是我沦为战俘以后，你不再信任我的能力了吗？"我扯开阿拉伯式长袍的领口，冷笑起来，"这颈环，可没有把我变成残疾啊。"

伊什卡德走近了些，伸手攥住我的颈环上的铜牌，手腕一旋，用日曜之芒削铁如泥的刃口把它撬了下来，一同切下的还有我搭在肩上的一缕发。

这时我才意识到长达六个月被关在监牢，我未经修剪的头发已经过长了，都垂及了胸口。我体质有异，天生不生胡须，为免长发显得人过分柔和，以前我都是剃得极短，只留一点青茬，并在头皮上文了只鹰，好让自己的轮廓显得足够刚硬冷戾。

我握住日曜之芒的刀柄，打算削掉自己的头发，却被伊什卡德一把抓住了手腕。

"别削短它……这次任务你需要。"

"跟留着长发有什么关系？"我愣了一下。

"修饰。阿硫因，你的气质太凌厉，容易暴露锋芒。这次你需要隐藏真正的自己，变成另一个人。"

"什么人？"我困惑地蹙起眉心。

"马上要进宫面见罗马皇帝的亚美尼亚公主。"

"你说什么？"我倒吸了一口凉气。

"是的。亚美尼亚公主阿尔塔莎。不过她并不是真的出身亚美尼亚王族，而是亚美尼亚有权势的贵族们的傀儡，一个被冠上公主身份的奴婢，是亚美尼亚用来献给罗马皇帝，以换取保护的人质而已。"

"是要我……男扮女装？"我不可置信地看着伊什卡德，以为自己是听错了，误会了他的意思，或者他根本就是在开玩笑，但伊什卡德向来是个不苟言笑的人。

伊什卡德一脸严肃地点了点头："你虽然是个男人，但无论身高还是体型，与阿尔塔莎都十分接近，最重要的，你们的眼睛很像，而且因为你的年纪不大，你的声音也不粗犷，只要你不大声吼叫，并画上浓妆，遮住喉结，不脱衣服，没人能分辨得出你到底是男是女。"

这简直就差直接说我的外表看上去娘娘腔了。

我皱起眉头，感到十分屈辱，却知道在这种事情上朝伊什卡德乱发脾气根本是无理取闹。但这……这实在太荒唐了。

"找个女人来不行吗？我可以扮成她身边的侍从。"我心里抵触极了。

伊什卡德摇摇头："现在去哪里找合适的人选？就算能找到外形接近的，且不说能不能完美地配合我们的行动，不出任何岔子，而且很多场合，即使是贴身侍从也无法跟随，这样做风险太大。阿琉因，你必须接受，这不是你能够选择不干的，这是军令。"

我咬了咬牙，清楚伊什卡德说得没错。风险太大，且军令如山，我不可违抗。

心里挣扎了一番，我勉强说服了自己。

伊什卡德压低了声音，盯着我："国王陛下不希望亚美尼亚被罗马控制，下达了暗杀这个傀儡的命令。我们挟持了负责护送她的使臣。明晚在他们进城前，必须有一个人顶替亚美尼亚公主的位置。"

我石化了片刻。

明晚我就要男扮女装执行这个任务？

我的大脑嗡嗡作响："这真的是国王陛下的命令？"

"那你觉得，我难道有胆子自己做决策，又或者我会骗你吗？"伊什卡德硬邦邦地噎了我一句。

没错。

我的质疑毫无意义，我也不可能临阵脱逃，违抗指令。

我咬了咬牙，摇摇头，感觉咽下了一颗难以下咽的刺枣，却又不得不把它囫囵吞下。我重重呼了口气，牙缝里挤出几个字："这可真是个前所未有的挑战……"

伊什卡德看着我，语气放缓了几分："你明白你这次要干什么吗，阿硫因？"

"假扮亚美尼亚公主，接近罗马皇帝，伺机刺杀他。"我面无表情地说道。

"不，你不可以轻举妄动。"他顿了顿，沉声道，"你的作用是障目。除非接到明确的指令，或者计划半路夭折，否则不得擅自行动。"

障目——吸引敌人注意力。

我难以置信地睁大眼瞪着他，脑子里转了个弯，才忽然反应过来。

这指令是要让我做什么不言而喻。

我要以一个曝光的身份存在于这个计划里，荫蔽其他人的行动。伊什卡德的意思是，不能由我直接刺杀罗马皇帝。

个中缘由，想必是因为亚美尼亚公主明面上绝不能有嫌疑与罗马皇帝的死有关，尤其她是作为一个求和的筹码而存在。

这关系到三国之间的明争暗斗，其中利害牵扯太多，一个不小心也许就会点燃炸弹，引发一场规模空前的战争。

我得顶替这个筹码，扮演她扮演的角色。

这个念头顷刻令我如坐针毡。我攥紧了拳头，不甘之感鼓胀着胸腔，但稍加思虑，一种更大的担忧就盖过了心中的窒闷。

我个人处境还是其次，而是一旦将我推出去，军团的结构就发生了本质的改变，这就好比将一个本来坚不可摧的武器里的某个核心零件拆掉，即使它仍看上去锋利无比，一旦被敌人抓到破绽，就会变得不堪一击。

即使是想让重归军团的我经受试炼，也不应该拿这样一次重大的行动来冒险。我一向英明的国王陛下啊，这该不会是您喝醉了而做出的决策吧！

我不得不直接说出我的担忧："我接受命令。但团长是军团的总指挥，军长是领导行动者，缺一不可。现在却要把军长变成诱饵，由团长来指挥并同时领导行动！假如你这个团长被杀或者被擒，而军长又早就暴露在敌人眼皮子下，整个军团将溃不成军……"

"这样的事不会发生的。"他打断了我的话。

"你怎么能保证？"我反问道。伊什卡德无言以对。

"阿硫因，这只是一次任务而已，与你以前执行的任务没有任何区别！"伊什卡德似乎失去耐心，一把擒住了我的肩膀，厉声喝道。

伤口的疼痛把我强压在心底的屈辱和愤怒激了出来，我本能地反手拧住他的手腕，被他拧住胳膊往甲板上压。我一脚绊住伊什卡德的小腿，钩着他脖子，习惯性地来了一个过肩摔，不料忘了这是在船上——他猝不及防地被我直接摔进了海里。

"发生了什么！"

"军长，团长！你们在干什么？！"

几个人在船舱里惊叫起来。阿泰尔扑扇着翅膀飞下来撞了我一下，使我气焰顿消，心生悔意，意识到自己过分激动了。

我连忙伸手去给爬上来的伊什卡德搭把手，他却一把拍开我的手，自己跳了上来。

我拉不下脸，呆立在那。可我向来要强，憋不出一句道歉的话。

伊什卡德抹了一把湿漉漉的脸，从船沿爬起来，我想再去搭把手，又被他挡开，并利落地给了我腹部一拳。

趁我疼得弯腰，他伸手抓住我的衣襟："才刚刚重归军团，就冒犯上级，质疑王命，你还记得你是军人吗？阿硫因，你早就不是军长了，现在的军长是塔图！现在看来他比你更适合这个位置。没什么人是不可替代的。"

心好似骤然从高空跌入深渊，脚下瞬时没了重心。

"阿硫因，如果你想重归不死军，继续带领军团，这是国王给你的唯一的机会。"他语气肃然，沉默了一下，音量放低了些，"不管在纳塞宾一役中你是否尽了力，你被俘了，这是个不争的事实。他器重你，才让你执行这个任务。"

"器重？倒像是惩罚。惩罚我对他当众不敬。"我沮丧地扯了扯嘴角。我的样子大概就像一只被拔光了毛的孔雀，失去了骄傲的资本，跟一只秃毛鸡没什么两样。

我叹了口气，在船头坐下来，将头埋在膝盖间。

太糟糕了，这一年间发生的一切就像是一场噩梦。

混到如今的地位，我真的付出了太多的努力。因为是被收养的外族，又是个混血种，我所承受的压力与轻视是许多宗室子弟难以想象的。我需要军长的身份，需要待在军团里，无比需要，唯有这样我才能证明自己。于是每一次执行任务我都像疯子一样拼命，心狠手辣的程度甚至时常将我的同伴们骇到。

他们不知道我经历过什么，又是多么强烈的动力在驱使我。

我不想成为一名弱者，不想在命运里颠沛流离。我想变强，变得足够强大，为了弥补曾经无力自保、来不及把弗拉维兹从火场里救出来的遗憾。

而失去这些，却只是一瞬之间的事情。我摇摇头，自嘲地笑了一下。

"你见过飓风吗，阿硫因？"伊什卡德在我身边坐下。

"嗯？怎么了？"我抬起头困惑地望向他。

"一场飓风里，处在风暴中心的风眼是最安全的地带。你懂我的意思吗？"

我愣了一下，随即心领神会地点了点头，心里却有些诧异："你是说……"

"这就是国王陛下的用意，也……遂了我的私心。"伊什卡德看着我，眼底是我熟悉的兄长般的温暖，"他命我竭尽全力保护你。我会随你一道入宫，假扮成公主身边的宦官。由塔图领导其他人。你不是一个诱饵，阿硫因，而是最致命的一着棋，得留到最后关头。局势没有明确之前，你必须敛收你的逆鳞，完全变成阿尔塔莎，无论发生什么事，都得忍耐。明白吗？"

我沉默着没有立刻回应他。

待到胸中的风浪逐渐平息，我深吸了一口气，点了点头，苦笑了一下："抱歉，刚才是我冲动了。忍辱负重的含义，我还是懂的。"

伊什卡德拍了拍我的背，就像以前在家中那样，我勉强朝他挤出一丝笑容。

目光扫到他领口露出的日曜之芒上，之前强压下的疑惑又泛上心头。

"对了，那个罗马副帝尤里扬斯……为什么国王陛下会命令我们协助他？难道是存在什么交易吗？"我顿了一顿，"日曜之芒是波斯国宝，怎么会在他手里？"

伊什卡德摇了摇头："可以肯定的是他跟国王陛下有暗中交涉，但具体是什么交易，这属于更高层的机密，我不得而知。至于这把匕首……"他握起日曜之芒，举到我眼前，"我可以断定它不是日曜之芒，而是另外一把——月曜之刃。传说当初一共锻造出三把匕首，分别是日、月、星，分别被先王霍兹莫兹德二世赐予了他的三个王子。其中一把在我们的国王陛下的皇宫之中……而另外两把，则应该在他的兄弟身上。"

我大吃了一惊："可是……国王陛下并没有在世的兄弟，这月、星两把不是应该作为殉葬品了吗，怎么会现世，又在罗马人手里呢？"

伊什卡德神色复杂："我在动身前听到了一些相关的消息，说二王子霍兹米尔并没有死，而是在当年沙赫尔维大祭司篡权的时候逃到了罗马避难。去年我们的使者前往罗马谈判，在回程的路上，有一位神秘人偷偷交给了他一份当年先王的遗嘱，并出示了霍兹米尔王子的物品以证明那份遗嘱的真实性。那个物品，就是这把月曜之刃。"

"那神秘人难道就是尤里扬斯？"我顶着匕首上闪闪发亮的宝石，心里涌出一股不知名的异样感。霍兹米尔……这个名字，像是在哪里听见过似的。

"我猜也是。"伊什卡德点了点头，"不过他的手里肯定握着什么比月曜之刃与遗嘱重要得多的筹码，否则国王陛下不会大费周章地派我们干涉罗马内政。你要小心这个人。我见过一个认识尤里扬斯的人，而且曾经是他的教父。他讲过一些尤里扬斯的事情，可以判断那是一个非常危险的人物。"

"怎么说？"仿佛被那双妖冶惑人的眼瞳注视着，我心神不宁地追问。

从伊什卡德的叙述中，我了解到，从尤里扬斯少年时起，罗马宫廷里凡是跟他有过节的人，都先后死于非命，其中包括他的几任教父与老师，但又没有证据表明这些人是被他害死，因为他们凄惨可怖的死状根本不像一个还是孩子的皇子能造成的。

后来罗马皇宫里谣言四起，说是尤里扬斯遭到了撒旦的诅咒，以至于身为尤里扬斯堂兄的皇帝君士坦提乌斯只好将他送出罗马，软禁在雅典，命富有名望的圣徒们清除他身上的邪力。

但是只有真正接触过尤里扬斯的人才知道，他的危险并不来自那存在性真假难辨的诅咒，而是来自他深不可测的城府与煽惑人心的魅力。

那个教父原本是去监视尤里扬斯的，却遭到了还是少年的尤里扬斯的诡辩的蛊惑，几乎完全沉沦在他那一套歪理邪说里，听从他的诱导进行自焚，结果将自己烧得半人半鬼，只为一睹尤里扬斯口中"光明"

的样子。

令伊什卡德无法理解的是，当叙述这段话时，那个教父的眼里并不存在恐惧，而像是看到了神祇一般充满了崇拜，似乎恨不得讴歌这个将他害得生不如死的恶魔。假如尤里扬斯再次出现在他的面前，伊什卡德说他毫不怀疑这个教父会跪下来舔他的脚。

除此以外，少年时的尤里扬斯拥有着极为俊美的容貌，几乎没有哪个见到他的人不为之惊艳。只是据传，他的脸在一场火灾里被烧毁了，从那以后他便戴着面具示人，但性格与手段却愈发可怖了。

听到这儿，我已经有些神志恍惚，伊什卡德后面说的什么我好像尽数听不见。他们有着惊人相似之处，而我却这样清楚他们绝不可能是同一个人。

弗拉维兹死了，就死在我的面前。我亲眼看见他在火里濒死挣扎，化为焦炭，在倾盆暴雨里露出他枯木般的骨骸。我亲手把他葬在神殿后的山上，离开了雅典。

所以弗拉维兹怎么可能再出现在我面前，又变成性情与外表都大相径庭的另一个人呢？

一种莫大的恐慌与渴念同时溢满胸腔，让我喘不上气来，心脏狂跳得似乎要蹿出喉头。我咬住牙，闭上眼睛，压抑心中激烈的情绪，眼眶却发起热来。

"你怎么了，阿硫因？"伊什卡德的低呼将魂游体外的我拽回了现实。他难以置信地瞧着我的脸，有些慌乱似的，"你……哭什么？"

我被吓了一大跳，才意识到自己竟然流出了几滴眼泪。

我连忙胡乱用袖子擦拭干净，绷紧了脸，不敢与伊什卡德对视，感到尴尬极了。从七年前开始，我就再也没有流过一滴眼泪，无论受多重的伤，遭到怎样的侮辱。

然而，弗拉维兹就好像是我心中唯一仅存的柔软，只要被戳到，就能轻而易举地让我露出脆弱的破绽。

"我从来……没见过你流泪。"伊什卡德深吸了一口气，似乎很艰难才说出这句话。

我想要找个什么理由搪塞过去，却哑口无言。忽然又听他压低了声音："难道是……那个尤里扬斯对你做了什么吗？"

他的语气中含着明显而急剧的杀意。我急忙皱起眉头否认："你别误会，我只是眼睛不舒服。"

我慌忙岔开话题："我们什么时候行动，从哪儿开始？"

伊什卡德也不自然地错开目光，指了指我的背后："等亚美尼亚的船靠岸。"

我转头望去，一艘灯火辉煌的大船从茫茫夜海里驶来，船头上镶有龙头，船尾装有两翼，宛如一只羽毛丰美的金色神鸟翱翔在天穹之上。

当登上这艘来自亚美尼亚的"金色神鸟"后，强烈的不安让我想要临阵退缩，但我知道那是不可能的。似乎是窥探到我的想法，伊什卡德在身后推了我一把，将我推向那些迎面走来的亚美尼亚的蒙面侍女与白衣扈从。

我有种强烈的感觉——我将乘它从此踏上一条不归路，沿着一道不受我自己控制的命运轨迹，一去不返。

扈从中有一部分由我的军团成员假扮，在进入罗马皇宫之后，他们将分散开来，各自潜伏在不同的位置。侍女们则是亚美尼亚公主的原班人马，在随她们进入船上原本属于公主的寝舱前，我扯下了其中一个侍女的面纱检查。

果不其然，她的嘴唇上被斜划了一道刀疤——那是永远保持缄默的标志。如果掰开她们的嘴，我猜想里面一定只有半截舌头。

在上船前，伊什卡德告诉我他对她们做出了承诺。在配合我们完成行动以后，她们将获得自由人的身份。但我知道这种承诺不可能实现。因为涉及军团计划的任何不相干人员，最安全的处理方式永远是杜绝后患。

我禁止她们用眼睛直视我。我不是真的公主，近侍的眼神最容易暴露破绽。

从她们的反应里我窥出她们对我的惧怕，有几个胆大的还算镇定。我遣散了那些胆小的——不安分的或是不够冷静的，都不适合待在我身边。

我赏赐了剩下的几个一些首饰，一些伊什卡德给我的蛊，让她们起誓忠于我，忠于波斯，她们一一应允。我看得出来她们对我的臣服，也许是惧于我的气魄与蛊药的毒性，也许是出于对真正自由的向往，她们的神态让我得以判断，这几个人是暂时可以留下的。一个假公主，侍女并不需要那么多。

也许是因为太过疲累，处理完这些事后，我竟然靠在浴池里不知不觉地睡了过去。直到听见有人敲门，我才从无止境的噩梦中惊醒。

我再次梦见了弗拉维兹死前的夜晚。我梦见我站在雅典的城门前，正犹豫是否离开，突然一道闪电撕裂了天穹，如一把利刃捅破密密匝匝的黑暗。

我惊呆了，僵立在那儿，看见触目惊心的恐怖白光首先劈在曾经让我生不如死的奴隶窟上方，让那里燃烧起熊熊的火焰。

于是我开心地跳脚，一边击掌一边笑出眼泪，像个疯子一样痛快淋漓地叫好，然而下一刻我就失去了声音，如同被割掉了舌头。

闪电如同死神的指针转过方向，指向了那座山巅上曾被我视作天堂的神殿，那里住着救赎了我又与我相依为命的人。

我仰起钝痛的头，望着浴池上方的天窗，怔怔地回想着梦里的情景发愣。

眼前水雾缭绕，浸泡在热水中，我的脑内仍是一片混沌。不知过了多久，隐隐约约地，身下的水中仿佛有一股波流汩汩涌动，伴随着一丝细细的"嘶嘶"声。我吓了一大跳，蜷起双腿朝水中望去，然而浴池的水干净透彻，一览无余，除了我自己，别无他物。

但细看之下，波光粼粼的水面上，隐约映着一抹模糊的人影——却不是我自己的。一阵突如其来的眩晕感随扑面的雾气弥漫而上，令我又好似身陷梦境。

我不知道的是，有一个人静静地透过一面铜镜，在几千米之外遥遥窥望着我，却如同近在咫尺。

月光落在弥漫着朦胧水雾的镜面上，尤里扬斯眯起眼，盯着镜子里的人影。

见到少年望着水面露出了那种他熟悉的、如受惊小兽般迷茫又警惕的神情，镜前的男人勾起嘴角，仿佛回到了曾经那段相互依赖、相依为命的温暖时光。

第 7 章
傀儡之躯

"阿硫因！"

在昏昏沉沉之中，门外伊什卡德骤然响起的声音唤回了我的神志。

"让他进来，你们出去。"我抹了把脸上的水，喘了口气。

在我沐浴时就被赶到门外的侍女们应了声，却被伊什卡德拦下，并吩咐她们："时间不多了，为公主梳妆更衣吧。"

伊什卡德拿来了一件传统的亚美尼亚式样的礼袍。那是一件对襟的深蓝色华服，金丝绲边，领口至衣摆绣上了雄鹰与狮子，花边里有十字架点缀其中。

我闭着眼睛任她们装扮，在浓郁的香粉中，渐渐耐心告罄。

"够了！"我把脸上晃动的流苏粗暴地扒开，恼火地低吼道，然后一眼瞥到镜子里的自己。我想呕吐。我一点儿也不认识我自己了。

镜子里不再是一个黑衣黑袍手提利刃的军人，而似是一个被精心制作的提线木偶。

我默默地攥紧了衣摆，握成拳头，低头将自己的锋芒敛藏在掩住面孔的面巾之下。

天光亮起，清晨了。

城道两侧旌旗麾仗整齐地排列着拿着白象牙号角的号手，与未执兵器的红袍卫士。持着孔雀旄节的使者结驷列骑地站在城门前迎接我，他们的背后是一只白象所托的金轿，两侧垂下的红黄蓝三色帘帐摇曳飞舞，镶满宝石的锥形顶盖在朝阳中熠熠生辉，耀得我几乎睁不开眼睛。

在扈从的迎接中，我沿着船上放下的搭桥，走向了那堵金碧辉煌的罗马城门。

等候在那里的伊什卡德扮演着一位称职的宦官，搀着我走上象轿。我抬手挡住过分刺眼的光线，一猫腰钻了进去。

也许是我的姿势不那么优雅，一低头，我就瞥见了伊什卡德责备的眼神。我不得不立即正襟危坐，整了整衣摆和头上的帽冠，又摸了摸遮脸的面罩。确信自己的仪表没什么问题后，我才挥手示意起轿。

该庆幸作为"公主"，我不需要亲自开口，大多数情况下由宦官代语即可。我只因为一次任务在亚美尼亚短暂地待过一阵，亚美尼亚语并不好，只能应付一些比较简单的问话，希望别在罗马皇帝面前露馅。

象身摇摇晃晃地缓缓站起，我在上方，感觉好像乘着在海浪中浮沉的大船沉沉浮浮，沿着城道向罗马城内驶去。两列长长的仪仗队仿佛长蛇般蠕蠕蜿蜒，他们高举着的随风飘逸的旗帜又似海面结群翱翔的鸬鹚。

远处的朝阳从海平面上冉冉升起。日轮越过高大海墙与白色云翳的遮挡，光辉犹如天降的金色浪潮，自坐在最高处的我开始，一寸一寸地扑盖而下，没过阴影中行走的人们，宛如普世的光明之神向世人展开他恩泽的怀抱。

我情不自禁地转头望向那被照耀得犹如故乡的金色沙漠般的大海，风扬起我的头巾与衣摆，迎风飘来的红色花瓣拂过我的脸颊，好似精灵的亲吻。

这让我错觉此行仿佛是去朝圣，而非一场阴谋之旅。

然而当我的目光扫过那并不遥远的罗马神圣宫殿的蓝色穹顶时，我的心晃晃悠悠的，沉了下去。

当黎明的第一缕光线抵达了阿文提诺山的山脚之下，骑马的信使刚刚穿过晨雾弥漫的密林，来到了那座已与废墟无异的朱庇特神庙前。

尽管正值清晨，这里仍然显得幽暗昏惑。荆棘摇扬，灌木葳蕤，仿佛四处鬼影幢幢，空气中飘荡着一股阴森的气味——死人的气味。

想起脚下埋葬着数不尽的正腐烂着的尸体，信使打了个寒战，捂住鼻子，抓紧缰绳勒跳下马，踟蹰地往神庙内部走去。在沼泽般的落叶里挪动着脚步，他紧张地张望着这个神秘的幽僻之地，心里对那个比这禁地更要神秘的罗马副帝的惶惧更浓重了几分。

在宫廷里，他听说过那些关于尤里扬斯的流言——贵族们说他像天使一样绝美，却如嗜血的妖魔般阴毒残忍。不祥者的恶名从他出生起形影相随，连宫廷里德高望重的先知欧比乌斯也说他也许是该隐的化身，为免他的兄弟如亚伯一般死去，而将他远远驱逐到雅典去净化。

如果可以，他几乎想即刻转身逃走，放弃这份可怕的苦差，然而那是不可能的。

他的手里握着当今的至尊皇帝君士坦提乌斯要传递给尤里扬斯的诏令，必须亲手交付。

神殿的一层并没有人，空旷而静谧，阴沉的殿内，仅有一缕光线投射在正中一座早已干涸了的小喷泉上。可泉眼上却奇迹般地生着一朵血红的罂粟。它在那堆白色的废墟之上兀自盛放，艳丽如尸骸上残留的血肉。

一种迫近的恐惧扼住了信使的咽喉。

他吞咽了一口唾沫，颤抖地将它拔下来扔在一边，盯着通往神庙二层的阶梯，步履僵硬地爬上去。白色的石梯残破不堪，依附着扭曲蜿蜒的蔓藤，当被他的身体擦过时，发出窸窸窣窣的细碎声响。

空气中散逸着一股奇特刺鼻的甜腥味，令他闻来感到浑身发软。当楼上的景象呈现在他面前的时候，他几乎惊厥过去。

方形的祭坛里，盛着一池浓稠的鲜血般的红色液体。一具苍白的尸体正倚靠在坛边，他染血般的长发散逸在淡淡的晨光之中，修长优美的身体在血色水面中浮浮沉沉，若隐若现。一张金属面具使他看上去如同躺在棺椁里的埃及法老王般沉静古典，似乎已经死去了千年。

尤里扬斯……死了？那个神秘莫测的弗拉维兹皇室的末代子嗣？

好像着魔似的，送信的来使鬼使神差地一步一步朝池边走去，只为多看一眼这具尸体，片刻前溢满心胸的恐惧已被他远远抛在了脑后。

他胆战心惊地在尤里扬斯身旁半跪下来，深吸了一口气，颤抖地去触碰那张雕刻着奇诡的蛇形图腾的面具。他甚至还没搞明白自己为何要这样做，那面具底下的一张脸孔已经显露在了他的眼前。

前一刻他还曾想要逃走，可此刻却连灵魂都凝结在了自己的双眼里，连呼吸也难以维续。

如同传说中的那样，这是一张倾倒众生的面孔。然而并不像贵族们形容的"天使的面容"，他惊异地发现恰恰相反。一道堪称狰狞的蛇形烙印横亘在尤里扬斯的眉心，犹如撒旦那形同诅咒的吻，令这张仿佛被神祇的雕刀亲手刻成的面容充满了妖邪诡谲的极致之美，并带着摄人心魄的毁灭力。

忘却了这是一具尸体，他浑身战栗，不可自抑，就像人类天生无法控制对死亡的恐惧，无法抵御罂粟的奇效。

然而还没来得及弯腰，噬咬的刺痛感闪电似的从他的后颈传来，一种血液凝固的感觉以迅雷不及掩耳的势头袭遍了他的全身。

在这瞬间，"尸体"睁开了双眼。在与那双深不见底的妖瞳交错的那一刻，他听见骨头发出了石头龟裂的声响。

抬眼望着一瞬之间僵硬的愚者，男人无声地勾起唇角，从血色的水里探出手去，从对方的衣兜里取出一个封着红色火漆的信筒。

未细细将信纸里的内容读完，他就把它在手心揉成了一团——

那里面写着他的堂兄，一国之主，圣奥古斯都·君士坦提乌斯的诏令。

他正从东方战场上归来，要在神圣宫殿里举行一场盛会接见自己与远道而来的亚美尼亚公主。

尤里扬斯转过头，望向那座巍峨的神圣宫殿。他似乎能远远眺见，他的皇兄坐在那金光四射的金交椅之上，高高昂着头颅，状如圣灵。他的身躯在沉重的十字王冠与繁复的王袍下不堪重负，就像一截枯木正日渐腐朽，本人却浑然不知，仍以为自己能永远扎根在曾经枝繁叶茂的皇室沃土上，汲取那最后一点多年来从血腥的手足阋墙中攫取的养料，精心维持他金玉其表的僭主统治。

他的皇兄，怎么会甘心将那形同丧服的恺撒紫袍赐予他，与他分而治之呢？

尤里扬斯眯起了眼，抬起手盯着大拇指上象征权位的戒指，捻了捻，从血色水池里缓缓起身。

他的余光瞥见殷红的水流淌过自己苍白的脚踝，恍然如站在多年前那场屠杀里惨死亲人的血泊中，被他们死不瞑目的眼睛注视着。

尤里扬斯面无表情地垂眸，将目光投向池面上自己的倒影——他知道看见的，不再是那个双脚锁着镣铐、跪在血泊里崩溃哭泣的病童，而是一位命定的帝王。

去吧，年轻的帝王，你会比你的父亲走得更远。

穿上御者的紫袍，是诸神的旨意。

那个苍老的声音在他的脑海里如是说。

他抬起眼，便望见一条长龙似的队伍正从遥远的城道蠕蠕而来。

在城关大道行进了一段路程后，我们抵达了一个四面环绕着柱廊的长方形开放式广场的前方。

这里大概就是图纸上描画的君士坦丁堡的行政宗教与礼仪中心——奥斯古塔广场。

在皇帝到来前，我们必须在广场外等候。

我观望着广场的构造，脑海里清晰地浮现出图纸的标注，并与眼前所见一一对应起来。

我们正位于西侧的梅塞大道的门前，正对面那座门前立着六根巨柱的建筑是元老院，苏萨将潜往那儿冒充一位元老身边的侍女；北面的一座基督教式样的建筑是圣索菲亚大教堂，塔图带领其他人潜藏在这个通常除了皇族极少有人进入的宫廷圣地；西南面是巨大的宫廷浴场，广场的东南角处不容忽视的一座宏伟拱门，就是君士坦丁神圣宫殿的入口，那儿就是皇帝的居所、宴会的舞台。

随着队伍行进，神圣宫殿终于呈现出它的全貌。它就像一只通体生辉的巨兽卧于云翳之中，堪比泰西封的波斯王殿那样美轮美奂，巍峨壮观。

望着那发光的蓝色穹顶，萦绕在我心中的不祥预感愈发浓烈。

军人的本能使我变得无比警觉，绷直了脊背向四周张望。

而立刻，我就注意到，在南侧的一扇拱门下的阴影里，一列马队正徐徐而出，朝我的方向行进过来。我一眼就认出为首骑着一匹高大的黑马的来人。

他褪去了那身厚重的黑斗篷与锁子甲，一袭华美的紫襟白衬的托加袍垂过脚鞍，在脑后束成的一股赤色长发被衬得愈发妖艳，在日光之下流光溢彩。

他抬着头，似乎正望着我，嘴唇勾起一抹弧度，面具上反射着如炬的光。

一瞬间我就觉得自己的面巾乃至皮肉都被那光穿透了。

——他认出了我。

这个念头从我的脑海蹿起，如同一条毒蛇般牢牢咬住了我的神经。我不知道自己为什么如此笃定，这感觉强烈得让我心悸。

我不自在地摸了摸脸上的面罩，金属珠链在我的手指间发出令人不安的细碎摩擦声，我强迫自己挪开视线，呼吸不稳。

不行，别在一开始就自乱阵脚！阿硫因！冷静，冷静。

我吞咽了一口唾沫，在心中默默告诫自己，深吸了一口气，却似乎又听见了一阵让人毛骨悚然的"嘶嘶"声。

我该庆幸我的自控力相当不错，在其他人看来我也许只是小小地动弹了一下。但实际上我已经剑拔弩张，处在攻击状态的临界点上，袖口里的匕首都甩出了鞘。

但我立刻发觉，我的身边并没有什么蛇，刚才似乎只是我紧张过度而产生的幻觉……又或者，尤里扬斯又在对我使用邪术。

我戒备地攥紧了匕首的刀柄，一眼瞥见尤里扬斯已经走到了使者的面前，与他微笑着交谈什么，那面具的孔洞里的一双妖瞳直勾勾地盯着我，令我如坐针毡，心脏忐忑地狂跳，扶着刀柄的手心不觉之间积满了汗液。

"公主殿下，是不是阳光太烈，让你感到不适？需要喝水吗？"伊什卡德的声音从下面传来。他仰头盯着我，眉头紧蹙，用眼神警告我。

我知道自己看起来很不对劲。

我非常需要伊什卡德给我吃一颗定心丸，他总是拥有这样的特殊能力。即使是在发生前天晚上的事情之后，我承认我仍然非常信赖他。我朝牵绳的侍官挥了挥手，身下的大象半跪下去，让我得以接近伊什卡德。

他递给我一个精致的银水壶，低声问道："怎么了？"

"没什么。"我摇摇头，抓过水壶刚要喝，却被伊什卡德压下了手腕。

"注意别在这儿露出你的脸。"伊什卡德将声音压得极低，扫了一眼尤里扬斯的方向，换了我们只在教中诵经用的古语道，"你不必太紧张，尤里扬斯目前算我们的盟友，你要设法与他交涉，把月曜之芒交给他，说明我们的目的，以此证明，我们是他的协助者。"

"交出月曜之芒？这可是我们波斯的国宝！"我呼吸一紧。

"我让你偷出来的目的，就是为了这个。"伊什卡德瞳色深沉，"月曜之芒是他与国王陛下交易的重要信物，我们先拿到手，又交出来，才显得有足够的诚意。"

我顿时有点恼恨："就因为要换取他的信任？"

伊什卡德的脸色变了变。我的喉头哽住了，没有完成任务，害得伊什卡德渎职来救我，就已经够丢脸的了。

"我明白了。"我点了点头，快快地低头缩回轿内，活像一只乌龟。

伊什卡德接过水壶，手在袖口里滑来，一把抓住我的袖子："阿硫因，你放心，我会护你周全，没人能动你一根指头，我会让你安然无恙地回到波斯和军团里。"

我胳膊一僵，不动声色地将袖子抽回来，点了点头："谢谢团长，我会谨遵命令行动。"

"啊……那想必就是尊贵的阿尔塔莎公主殿下吧。"

我还没坐稳，便听见一个幽冷慵懒的声音冷不丁地飘然而至，我的心头猛地一跳。象身晃晃悠悠地站起，我紧紧扶住椅手，一阵难以言喻的紧张淹没胸口。

明明是居高临下地俯视着尤里扬斯，可与那充满侵略性的目光对上时，我便感到自己伪装尽失，彻头彻尾地成了一个滑稽戏演员。我一时犹如一个失语者，冷冷地瞪着他，不知道该说什么。

好似觉得我的窘态十分有趣，那张面具下的红唇若有似无地勾起一边："不知道为什么，我却觉着您十分面熟呢……"说着他的嘴唇夸张地咧开，露出一口洁白的牙。

我感到额头上的青筋刹那间要爆了起来，握紧了拳头。

伊什卡德的脸色也变了。

尤里扬斯盯着我，狭长的眼睛在孔洞里妖光闪烁，好似在细细品味我的惊慌与怒意，唇角的笑意愈发深了。

"原谅我的冒犯。即使看不见您的真容，我仍然为您绝世的风姿而倾倒。您能来到这里，将为罗马的历史又添上一个万世流芳的传说。"

尤里扬斯流利清晰地用标准的亚美尼亚语一气呵成。他在我的注视下稍稍倾身，十足是一位风度翩翩的东家在优雅地迎接远道而来的贵客，好似刚才那个失礼的举动只是我的幻觉，可他充满了挑衅意味的话令我尴尬到了极点。

我承认我是个非常不善言辞的武者，尤里扬斯故意使用了亚美尼亚语，在不知道我们是盟友的状况下，假如我开口与他交流，指不定他会当场戳穿我的伪装。

我求助地望向伊什卡德，他这才开口救场："尊贵的尤里扬斯陛下，您的热情让我们感到万分荣幸，友谊的桂枝将我们联结，我们不虚此行。"

尤里扬斯盯着我笑了："愿亚美尼亚与罗马……永世交好。"

我蓦地一阵背脊发凉。就在这时，一阵洪亮的号角声从东南面遥遥飘至。我循声望向那巨大的有着三条走道的巴西利卡，三列犹如浩瀚星河般的仪仗队鱼贯而入——我挺直背脊，知道那意味着罗马皇帝终于驾临了。

伴随着长长的鸣笛声响彻整片广场的上空，举着号角的仪仗队整齐地呈方阵列在巴西利卡的前方，红袍金甲的御林军队接踵而至，分成三列纵队簇拥着当中八匹高大的白马拉着的金色御辇。

那上面站着罗马帝国如今的统治者，波斯最大的宿敌，君士坦提乌斯二世。

他高仰着那颗戴着沉重王冠的头颅，披着那缀满宝石的华美御袍，以一个巨人的姿态站在车辇之上，左手拿着象征王权的十字架金球，右手持着帝王权杖，浑身闪闪发光。任凭车驾如何颠簸，他的身体也岿然不动，好似一尊僵硬的金属雕像，仿佛只有如此，才能表现出罗马皇帝神圣不可侵犯的地位。

紫色的拉伯龙神幡在他背后猎猎飞舞，犹如一只腾空飞起的魔龙喷射出火焰。

平民们成群结队地拥堵在御林军的保护圈外，人山人海。他们翘首眺望，摩肩接踵，只为一睹至高无上的帝王的荣辉，场面热闹异常，在我眼中却颇为可笑。我冷笑了一下，却注意到伊什卡德朝我招了招手。

我敛了笑，心领神会地点了点头，朝牵象的侍官比了个手势。

尽管对罗马皇帝没有丝毫的敬畏之情，我却清楚，我是必须以亚美尼亚公主的身份与态度觐见这儿的主人的。我从象轿上走下来，徐步行到队首的使者前面，以一种毕恭毕敬的姿态恭候着那乘着车辇而来的御者。

然而，我的目光却止不住地往身旁飘——尤里扬斯就在我几步开外，我的余光能瞥见他飘动的白色衣摆的投影，心如那影摇曳不宁。

尤里扬斯驱马踱近了几分，衣摆下露出一截腿脚。

他没有穿胫甲，而是着一双绑带的希腊式厚底履，紫宝石点缀着鞋面，将他脚踝的皮肤衬得犹如雪色，一圈深色的疤痕清晰可见。我不自禁联想到弗拉维兹被枷锁拷着的双足，盯着那疤痕呆呆地发怔。

"嘶……"

我条件反射地脚跟一抖，唰地抬起头来。尤里扬斯垂眸盯着我，薄唇微咧，露出一线白牙。那声音是他用嘴发出来的。

他一定认为我的反应有趣极了。我怒不可遏地甩了他一记锋利的眼刀。如果可以，我真想立刻用我袖中的匕首狠狠地扎在他的心窝上，可我不得不避免在大庭广众下与他发生任何冲突。

然而我的回避无济于事——尤里扬斯跳下了马，径直走到我的面前来。他及地的长袍拖曳到地上，步履优雅缓慢，却让我错觉是一条危险凶猛的蟒蛇蜿蜒逼近。在众人面前，我无法不抬头看他，因为那是失礼的。

我深吸了一口气，向他深鞠一躬："请原谅我的失礼，尤里扬斯陛下。"我顿了顿，强迫自己吐出一句虚假的场面话来，"是您的风度与气魄令我失神。"

我发誓我要吐了。而尤里扬斯挑起眉梢，仰起下颌，似乎觉得十分愉悦。

他低不可闻地轻笑一声："公主殿下，您腿上的伤，还好吗？"

我顿时感到腿上袭来一阵又麻又痒的刺意，浑身一震。怒意涌上脑门，驱使我抬起腿来，想重重地踹他一脚。我穿着硬底的牛皮靴，而他穿着凉鞋，还镶有宝石，我猜那一定很疼。然而我的脚刚悬空半寸便被我悬崖勒马地放了回去。假如尤里扬斯一怒之下在皇帝面前拆穿我怎么办？

他现在可不知道我是有命在身的盟友。

"您的友善之意，让我们不胜惊喜。"我面无表情地在齿缝里雕出几个字，努力将语气修饰得平静温和，并取下脖子上的一串玛瑙珠帘，作为回礼套上了他的颈子。在这短短的一瞬间，我在想象中勒死了他一万遍。

而尤里扬斯浑然不觉地捻了捻那串珠子，这才退开一段容我喘气的距离，饶有兴味的目光却仍然巡行在我的身上。

我避开他的视线，扫了一眼身旁的伊什卡德。他朝我投来一个赞许的眼神，这多少让我感到一些安慰。我并不是独自作战。

号角声愈来愈近，罗马皇家仪仗队已经行进到队伍前方，御林军排成里外五层，皇帝的御辇被众星捧月般地托出。

僵硬华丽得如同雕像一般的人形缓缓动弹起来，以一种倨傲做作的步伐，踏在那些纷纷趴在地上的侍从的脊背所搭的人梯，朝我的方向走来。

阳光直射在君士坦提乌斯二世高高的冠帽上，与他金光闪闪的御袍交相辉映。我原本以为我会看见一个与我们的国王陛下一般气魄非凡的王者，然而我幸灾乐祸地发现，眼前的罗马皇帝虽然看上去时值壮年，但面露衰色，身材还算健壮，但称不上高大，比他的堂弟尤里扬斯矮上一截。

他的脸上敷着厚厚的白粉，却掩盖不住他那由于征战而晒成古铜色的肤色，脸颊上甚至点了两团胭脂。

我忍着不要笑出来。当看见尤里扬斯侧过了身，俯身半跪下去之时，我才反应过来，正犹豫着是否该与众人一起跪下，伊什卡德出声及时制止了我。

"公主殿下，你不必行下跪礼，低头鞠躬即可。"

我点了点头，走上前去，作出一副毕恭毕敬的假姿态恭迎圣驾。

君士坦提乌斯在侍从们的簇拥之下向我们款步走近。随着他的步伐，那遍布衣袍的宝石发出哗啦啦的细碎声响，在日光下闪烁得让人眼花缭乱，我很不容易才在宝石的光芒中与他的目光交汇。当看清他的双眸时，我心中的轻蔑立刻有了些许的动摇。这的确是一双帝王的眼睛。

他的眼睛细长，与尤里扬斯有一丝相似，但眼珠是更浅的蓝灰色。

尽管因上了年纪而显得有些许浑浊，但眼底仍可窥见一种震慑人心的魄力、一种剑戟森森的狡狯和精明。

这是个老谋深算、心狠手辣的角色。

我这样想着，心不由得悬吊起来，暗暗酝酿着觐见罗马皇帝该用的合适的腔调与话语。

伊什卡德递给我一个事先准备好的花环，但这是在皇帝为我戴上桂枝冠后我的回礼，在那之前有什么举动都是不妥当的。于是我站在那静静地等待着。

君士坦提乌斯一边走近，一边微笑地打量着我，他的神情透着一种长者的沉稳与冠冕堂皇的虚伪，让我无法判断我是不是真如伊什卡德所说的那样吸引了他的"注意"。

起码我自认为自己的气质与眼神是十分不讨喜的。

顾虑锋芒过于外露，我有意稍稍垂下眼睑，以使自己的神态显得温顺些。正欲开口说些礼节性的客套话，我却看见君士坦提乌斯首先走到了尤里扬斯的面前。我好奇地望着这对传说中貌合神离的堂兄弟，尤里扬斯朝他恭敬地颔首。

"尤里扬斯向皇帝陛下，神圣的君士坦提乌斯，至高无上的奥古斯都致敬。"

君士坦提乌斯看着他的堂弟、帝国如今的恺撒抬起头来。

他不由自主地回想起当年跪在他面前那个孱弱少年，那张惊世骇俗的俊美面孔此刻已不复存在，取而代之的是一张狰狞骇人的面具。那深深的孔洞之内，一双眼睛也以不再像年少时有如星辰那般剔透璀璨，而好似茫茫黑夜里幽邃晦暗的海面，又如那曼荼罗上醉心的露水，淬染着具有妖惑威力的致命毒液。

而他那头仿佛丝绸的浅金色长发也变成了铜丝似的暗赤色，假如不是他亲眼见过尤里扬斯离开罗马前那颗包裹着绷带的头颅上的确生出了红色发茬的话，他会以为眼前的是截然不同的另外一个人。

"好久不见，我亲爱的堂弟。得到你在高卢的捷讯，我甚感欣慰。"君士坦提乌斯扬高了声音，拍了拍他的肩膀，扶他起身。他的喉咙干哑，戴着巨大金戒指的手拂过对方脸上的铁面具，目光似乎穿透它，看见了堂弟被烧毁的丑陋面容，心里不禁生出几分惋惜。

如果他还留有那张脸，兴许自己这次会像过去一样对这位堂弟手下留情，将他派往东方战场上去，而不像对待加卢斯那样随便安个罪名就寻机处死。

这个可怜的年轻人，可是自己这个帝王的家族里最后的旁系兄弟了呢。

噢，上帝！多么年轻有为啊，拖着一副病躯，为帝王收复了国土，也算是鞠躬尽瘁了。尤里扬斯的功勋，可远远胜过了那个一头栽进他挖好的华美棺椁的蠢货，上一任的恺撒，他的那个亲哥哥加卢斯了。

君士坦提乌斯牵扯嘴角，脸上覆满的厚厚白粉裂开一条缝。

然而当尤里扬斯在他面前站起来时，一种无形的压力却朝他当头降了下来——他这才注意到，这位堂弟在高卢的这两年长高了，足足高过他一头。

尤里扬斯的身材看上去挺拔修长，露出的下颌线条俊美而不失男子英气，假使不知他被毁了容，任谁看了这副模样，都会惊艳不已。

君士坦提乌斯甚至怀疑，那张面具背后是不是真的是一张魔鬼似的脸孔。

可此时并不是揣测这个的时候。他将目光挪到远道而来的向他们寻求保护的亚美尼亚国的贵客身上。那位传说中的阿尔塔莎公主被一大串珠链结成的面罩遮掩着半面，只露出一双湖碧色的眼睛，眼睫低垂，明明是温驯谦卑的神态，眉宇间却透着一种不可侵犯的冷艳与锐色。

仿佛是结冰的湖水，诱人踏足上去，想要一窥冰下是否会是一泓醉人的碧波。

不得不承认，作为一个用来向自己求和的假公主而言，这个阿尔塔莎公主已让他意外惊艳了——亚美尼亚的诚意可见一斑。

对这一点，他感到十分满意。

接过身旁的典礼官呈上的桂枝冠，他倨傲地昂起头，朝远道而来的公主走去。

君士坦提乌斯转过身朝我走来的那一刻，我分明瞥见尤里扬斯嘴角的笑悄然敛去，眼神阴鸷得如同一只毒蝎。

任谁都看得出来这两兄弟在虚与委蛇。

我冷笑了一下，朝对面的御者迎上去，拘谨地伸出一只手放于肩前，朝他弯腰行礼："伟大神圣的奥古斯都，高贵的一国之君，见到您，让阿尔塔莎不胜惶恐。"

"欢迎您，欢迎你们，我远道而来的亚美尼亚贵客们，愿上帝的恩泽与友谊的光辉为您拂去漫长旅途的疲累。"君士坦提乌斯和颜悦色地笑了起来，他举起桂冠，我配合地低头让他将它戴到了我的头上。

一位主教模样的人走上前来，用橄榄枝挑起一个白瓷瓶里的水洒遍我的周身，我知道那象征着福祉。

在使者引领着礼仪队向君士坦提乌斯呈贡之后，我们终于得以跟随着御卫队穿过奥古斯都广场，进入那座神圣宫殿。

在重新坐回象轿之前，尤里扬斯骑马经过我的身边。

他俯下身体，暗哑低沉，却好似诅咒的魔音穿透一片喧嚣的声潮，飘进我的耳朵。

"当您坐上高处，就能看见南面那座面朝大海的宫殿……公主殿下，今晚宴会结束后，我将在那儿等您，请您……务必赴约呀。"

我背脊一凉，头也不回地上了象轿。

当夜晚提着裙裾姗姗来迟，令我倍感煎熬的迎宾典礼才终于结束，宴会在我们步入罗马宫殿群落中那座最为庞大的达芙妮宫时，才正式拉开帷幕。

卫队自然是被留在宫殿之外，使者、近身侍女与伊什卡德冒充的宦官陪同我进入王殿大厅。成群的身着各色华服的罗马贵族与官僚，或双双挽臂，或三五簇拥，与我们一同穿过那冗长的好像没有尽头的长长柱廊，绕过一座又一座犹如迷宫似的楼阁。

光影交织于精致的雕塑与绘制着天使的彩窗之间，激滟出一层虚幻不实的光雾，与投映在墙壁上变幻的人影相融，光怪陆离，让我眼花缭乱，恍如步入迷惑之域，连自己的影子也被吞噬其中。

我感到愈发不自在，瞥了一眼身旁的伊什卡德，他看上去倒十分冷静，手规规矩矩地置于腹前，姿态拘谨而刻板，一点也不像个武者了。

啊，我差点儿忘了，伊什卡德不止是个军人，还是个受过良好礼仪教育的世家公子，和我这种野小子有着本质的区别。

长舒一口气，我摸了摸被高竖的衣领硌得不舒服的脖子，却冷不丁想起尤里扬斯那句邀约，鸡皮疙瘩泛起了一片，不由自主地在簇拥皇帝的队伍中搜寻那家伙的身影。

鬼使神差地，仿佛是感受到了我的目光，我竟然看见尤里扬斯的头动了动，真的有侧过脸来的趋势。我连忙把头撇到一边，却撞上了另一双眼睛。那对褐色的眼睛在辉煌灯火中显得炯炯有神，像一对狮子的厉目，而与它相匹配的，它的主人拥有一头狮鬃一般卷曲耀眼的金发和一张充满兽性的英武脸孔。他正面露疑色地打量着我。

我马上认出来，这不就是那个在罗马城道上与尤里扬斯对峙的红袍将领提利昂吗？我心中警铃大作——他该不会认出我了吧？

连忙低下头，我忐忑不安地加快了步伐，尽管戴着面罩，仍然觉得十分心虚。可这时身旁的伊什卡德拽住了我的衣摆："这不合礼节，那位是皇帝的养子，是皇储的候选人之一，你不能这样故意不理睬他。"

"我该称呼他什么？"我紧张地低声问。

"您是亚美尼亚的阿尔塔莎公主殿下吗？"

在走出长廊的大门前，一个高大的身影走近了我。

我视死如归般僵硬着脖子抬起了头，朝他微微倾身，干巴巴地吐词："啊，想必，这位就是尊贵的……提利昂陛下吧，真是失礼了。"

他故作姿态地扬了扬带着胡楂的下巴，无声地笑了。他的眼神流露出一种明显可辨的不屑，却让我由衷地松了一口气。因为我的假身份，他自然会轻视我——没几个有身份的贵族会瞧得起一个用来求和的"贡品"。

虽然此刻以这样一副丑态出现的并非真正的我，我仍然感到一阵不适，因为这眼神让我想起我的幼年。

"宴席就要开始了，愿您这远道而来的贵客不会对罗马的盛情款待失望。"提利昂一展胳膊，彬彬有礼地让开了道。

我点了点头，迈步跨过了高高的大理石门槛。

我来到了一个露天的半圆形的高台中。

露台中心放着一张珍贵的红色大理石制作的桌子，高台上的雅座上是一张把手上雕刻狮爪的金色交椅，毫无疑问那是属于皇帝的御座。

展目张望，能看见颇为壮观的君士坦丁竞技场卧于宫殿之下，它比那个巨大的位于罗马城中心的圆形竞技场要小个几号，但建造得十分华丽，满壁镶金。由三个高高耸立的蛇头柱支撑的三脚祭坛屹立在其中心，顶端燃着火焰，好似一条随时会醒来的喷火魔蟒。

在火光的照耀下，能看见围绕着竞技场的墙壁与铁栏门上纵横着一道道喷溅形成的血迹，不难想象曾在这华美的死亡舞台里上演的节目有多么残酷。

看这情景就能判断，这帝国的主人对此十分热衷。

虽然君士坦提乌斯表现得十分和善，但他绝非如此。他早年为了坐稳帝位，将自己同父异母的所有旁系宗室子嗣屠杀殆尽，这些所作所为，已足见他是个专断残忍的独裁者。

我又提高了几分戒备。我得万分谨慎地走每一步棋，在这样危险的敌人地盘上，绝不能出一点差错。

在侍从的引领下，我在宴桌上正对皇帝的位置坐下。很不幸的是，我的右边是那个皇帝的养子提利昂，而左边则坐着尤里扬斯——实在称得上水深火热。但好在这是公众场合，有君士坦提乌斯在，尤里扬斯自顾不暇，暂时威胁不到我。

可我仍能感觉到他的目光时不时逗留在我的脸上，不知在琢磨什么，让我头皮发麻。我努力不去注意他的存在，谨慎地观察着宴席上的来宾。他们都是一些高官显宦，地位不可小觑，其中任何一个人都可能成为我们计划的绊脚石。

那些脸或明或暗地浮现在光影之中，表情各异，想必各怀鬼胎。他们没有戴面具，脸看上去却比戏台上笑剧的演员们还要虚伪做作。可笑的是，我也是其中一员。我知道我得自己融入进去，做到游刃有余，不能总是依靠伊什卡德。

处理好与这些高官显宦的关系，也许就会多几分胜算，多几条退路。可这谈何容易呢？在战场上我如鱼得水，而在人群之中、朝堂之上，我便举步维艰。

纯银的烛台被侍从们摆上大理石制成的长桌，盛着葡萄酒的杯盏被呈递给每个人，奴隶上前来服侍宴桌上的所有人净手——这似乎是罗马的传统习俗。

一位手擒十字架的主教走到君士坦提乌斯的身边，神秘兮兮地朝他耳语什么。

皇帝双手合十，露出一副装腔作势的虔诚神态，仿佛那十字架是魔法棒，轻轻一点，他就成了圣灵附体的肉身。

盛满精美的水果点心的青铜食盘被接连呈上。

突然，君士坦提乌斯咳嗽了一声，似乎是有话欲言。宴桌上的人们顷刻停止了交头接耳，整个露台鸦雀无声。

我的心脏一下子悬吊起来，有种不祥的预感。

"让我们向这盛宴的主角，我们不远千里而来的贵宾，尊贵的亚美尼亚公主殿下，致以我们最诚挚的热情！"

发言是由御座旁的宦官为皇帝代劳的。君士坦提乌斯举起了酒杯，众人亦纷纷效仿。

我有点儿措手不及，立刻双手端起面前盛满葡萄酒的酒樽，一饮而尽——该庆幸面罩上的珠链自鼻底朝两侧悬挂，嘴唇上并未覆物，留有足够容我小口饮食的空隙。

酒非常醇烈，入口犹如一股岩浆淌入喉头，让平时谨守酒戒的我一瞬就有些醺醺然。我知道自己绝不能再多喝一杯，否则恐怕就要醉了。在这儿喝醉，这可是要命的事。

我谨慎地放下酒樽，而侍者却立即又将它斟满。我只好借机将酒倒了一些进袖口，喝下了小半杯，紧张地将目光投向了斜对面与几位罗马宦臣坐在一起的伊什卡德。他是我的代言者，也是整个计划的幕后指挥，最清楚此时应如何应付。

也许是一种长久以来形成的默契，与伊什卡德目光交织的同时，他击了一下掌。立于门口的使者双手呈着一根被毯子包裹的长条形物体缓步走进来。毯子上用金银线绣着亚美尼亚的图腾，我猜测那应该是象征亚美尼亚王权的物品。

我盯着那块被揭开的毯子，里面露出的一根镶满宝石的金色狮头权杖证实了我的猜想。

那玩意如果是假货，真的怕是已经在运往波斯的路上；如果是真货，就必然是计划里需要攫取的重要目标。我眯了眯眼，将目光聚焦到那权杖上，试图分辨出它的真伪，却集中不了注意力。我头晕目眩。

酒劲正在发作。我揉了揉额头，深吸了一口气，心觉不妙。

罗马人惯喝的这酒后劲实在太大，大得令我始料未及。我招来宴桌旁的侍从，正欲开口向他要杯水，却见这时君士坦提乌斯将那权杖举起来，目光向我扫来。

伊什卡德转到御座前去半跪下来，我才立即反应过来我该做什么。作为亚美尼亚皇族的代表，向罗马皇帝表达归顺的诚意，让他为我加冕，让我成为正式的候任者，这是惯例，是从尼禄时代开始就被帕提亚人运作的方法。

我连忙站起身来，突然一阵更强烈的晕眩感猝不及防地袭击了我，令我身子一歪。恰在此时，我的腿被一只伸来的脚绊住，整个人向后栽去，坐倒在地。霎时全场哗然，身后的整蛊者更夸张地"喔哦"了一声。

一片恶劣的嬉笑声里，尤里扬斯扶着我，似要帮我站起来。

我蹿了起来，脚踩中过长的华服衣摆，朝前跌去。好在我眼疾手快地扶住了地，将错就错地借着伏倒的趋势半跪下去，没显得太过难看。但我发誓我真想回身一刀捅死那个可恶至极的整蛊者——假如有这个机会的话。

大脑嗡嗡作响，我面红耳赤，只觉得颜面尽失。这时一个冰冷的物体冷不丁地搁到了我的肩膀上，反射的一道金光直刺入我的眼里。

我迟疑了一下，马上意识到什么，忙做出亚美尼亚人行最高礼的仪态，双手交叉地低下头。金色权杖的顶端轻轻点过我的两边肩膀，又落到我的头顶，最后又滑到我的脸颊上。当我预料到某个无可避免的举动的同时，它便发生了。

珠链结成的面罩被掀挑起来，我感到君士坦提乌斯审视的目光落到我的脸上。

时间仿佛被无限制拉长，缓慢冗长得使我如濒死一般煎熬。在额头上的汗水一直淌到了胸口之下的时候，权杖才从我身上离去，君士坦提乌斯洪亮的笑声响彻在我的头顶。

听见他念完那冠冕堂皇的加冕词以后，我才敢伸手去扶住摇摇欲坠的面罩。酒精似乎正在头颅里肆意发酵，身体都仿佛不由自控了。当一尊桂冠被戴到头上，我才知道一切结束了。我如一个脱线的傀儡般摇晃着站起来，跪久了之后血液上涌直冲大脑，使我险些站不稳，幸而伊什卡德搀住了我。

临回座位前我小心翼翼地瞥了一眼皇帝的脸。

他仍旧保持着一张极具长者风度的微笑面具，看不出任何情绪上的波动，让我不禁怀疑刚才那种被细细品味了一番的感觉仅仅是我的错觉而已。

我高悬的心再次放松了几分，还未坐稳，便一下子撞上了尤里扬斯的目光。他半眯着眼，眼瞳闪烁着意味不明的幽芒，唇线紧抿，似乎有一丝担心——多么可笑，我肯定是看错了。

"噢，我亲爱的堂弟，我差点因为这位贵客而忘了赏赐你。你重大的功勋是多么不容忽视啊！来，上前来，年轻的恺撒。"君士坦提乌斯在金交椅上冲尤里扬斯招了招手。

他一改刚才玩世不恭的派头，走上前去，毕恭毕敬地半跪下来，行了一个世俗的折腰礼："神圣伟大的奥古斯都，尤里扬斯不胜惶恐。"

尽管假如尤里扬斯被为难，对我们的计划必然会造成不好的影响，看见此时有一个人能镇压他，我仍然感到有点幸灾乐祸。说实话我无法想象这人假如真的坐上罗马皇帝的位置，事态会朝什么不可预料的方向发展。他性情难以捉摸，行为乖张，其残暴程度，说不定会超越历史上任何一个罗马暴君。

但那对于波斯来说也许是好事。

我冷笑了一下，摘了一颗樱桃扔到嘴里。

御座旁边的宦官拍了拍手，几位侍者从露台一侧的暗红帷帘之后徐步走出，呈上来一副盔甲。它的华丽程度让人吃惊，仿佛通体镏金般金光闪烁，厚实的盔壳显得坚不可摧，是典型的罗马式战服。

"这是我们的先帝，我们的祖父，伟大的君士坦丁大帝曾穿过的盔甲。将它赏赐给你，帝国有史以来最年轻有为的'恺撒'，再合适不过了。"君士坦提乌斯望着御座下的尤里扬斯，脸上换上了欣慰的虚伪面具，"但愿你穿着它，能比我们的祖父走得更远。"

他举起御座边的权杖，指向了东方，目光落在云深不知处，微笑起来。

我拧了拧眉，依稀辨出这话里的某些隐含意味。

——君士坦提乌斯有意将尤里扬斯调到东方战场上。

"感谢奥古斯都的莫大恩典，尤里扬斯必将不负所望。"

提利昂望着尤里扬斯深深地朝金交椅上的御者鞠下一躬，阴险地笑了。他知道这所谓象征功勋与荣耀的盔甲，实质上是皇帝为他精心准备的死刑具。只要一穿上，就好比跳进了死神的陷阱。

尤里扬斯的哥特人军队在战事结束后，一大部分还留在莱茵河对岸，跟他回来的仅有三分之一。一旦被调往东方战场，那么他的兵力就等于被抽离了大半，想要暗杀他是轻而易举的事。那时候不用他的养父下令，他也会亲自带人去动手，以绝后患。

"向我们说说看吧，年轻有为的恺撒，您是如何收服哥特人，让他们为你所遣的？有人传言你做了他们的祭司。"提利昂假作半醉地大笑，"太可笑了，那怎么可能是真的呢？"

君士坦提乌斯举起手，示意众人倾听。露台上安静下来，顷刻变得鸦雀无声。我感到室内的空气仿佛结冻似的凝固住了，一股无色无形的硝烟以尤里扬斯为中心弥漫开来。

提利昂的言下之意，是指证尤里扬斯为异教徒，在罗马，这可是足以致死的。

不知尤里扬斯会怎么应对呢。

我颇有兴趣地观察着尤里扬斯的神态，却见他神态从容地站起来，从侍从的手中拿起一杯酒，缓步踱到御座下站着的一个中年宦官的身边。

那人面相温和，身上斜挂着一条深蓝色的绶带，应当是身居高位。尤里扬斯轻轻碰了一下他的杯子，向他微微颔首，我立刻注意到那人露出了一种恐惧的神情，朝他恭敬地回礼。

"那自然要感谢我曾经的老师欧比乌斯的教导，是他向我传授深奥伟大的教义，让我沐浴了天父的荣光，聆听到天使们的教诲。"

尤里扬斯缓缓举杯，他的声音压得极低，完全不似对着我说话的那种语调，而仿佛是在吟唱。火光在他的面具上跳跃，泛起一层虚幻的光晕，使他唇角的笑容神秘莫测："当站在哥特人的土地上，我曾感到害怕，但我坚信上帝的恩泽能感化一切。"

他说这话时，白色衣摆被一阵掠过露台的风吹动，紫色绶襟上下飘飞，如淬染着火焰即刻便要燃烧，整个人要在火中翩翩起舞一般。

这一幕使我有些怔忡，正巧这时他的目光逡巡而来，让我一瞬间差点失神，幸而他的视线只停留了极短的刹那，就向宴桌上的其他人投去。

他仿佛唱着一曲咏叹调般低声沉吟着，声音如同艾捷克弓琴的乐音那般空灵悠扬，似乎能一瞬间穿透耳膜，直抵灵魂，充满了摄人心魄的煽惑力。

四周犹如万籁俱寂的静夜一般沉默，仿佛尤里扬斯正站在他口中描绘的战场上，而众人成了那群哥特人，为他令人折服的演说似的传教所倾倒。

　　我似乎一刹那不认识尤里扬斯了，好像他摇身一变，成了截然不同的另一个人。假使我是在这儿初次遇见他，我必会被他此时举手投足的姿态所蒙蔽，误以为他是一位圣徒或者一位主教。我无法否认他身上的确有种魔力，而这魔力并不来自他的邪术，而是来自他本身。

　　我突然有种强烈的预感——尤里扬斯一定会坐上帝位，而且他是一个命定的、空前绝后的王者。

　　"看来我没有看错你。尤里扬斯，你比加卢斯了不起。"

　　也比加卢斯难以控制。

　　皇帝自然略去了后半句，他铅灰色的眼珠缩了一缩，凶光一闪而逝，身体向后靠在椅背上，微笑道："我相信你能替我将胜利的鹰帜插到东方大地上。我能将加卢斯不能承担的重任交予你吗？"

　　他刻意将尾音拖曳得很长，听起来十分沧桑，但任谁都听得出来那种隐藏的威胁。

　　加卢斯是尤里扬斯相依为命的亲哥哥，他清楚他对尤里扬斯的分量——在他命人把加卢斯斩首的那一天，他亲眼见到了少年时的尤里扬斯崩溃的模样。

　　"请奥古斯都明示。"尤里扬斯微笑着，再次半跪下来。君士坦提乌斯从他的神态里读不出一丝情绪起伏，那张青铜面具下的红唇似笑非笑地勾着，透着一丝冷漠，仿佛"加卢斯"这个名字从未出现在他的记忆里过。

　　"我有意……"君士坦提乌斯不甘心地举起金色的权杖，仿似当年举着指挥杖，下达那道屠杀弗拉维兹一族的命令那样，指着尤里扬斯的面庞，"将你封为亚美尼亚的总监军，你将带着你的军队驻守亚美尼亚，以防它受到波斯人的侵袭，并将那作为你在东方战场的据地。这样罗马就更多一分胜算。你意下如何？"

金交椅上的御者以一种和善的口吻询问着明面上这个与他分治帝国的执政者，眼神却写满了不容置喙的意味。实际上被问话者根本没有选择。

宴桌上的一些人向尤里扬斯投去了幸灾乐祸的眼神，提利昂得意地咧开了嘴。

反对者尚不敢吱声——御座边的宦臣观察着年轻副帝的神色，即便见惯了风浪，却也被袖中用于驱魔的金罗盘上晃动的指针搅得心神不宁。这位名叫欧比乌斯的先知曾是这位皇子的教父，亦是在尤里扬斯与生俱来的"诅咒"中侥幸存活的几人的其中一个。

从在圣索菲亚大教堂初次见到接受天使仪式的少年尤里扬斯的一刻，他就知道自己注定成为他的仆人，终身为这天使外表下蛊惑人心的魔鬼效命，如同吸食着罂粟制成的安神液，在他泥足深陷的梦魇里越坠越深。

只要尤里扬斯一句话，哪怕一个字，他毫不怀疑自己能抛却一切地跪倒在他脚下，为他赴汤蹈火，只奢求他的一个笑容，又或者仅仅是一个赞许的眼神。

"我诚心接受奥古斯都的一切旨意，为罗马，为上帝。"

尤里扬斯抬起头来，平静地答道。一双狭长的眼睛半翕半阖地瞥向他，眼底如帕拉丁山下的峡谷一样幽深，欧比乌斯情不自禁地回想起当年那峡谷下的洞穴里惊悚的一幕。

少年血肉模糊、不辨人形地从那峡谷里的洞窟中爬出来，眼中如燃着灼灼幽焰，佝偻的手指紧紧抠住他的衣摆，焦枯的嘴唇一张一翕的模样，至今仍历历在目，令他胆战心惊。

一个十几岁的少年，该怀着怎样强大的执念与决心，才能够忍受着将自己生生焚死的痛苦与恐惧，以向那埋葬着征服王亚历山大的古老宝藏中所附着的邪神献祭？怀着这样刻骨铭心的怨恨挣脱病躯，以一副非人非鬼的形态重生，又在暗无天日的地牢里熬过生不如死的整整两年，却能在战场之上破茧重生，而后卸甲而归，将自己完美地掩藏在一个臣服者的外衣之下。如此荣辱不惊，优雅从容，仿佛那过去的苦痛从未在他生命里留下痕迹。

他看不透这是一个怎样的人，也无法预料这人接下来会怎样做。即便他自诩为通神的先知，多年来却始终无法窥破尤里扬斯一星半点。

第8章
沼泽之舞

尤里扬斯被封为亚美尼亚的总监军，这使我不禁陷入了思考。

怎么会这样巧？从我一出狱就被他买下开始，似乎有一根无形的线将我和他牵扯在一起，这不会只是巧合，是有幕后推手在安排，并且不是单方的。国王陛下如何能料到尤里扬斯控制了亚美尼亚势力？大抵是尤里扬斯自己预料到的——

我可不傻。借此足以推断，这个计划极有可能是尤里扬斯与国王陛下共同制定的。而我们这个幽灵军团，则是他们双方交易中被安排好了路线的重要棋子。尤其是我，看起来扮演的是恰特兰格棋盘中最重要的皇后的角色。

奇怪的是，当意识到这一点后，我虽然仍对扮演这个角色感到屈辱不甘，心中的惶惶不安却多少减轻了几分。因为至少我能确保尤里扬斯不敢泄露我的身份，之前我的担忧是没有必要的。可他知道我跟他在同一条船上，还敢这样戏耍我，就是吃定了我还被蒙在鼓里！

这个可恶的家伙。

积攒的慌乱化成怒火，在我胸中鼓噪。

我攥紧了拳头，悄无声息地抬起腿，踩住了桌下尤里扬斯的脚背，毫不留情地碾磨着。尤里扬斯猝不及防地遭到我的袭击，倒吸了一口凉气，大概不明白为什么我突然敢于反击了。我毫不留情地泄够了愤，才把他的脚放开。即使不看我也知道他的脚背上必然会多一片难看的淤青。这就是戏弄一个波斯军人的代价。

心里痛快地想着，我带着一脸挑衅之色地瞥向尤里扬斯的脸。

"阿尔塔莎公主殿下，您愿意为尊贵的皇帝陛下带来一场精彩的表演吗？"这时，对面的提利昂忽然扬高声音笑起来，"久闻您能歌善舞的盛名，不知道今天我们是否有幸一睹您的绝代风采呢？"

我双眼一黑。

千想万想，我绝没料到我扮演的这个角色有着这样的盛名。

我僵立在那儿，君士坦提乌斯微笑着望向我，脸上带着一种期待的神情，我的脊背上顿时冒出冷汗来，下意识地瞥了一眼伊什卡德，寄望他给我救场。然而他半点发话的意思也没有，只是面无表情地击了击掌，随之门口候着的随队乐师们拿着各式乐器徐步而入——他似乎存心把我推进这火坑。

大概上刑场的犯人与我此时的感觉无异。我听见极具亚美尼亚风情的鼓乐在宴桌旁奏响，整个人僵立在那儿，汗流浃背。我可不会什么舞蹈，舞剑杀人还行，要是过于凌厉的身手露出武者的破绽，可就完蛋了。伊什卡德竟然也不帮我解围？

就在我困窘的时候，伊什卡德站了起来。我的心中一松，满以为他会救场，没料到他竟缓步走到侍从之中，击掌唱起歌来。

那熟悉而雄浑的歌声自靡靡暧昧的乐曲声中穿透出来，既奇特而又十分和谐。这曲调使我身体的每寸肌肉都活络起来。这是过去在接受武士训练时，我们每个月在狩猎祭祀上都会唱的歌，歌颂光明与黑暗的交替。

——我忘了，我的确会那么一支舞，祭神之舞。

十六岁那年，我曾为国王陛下表演过，尚还记得。

这下子，我忽而全身放松下来，走到王座之前的空地上，闭上眼睛，深吸了一口气，身体向后仰去，目光投向高远的夜空。我努力想象自己正站在圣火祭坛前，面对伟大的阿胡拉神像，将自己的意念缓缓抛向高空，进入冥想宇宙，如入无人之境。

歌声如奔流入谷，借着酒劲醺醺然发酵，身体仿佛不由自主，而被一股神力所牵引。

我凭着本能重复着自己曾烂熟于心的动作，舒展双臂背脊，转动身体，犹如一只轻盈起飞的鹰从这烦冗的华服下脱壳，在天穹中自由翱翔，配合着鼓点乐鸣，或踮脚跳跃如乘风弄月，或仰卧在地如抱星辰。人似乎处在半醉半醒之间，恣意放松无比。

当伊什卡德的歌声与配乐一并缓逝，我也一舞跳毕。

宴桌上顷刻爆发出的热烈掌声将我骤然吓了一跳。

当从冥想状态中全然脱离，紧张与屈辱感便又气势汹汹地杀回来。君士坦提乌斯露出的满意笑容令我更加难堪。我是在取悦敌国的国王，作为一名军人，即便是使命所趋，这感觉依然糟糕透了。我僵硬地朝君士坦提乌斯鞠了一躬，便匆匆回到座位上。

可屁股还没落稳，一声尖利的惨嚎就骤然将我吓了一跳。

提利昂捂着手臂站起来，面上扭曲，似乎疼痛难忍，整个人跌跌撞撞地向后倒去，栽在地上，像发了羊痫风一般抽搐起来，口吐白沫。

宴桌上一片哗然，侍从们围过去，场面顿时混乱不堪。君士坦提乌斯唯恐有人下毒，不得不下令让令人难熬的夜宴提前结束，众人不欢而散。

在被允许离场的那一刻，我简直如释重负，跟随君士坦提乌斯安排的侍女与伊什卡德，逃也似的匆匆离开了露台，将所有人远远甩在身后。

踏入皇宫内部，就如同在一片偌大的迷宫里兜兜转转，纵深的廊阁仿佛无止无尽。灯火阑珊，幽暗昏惑，让我如坠梦魇，不知不觉失了心神，脑子里尽盘桓着刚才的情景。

因为也许唯有我知道，提利昂不是被下毒，亦不是自己患病，他是在那个时候，在城道上与尤里扬斯对峙的时候，就中了他的邪术——他倒下去时握着左臂，尤里扬斯恰恰就抓握过。我仍清晰地记得提利昂当时的表情，就像是被蝎子蜇了一样。

我更忘不了，刚才在一片混乱中尤里扬斯的眼神。

他的眼底很暗，流露出的冷意能一直浸透到人的骨髓里去，蚀骨穿心。

那眼神像极了弗拉维兹，却远比他邪恶得多。

假若弗拉维兹是从天上堕落的星辰，仍在尘埃里竭力散发着光华，那么他便是从鲜血沉积的沼泽里盛放的曼佗罗，能诱人坠入到地狱里去。

我得离这个危险的家伙远一点，越远越好。

一串脚步声不知从哪传来，我才恍然从噩梦中惊醒，迎头磕上一根石柱，眼冒金星地向后倒去，却被一双手扶住了。

"怎么了？喝醉了吗？刚才我听见那边有些声音，怎么回事？"

我安心下来，是伊什卡德。

"没，没什么，我跌倒了而已。"我尴尬地摇了摇头，一阵晕眩袭上来，让我有点想吐，"我不能……乱喝酒。很抱歉，我今晚似乎搞砸了。"

"不，你做得很好，阿硫因。好得出乎我意料。"

"是吗？但愿计划能顺利进行。"头脑混乱一片，我深吸了一口气，忽听一阵脚步由远及近。是一群宫廷侍女，为首的是那个站在王座旁的宦官。

"皇帝陛下派我来负责安排公主的住所。"他微笑着打量着我们，

"阿尔塔莎公主看上去有些不适，需要请御医过来吗？"

"公主没事，只是喝得有些多，休息一下就行。"

伊什卡德搀着我。跟随着引路的宦官，我们被带入了一条极长的走廊，仿佛一个永远也走不到尽头的梦魇。

帮床上的少年掖好被子，伊什卡德突然听见了含混的呢喃。

"弗拉维兹……弗拉维兹！我错了……我错了……原谅我……对不起！"少年的呢喃含着浓重的鼻音，夹杂压抑而断断续续的呜咽——他在哭。

又是这诅咒一般的名字。

伊什卡德蹙了蹙眉，继而又舒开。这几乎是能预料到的。即使他寻来的波斯最强大年长的巫师也无法将它从阿硫因的脑中抹去，又有什么可以令他解脱呢？

他忘不了那个已经死去的人，无法将这记忆释放，甚至于向他人吐露也不肯，犹如与附骨之疽互食血肉，饮鸩止渴直至死去。七年的时间，他们并肩作战，同生共死，亲如手足，阿硫因也未曾向他提过哪怕一字。关于他的过去，关于这个名字，他一无所知。

他苦笑着起身，忽然听见一阵振翅之声抵达窗边，使他蓦地从醺然醉意中醒觉，警惕起来。他疾步行到窗前，鹰扑扇羽翅，飞至他肩头，焦躁地轻啄他的耳垂，引他往一个方向望去。

隔墙而对的宫阁内，一道颀长的暗影半隐于屋檐下的阴影里，只露出一抹白色的衣摆，隐隐约约，黑暗处被对面昏暗的灯火映出一小片金属的幽光。

那人在窥视着这儿。不知道为何这么笃定，他几乎确信那人看的并不是自己，而是自己身后的少年。他甚至能描摹出那立在暗处的窥视者的神情——如同宴会上他亲眼看见的那样，像一条要将猎物紧紧绞缠并囫囵吞下的蟒蛇。

　　心里一紧，伊什卡德立即拉上窗户，却忽听咻的一声破空而来的锐响。凭着极快的本能反应，他旋身抓住了那擦着耳际飞过的锐器。

　　那是一把匕首，顶端嵌着一个小小的纸团。

　　他将它展开来，当读懂纸上那清晰简要又意味分明的讯息后，他的眉头拧作一团，下意识地望了望床上尚熟睡的少年，一手重重合上了窗子。

　　——那个叫尤里扬斯的危险家伙，要单独约见阿硫因。

　　闪电穿透狂风骤雨如厉鬼哭号的呼啸，骤然划亮黑沉沉的天际。

　　"阿硫因……阿硫因！你一定要逃离这里……活下去，回到波斯去！你淌着波斯人最高贵……的血液！记住你的姓氏……霍兹……"

　　母亲临死前断断续续的哀号在风雨声之中萦绕回响，伴随着一声震耳欲聋的雷鸣炸响在脑海深处，使我浑身颤抖地惊醒过来。

　　"妈妈……妈妈！"

　　我哭叫着在黑暗中摸索，却被一双手握住了双腕，身上被柔软的布料裹住，耳畔的一声叹息似仲夏夜的一缕和风："怎么了，可怜的小家伙，又做噩梦了？"

　　"妈妈……"我紧紧揪住弗拉维兹的衣角，还恍在梦里，止不住地溢出眼泪来。

　　他帮我擦去了眼泪，轻声哄我："我不是你的妈妈，但假如你不介意，我可以当你的父亲。待在我身边，我永远……不会让你再受苦了。"

　　修长的手抚过我的鬓角，使我的眼泪汹涌而出。

　　"父亲"这个词于我何其陌生，却并不代表我不曾渴求。我曾夜夜见母亲以泪洗面，总望着我的脸仿佛看着另一个人。我擦干眼泪，执拗地摇摇头，嗫嚅出几个字："真好笑，你比我才大不了几岁……"

"那我们做兄弟，相依为命。你可以叫我哥哥。"

"哥哥？"我抬起头，仰望着弗拉维兹温柔的双眼，心底泛起暖流，他的面庞与身影却在忽然燃起的烈火逐渐飘散，化成片片灰烬。

弗拉维兹！

我向前伸出手，抓了个空。神志终于穿破梦魇重重的障网，面前的一切霎时烟消云散。我睁开眼睛，好一会儿才勉强适应了光线，看清自己身处哪里。

这是一间分外华美的卧室，墙壁四面镶金，大理石地板光可鉴人。我所躺的床被四根镀金的罗马柱所包围，暗红色的帷幕沿从顶部拖曳而下，半透明的彩窗里透出的阳光将它穿透，弥漫成一层暖红色的雾霭。

室内静悄悄的，似乎只有我一个人。回想起在宴会上醉了酒后的情形，模糊不清，依稀记得是被伊什卡德扶回了房间。

不知道露馅了没有。我感到一阵后怕。

"伊什卡德？你在哪儿？"

在我拨开帷幕的同时，伊什卡德高大的身影靠近了床前。从彩窗泻下的光线流光溢彩，耀得我一时睁不开眼。我仰着头眯起眼睛，撑起身子，正要揭开毛毯下床，却听见呼啦一声，帷幕被猛地拉上了。

"把面罩戴好。"伊什卡德低低的声音传来。

我连忙把面罩戴好，状若无事地走出来。

伊什卡德正在给阿泰尔喂食，可怜的大家伙饿坏了，正狼吞虎咽地啄着银盘里的樱桃和葡萄。

心里咯噔一下，我疾步走过去一把抓住阿泰尔的头："喂！你也不怕有毒，就这么喂给它？"

"还用你提醒吗？"伊什卡德无可奈何地扫了我一眼，亮了亮袖口里的一把银餐刀——一定是他从宴桌上顺的。

"啾——啾——"

阿泰尔在我的手中不满地扑腾，发出一种可笑的类似公鸡一样的哀鸣。这是一只军用猛禽，发出这样的声音，对得起它的尊严吗？

我瞪了它一眼，一松开手，它就把脑袋像鸵鸟一样扎进了食盘里，我简直看得目瞪口呆。

"阿泰尔被囚禁了几天，囚禁它的人没给它吃喝，所以才饿成这样。"面对如此滑稽的景象，伊什卡德却脸色阴沉。

"谁敢这么对它？"我拧起眉头，脑袋里立即冒出一个名字——尤里扬斯。

"肯定又是那个家伙……"

我的心头蹿起一股怒火。

难怪这几天没看见阿泰尔，我还以为它入宫查探环境了，没想到是落在尤里扬斯手里。我是不是该庆幸那个家伙没把它变成一盘菜？

伊什卡德点点头："是尤里扬斯。我想他是通过什么法子从阿泰尔身上获得了一些讯息，预先知晓了我们的行踪。"他顿了一顿，"他一定要让你单独赴约，才肯交出一个对国王陛下控制亚美尼亚而言非常重要的东西。"

单独赴约？我头皮发麻："什么东西？"

"可以控制亚美尼亚兵力的军符。"伊什卡德望了望窗外，关紧窗子，从腰带里取出一个小纸卷，"这是陛下的信鹰送来的最新密令，他让我们与尤里扬斯私下接触，设法与他结盟，弄到那个军符。"

我展开纸卷。

里面不是通用的巴列维语，而是工整考究的古波斯楔形文字所书写的密文。字迹正在褪色，右下角盖着一枚王印，压得很深，令人联想到它沉甸甸的重量与国王陛下伏案批阅奏章的姿态。

在被批准加入幽灵军团的当晚，那王令曾被他亲自盖在我的掌心上。那是至高无上的荣誉与忠心不二的誓约。

但同样的王令，现在却让我们服从一个敌国人？

"难不成我们还要听尤里扬斯发号施令不成？"我将纸卷在手心揉成一团，既不甘又气恼。

我捏紧拳头，如鲠在喉："他身怀邪力，不是什么好惹的角色！"

一条腿隐隐作痛起来，仿佛在提醒我，尤里扬斯正等着我自投罗网。但话虽讲得不情愿，我却知道自己无可退避，拿到军符是国王陛下的密令。

"塔图与伊索斯已经潜入宫，他们会暗中看护你。你放心，我也会暗中监视，不会让你遭遇任何不测。放心。"伊什卡德语气沉着地道。他的眼神总如磐石一般坚定，能给人安心的力量。

我点头："明白。"

咚咚咚——

一阵叩门声响了起来。

也许是忙于政事，君士坦提乌斯白日没有召见我们，而是命他的宦官欧比乌斯带领我们参观这偌大的御所。

通过欧比乌斯的介绍，我知道我们暂居在达芙妮宫，从我的卧室出去，通过一条长长的柱廊，可以通往皇宫里各个地方，竞技场、接待大厅、宴厅、皇室浴场，以及主殿和其他宫殿，四通八达，正如那句老话"条条大路通罗马"。

作为这句话的证明，宫殿的墙上陈列着各式各样的从每个被罗马踏足过的国家掠夺来的战利品。印度、埃及、迦太基、高卢、希腊、赛硫古……当然还有来自波斯的，有不少我曾在宫廷里绘制记录着古老珍稀异宝的书卷中看到过。

和那时一样，我对这些珍稀异宝充满了好奇，我渴望知道里面隐藏的故事与传说。在波斯，藏宝阁并非我这样身份的人能随便进入，于是游览父亲的藏书阁便成了我的一大爱好。在那个地方，我学会了使用波斯语。

当目光逐个掠过它们时，其中一把被焊在一尊天使像手中的波斯式样的匕首吸引了我的注意——它看上去与"日曜"和"月曜"非常接近，但把柄顶端的宝石是一颗星芒的形状，在阳光之下耀眼夺目。

那也许就是三把国宝中的"星曜"。

我的心里咯噔一动，下意识地伸出手去摸了摸那颗星石，扫了一眼伊什卡德，他的眼神让我更加确信这一点。

若有机会，一定要把星曜之芒偷回来……

"那把匕首是来自波斯的'星曜之芒'，是非常古老的宝物，公主殿下似乎很喜欢？"一个陌生的男人的声音在我冒出这念头的一刻穿了过来。

我循声望去，看见一个高大的身着白底绿授的托加袍的黑发男人从走廊的另一头朝我们走来。

"早上好，纳米尔德大人。"欧比乌斯微微倾了倾身子。

借着过分炫目的阳光，我眯眼打量着走近的那人。他的黑发又长又卷，皮肤呈现出一种浅麦色，显然是从东方来的。当他迈入阳光之下，面庞被照亮的一瞬间，我的心中涌出一种非常异样的感觉。

这张面孔已经染上了岁月的沧桑，但透过轮廓，仍然可以轻易描摹出他年轻时会是多么俊美的一个男人。他面部如刀削般棱角分明，一双黑眼睛好似从贝壳中刚刚拾掇出的黑珍珠那般，蕴藏着被时间磨砺的沉静，又透着一种饱经风霜后荣辱不惊的光彩。

这是一个不简单的人。

我这样暗暗下着判断之时，头脑深处却隐隐觉得这男人似曾相识，仿佛我们已经认识了很久，在这儿重逢一般。我在记忆里竭力搜刮着蛛丝马迹，却一点儿证据也没有捉到。我确实不认识这人，也不大可能认识一个罗马的宫廷官臣。

"公主殿下，如果您喜欢那把匕首，我可以向圣奥古斯都请示，我想他会欣然赐给您这样美丽的贵客。抱歉……忘了自我介绍，我的名字叫纳尔米德，是陛下的释梦大臣，希望我的莽撞没有冒犯您。"

纳尔米德彬彬有礼地笑着款步走近，却使我不自禁地有些局促。

他周身带着一种特别的气质，令我想起我的养父。

"您太热情了，我替公主殿下感激您。"伊什卡德回应道。

念及身份，我只朝纳尔米德行了个点头礼。他径直走到我的跟前来，朝我回了个折腰礼："如果您有任何需要，可以直接来找我，我将为您尽可能地安排好一切。"他顿了一顿，"这是奥古斯都命我取来献给您的礼物，希望您能喜欢。"

说完，他从腰带里取出了一个什么东西，那是一个镶有一枚稀有的孔雀石的纯金耳环，看上去十分贵重。伊什卡德替我接过来，纳尔米德的另一只手却悄悄将一枚东西塞到我手中。

"公主殿下，你的眼睛……很像我的一位故人。"

与我擦肩而过的时候，他忽然说了这么一句。他的语气里含着浓重的惆怅，仿佛一股潮湿的风吹拂而过，令我心里忽然涌起一阵不知名的哀恸。仿佛幼时每次雷雨的日子，母亲夹杂在风声里的啜泣那般，令我不由自主地动容。

我怔怔地立在那儿，直到他的脚步远去，才回过了神。

在纳尔米德离开后，我将手中那枚神秘礼物拿出来，发现那是一枚波斯金币——那意味着他是个波斯人，且也是我们的盟友。

伊什卡德注意到我手上的金币，皱了皱眉头，向我使了个眼色。我心领神会地借口要伊什卡德陪同我去休息室，未料到欧比乌斯紧随了进来。

面对我们警惕的眼神，欧比乌斯却一脸了然，向我们坦白他是尤里扬斯的内应，受他之命与我们暗中交接消息，晚上也是由他引我去见尤里扬斯。

见我们并不能十分信任他，欧比乌斯主动抖搂了一个令我们均十分震惊的秘密——刚才那个与我们"偶遇"的释梦官纳尔米德，他的真实身份竟是传闻中逃到罗马避难、下落不明的霍兹米尔王子，我们当今国王陛下的兄长。

当他神秘兮兮地说完这句话的时候，伊什卡德已然掐住了他的脖子，而我则疾步冲出门去，可纳尔米德早已走得无影无踪。

"公主殿下……请相信我绝没有欺骗你们。请随我来，以防隔墙有耳。"欧比乌斯走到我们前方去，示意我们跟上他。

跟随他，我们通过了一道幽邃的柱廊，沿着一道面朝大海的石梯一直往下，来到了临海的一座花园里。这里十分清幽僻静，似乎并没有人在这儿戏耍流连，因而那些精美的花坛与喷泉上布满了蔓藤，树影葱郁，灌木丛生，仿佛一座坟墓，却仍不乏生机，四处可见孤芳自赏、兀自盛放的鲜花。

在徐徐步入它的怀抱深处时，一片红色的花丛吸引了我的注意。它看上去就像尤里扬斯身上的那种异花，红得妖冶嗜血。不知是受什么念头驱使，我竟鬼使神差不由自主地伸手摘下了一朵，在弯腰之际，一眼发现了花丛后的另一番洞天。苍郁的树影浓墨重彩地抹在一座白石所铸的女性雕像上。

斑驳朦胧的暮光中，她半跪着弹奏竖琴的优美姿态，那么栩栩如生浑然天成，被瑰丽的红色花瓣点缀淬染，宛如身披晚霞的维纳斯翩然而至，在这儿休憩。

我情不自禁地为之驻足，目光穿过树影聚在她的面孔上，当看清她的脸孔的一瞬，心头如遭锤击，呼吸凝滞。

那雕像有着一副令光与风都能在瞬息静止的绝美容颜。

——竟然神似……弗拉维兹。

一刹那我好似又回到神殿之后的红色花海中。弗拉维兹在暮色里时而弹奏竖琴，时而吟诵希腊诗篇。柔和的海风扬起他的白袍与金发，蝴蝶与花瓣为他倾世绝艳的姿容吸引，围绕着他翩翩起舞。而我在他的身旁恣意地逐风捕蝶，聆听他如歌如泣的琴声与似风若梦的低吟浅诵。

那是我这颠沛流离的半生，最快乐、最无忧无虑的岁月。

如今忆起，仿佛只是恍若隔世的一个梦。

"那雕像……是什么人？"

我呆呆地凝望着那雕像喃喃，神志恍惚，几乎有些站立不稳。

"厄妮丝。"欧比乌斯的声音从身后轻而低地传来，"她是守护威斯塔女灶神神殿的圣女……是尤里扬斯陛下的生母。"

呼吸一颤，我盯着那肖像的脸："尤里扬斯的……生母？"

欧比乌斯垂下眼皮，涂满粉脂的宛如面具的脸上浮现出一丝复杂的波澜。他微微低下了头，好似不愿直视那座雕像，抿唇笑了："是的。她很美是不是？曾经有不少皇族子嗣迷恋她，包括伟大的先王君士坦丁大帝与他的弟弟尤利乌斯——尤里扬斯陛下的父亲。可惜圣女必须坚守处子之身……直到后来……"他顿了顿，忽然意识到了什么，"啊，我怎么跟您说这个呢？实在失礼。"

"他的样子……"我急迫地追问，却被伊什卡德冷冰冰地打断："我想这不是您带我们来这儿的目的吧？"

顾不上伊什卡德的阻拦，我揪住欧比乌斯的领口："告诉我，尤里扬斯的脸跟那雕像相像吗？"

我以为已能坦然接受弗拉维兹死去的事实，可时至今日，我发现自己仍然对他的一切执着敏感，即使知道只是捕风捉影，也不愿意放过一丁点。

"有关纳尔米德的事，您还没有说完，请继续。"

伊什卡德大力擒住我的手,从欧比乌斯身上扯开,为他拍了拍灰尘。

欧比乌斯不置可否地笑着摇了摇头,答非所问:"外界传言霍兹米尔王子死了,那只是为了安全。我想你们也知道,沙赫尔维大祭司至今仍有势力残余,意图置他于死地,他只好隐名埋姓地藏身在罗马,连续效命两代奥古斯都。但他的心依然忠于波斯的,会竭力协助你们,以求将来能名正言顺地回归母国。"

养父曾告诉我过这位沙赫尔维大祭司的所作所为。他是前朝有名的篡权者,曾与权贵合谋干预朝政,几位皇子的童年在他们的倾轧下度过,直到国王陛下十六岁才将政权强势夺回,引发了一场内乱,霍兹米尔就是在那场动荡中逃走的,但具体是为何要逃,我的养父并未提及。

我只知道后来沙赫尔维被逐出宫廷,隐没民间,相传成立了一个隐秘而危险的组织,专与朝廷作对,意图建立起一个邪教政权。不过至于他为什么不肯放过霍兹米尔这样一个逃亡而无实权的王子,却是匪夷所思。

"有什么凭据吗?你说你是尤里扬斯的人,又怎么能证明你值得我们信任?说说吧,给我一个理由让我不选择现在将你灭口。"

伊什卡德淡淡地问道,语气里却透着一种致命的威胁。他的手虽仍拘谨地搁在腰间,袖口却寒光微露。

我走近一步,为伊什卡德做掩护,同时警惕地观察着附近的动静。我们随身携带的暗器可在眨眼间置人于死地,并在一只小刻巴尔沙漏的时间内就能将尸体从内部腐蚀,短短片刻就化成一具骨骸,最后渣也不留。

这不仅仅是恐吓。

欧比乌斯的眼神里掠过一丝惧怕:"如果公主殿下今晚见过尤里扬斯陛下,你们自能知道我的话是真是假。当年霍兹米尔王子逃到挚友亚美尼亚王那儿。为了护他周全，亚美尼亚国王派了守护王族宝藏的战狼兵团来保护他前往罗马。"

我与伊什卡德对视一眼。我记得，我在记录波斯历史的书卷里确有读到这桩事，但关于这个战狼兵团的记载，却语焉不详。

"继续。"我命令道，卡着他脖子的手收紧。

"战狼兵团，顾名思义，那兵团里的骑兵以狼为坐骑，个个都是骁勇善战的武士，能以一挡百，以五百人之数杀尽了沙赫尔维大祭司派来的六千追兵，仅有十人折损。如今能调动那军团的军符在尤里扬斯陛下的手里，我想，那一定是你们的国王陛下控制亚美尼亚十分需要的东西吧。"

我的心里咯噔一跳，与伊什卡德不约而同地对视了一眼。果然是军符……

"霍兹米尔王子到底为什么会协助尤里扬斯，将这么重要的东西交给他？"

伊什卡德一语道出了我心出的疑问。

"协助？"欧比乌斯抬起眼皮，视线飘悠悠地落在那雕像上，眼神如同正消逝的暮色般沉于一种痴迷之色里，"不……他和我一样是尤里扬斯的追随者，我们为他效命。就在十一年前，尤里扬斯来到圣索菲亚大教堂接受天使仪式的那个夜晚，我与霍兹米尔通过占卜获得了太阳神的神谕。尤里扬斯是被诸神选中的王者，会是一个征服世界的帝王。他的外表就像是个天神，语言却如妖魔一样具有引人疯狂的蛊惑力，那么小的年纪，才学就超过了他的任何一位教父……"

他娓娓而谈着，缓步走到那片红色异花之中，神态忽然变得如痴如癫，抬起双臂，宛如一位游吟诗人那样仰望着天穹，低声絮语。

"'当木星行至高贵的水瓶座边际，当土星来到处女座的二十五度星域的时刻'——就是朝代更迭，他荣登帝位，宇宙为之斗转星移之际。"

不知是否是天兆，在欧比乌斯说完这句话之时，天色陡然暗了。

夕阳仿佛是光明神手中坠落的金球，迅速地沉入云翳之间，似乎瞬息之间就要没入大海。一道海风袭来，将树丛吹得婆娑作响。

我的目光穿过摇曳的树影投向海面。

海天交界之处只余一线血红的光晕，却将整片海面染得如同围绕着那雕像的异花一般绮艳。云翳为风神隐形的手所控，隐约凝聚成一条似蟒如龙、生有蝙蝠一般双翼的异兽形状，就像是尤里扬斯面具上的雕纹。

我惊诧地为眼前的景象而瞪大了眼睛，伊什卡德也瞠目结舌。

"快了……快了，那预示着君士坦提乌斯二世的陨落，新帝王的崛起。"欧比乌斯望着云翳喃喃着，声音被风流揉得模糊不清，"只是他与罗马的命运轨迹注定被一颗异星吸引……那星，就是他的阿喀琉斯之踵啊。"

他转过脸来，目光若有似无地掠我的面庞，眼神似含着隐约的担忧。

阿喀琉斯之踵？

我想起那个传说依稀的细节，心里莫名地咯噔一响，循着他抬手所指的方向，眯着眼远远眺去，果然看见云层的黑暗处有一颗若隐若现的星辰，位置正巧被蛇龙状的云翳环绕着，仿佛被小心翼翼守护的宝藏。

随着它坠入海面之下，云翳里的异象也逐渐消失了。

夜幕缓缓低垂的时分，一丝不寻常的动静忽然从不远处传了过来。

"有人来了。"欧比乌斯紧张地警告道，我与伊什卡德迅速藏身在树影之中，欧比乌斯却也跟着躲了起来。我猜也许因为这儿是什么宫廷禁地。

一串步履缓慢的脚步声交叠着慢慢由远及近，影影绰绰的光亮从斑驳的树影间透出，衬出那一道颀长的人影来，我的心脏骤然加快了。

随着窸窸窣窣的穿行之声，一抹烛光照亮的绛紫从晦暗夜色之中剥离，露出苍白的半张侧颜，仿似妖灵悄然飘至。尤里扬斯捧着一盏祭拜所用的烛灯。

我的胸口突突狂跳，隐隐意识到了他来这儿的目的。

果然，他朝那雕像的方向走去，跪在血红的花丛之中，深深俯下身体，将烛灯置于雕像之前，低声地呢喃着什么。似是在祷告。

欧比乌斯似乎没有欺骗我。他在祭拜那个雕像。

我的目光在尤里扬斯的侧脸与那雕像的面庞上游离，呼吸急促。

伊什卡德察觉到我的异状，轻轻碰了碰我的胳膊。他的手指潮湿，我一瞬间竟误以为是蛇，如惊弓之鸟般抖了一抖。

这细小响动惊动了尤里扬斯。他撇过头来，眯起眼环顾着周围，拿起烛灯朝我们的方向走来，步履却悠然得如同闲庭漫步，似乎早就料到了有人。

"出来吧……还要藏到什么时候呢？"他幽幽地道。

我在欧比乌斯的背后划了个×，以警告他勿暴露我。他点了点头。

伊什卡德推了我一把，示意我出去，我却就像身体被焊在了地上，脚步分毫也挪动不了。

也许是我的态度令伊什卡德感到失望与无奈，他先一步走出了树影，欧比乌斯也跟了出去。我仍然犹豫着躲在原地没动，勇气与使命感一瞬间被一种巨大的不可名状的情绪压住，让我成了一只将头扎进沙地里的鸵鸟。

"真是令人吃惊啊，我没看错的话，这位就是阿尔塔莎公主殿下身边的近身侍官吧。"尤里扬斯笑了一下，"欧比乌斯，你怎么能带客人来这种地方？"

"抱歉，尤里扬斯陛下。我们只是恰好经过这儿，过来观赏日落。"欧比乌斯歉疚而惶恐地点头。尤里扬斯的目光却径直落到伊什卡德身上，又若有所思地越过他的肩膀——望向了我的藏身之处，眼瞳亮得摄人心魄。

我背上一瞬就冒出了冷汗，好在伊什卡德挡在了前面，朝他微微倾身："晚上好，尤里扬斯陛下。罗马的景色壮美，果然名不虚传。在我们亚美尼亚是看不见大海的，公主为之深深着迷，她还在那边欣赏美景呢。我去将她唤过来，失礼。"

说完，伊什卡德转过身，朝我走过来。

无形的压力迫至胸口，让我呼吸发紧，下意识地退了一步。

"不用，打扰我们的贵客赏景，那才是失礼。"尤里扬斯忽而扬高了声音，在伊什卡德停下脚步时，他又低沉地笑起来："请转告我诚心的邀约，宴席已在我的寝宫摆好，只等公主殿下驾到了。我可是……万分期待呢。"

他的重音强调了末尾的那个词，拉丁语特有的舌音打着卷虚虚一勾，仿佛毒蛇腾空而起的脖颈，将人绞缠得无从脱身。

第 9 章
步步深陷

大概是见我脸色不好，伊什卡德皱眉盯着我："你状态不好，今晚我会代替你去跟尤里扬斯交涉，你待在寝居诵经，调整自己。"

"不，团长！"我抬起头来，脱口而出，"我去。"

伊什卡德眉心蹙得更紧，担忧地看着我。

"我该履行自己的使命。"恍惚中这话好像不是经我口说出的，想咽回去也来不及，我吞了唾沫，"我也非去不可。"

"为什么非去不可？"伊什卡德追问道，漆黑的眼眸如箭矢直逼我心，"从下午看到那尊雕像开始，你就像是在梦游，阿硫因！尤里扬斯与那雕像长得相像与否，对你而言有什么特殊意义？"

"没有。"我脖子一僵，口是心非地否认。

"说实话。这是命令！"伊什卡德的口吻变得严厉起来，脸色也终于多云转阴。

我想转身逃避，却被伊什卡德一把抓住肩膀。我闪身挣脱，可身手不及他。一番扭打之后，他拧住了我的双臂，将我狠狠地掼倒在了地上。

"说实话。"浓重的暗影里，伊什卡德周身乌云般的怒意攫住我的呼吸。

"我……"我气喘吁吁，声音涌到喉口，但吐出封在心底的隐秘堪比在寒冬破冰，举步维艰。深吸了一口气，我还是向自己屈服："没什么。这只是我的私人问题，我不该因为个人缘由而罔顾使命，影响到全盘计划。若此次任务因我而失败，我将接受军法处置，自裁谢罪。请相信我，团长。"

我的话音刚落，头顶骤然响起一串吐芯子的声，我与伊什卡德同时闪电般地起身，只见我刚才靠着的那个树干之上，盘踞着一条碧蓝的树蟒，已然弓起了脖子，做出了蓄势袭击的姿态。假如我们慢一步，恐怕就要遭到蛇吻。

而诡异的是，它却似乎并没有下一步动作，也不退不避，只是昂着头颅，荧荧的蛇瞳阴森森地逼视着伊什卡德，毫无畏惧之意。

刹那间我的身体比头脑更快，袖剑已从手里出鞘，那鬼东西的头颅应声落地，被我远远一脚踹到树丛里，心里泛起的毛骨悚然之意却分毫未减，反而愈发浓稠，一如披拂在周身的暗影。

逃不开，避不掉，无处可藏，步步深陷。

如沼中困兽。

"当——当——当——"

悠远低沉的暮钟穿过云层遥遥传来，仿佛引诱猎物步入陷阱的兽铃之声，最后一丝光线也如堕入猎网，天色尽然暗沉下去。

"公主殿下！您还在吗？尤里扬斯陛下在等您。"欧比乌斯的声音远远地飘了过来。

背后沉默了短短一会儿，脚步声才跟了上来："我会在你附近等候，塔图他们在暗处监视，你只需随机应变，不必太紧张，按照我交代给你的计划行事。"

"明白。"我攥了攥拳头，向门口领着侍从等候着的欧比乌斯走去。

从这空中花园继续往下，走过一道靠海墙的长廊，便抵达了尤里扬斯提到的那座海边宫殿。宫殿内部灯火阑珊，显得格外空旷幽邃，飘着一股馥郁沁鼻的异香，我能辨出那是迷迭香的气息，心中萦绕的慌乱感在这味道里不可抑地发酵。

欧比乌斯引着我拐过一个又一个弯，就好像进入一个迂回曲折的迷宫深处，寂静的殿堂里有节奏的脚步声与我的心跳声交叠，好似一下下击打在我压抑着疑问的胸口，使它死灰复燃，灼烤着我的心脏，令我终于失去了耐性。

有意放缓了脚步，我吸了口气：“恕我冒犯，欧比乌斯大人，不知可否问你一个问题？”

欧比乌斯顿住脚步，恭敬地向我欠身：“殿下，请您直呼我的名讳就行了，我是奥古斯都指派给您的侍从。您请直言。”

“我想知道……尤里扬斯陛下，他的脸……”

“嘘。”欧比乌斯食指比着嘴唇，摇了摇头，“原谅我，这个话题是禁忌。”

我一阵心急，不死心地追问：“不……我只是想问他是否与那雕像长得相像？”

“在背后打听这种问题……不觉得失礼吗？殿下。”

一串暗哑的轻笑声忽而地从前方的拐角处响了起来。

我浑身一抖，屏住了呼吸，身体石化般地僵在当场。

一道鬼魅般的瘦削影子斜斜地投在前方浮华精美的宫墙上，随着不紧不慢的嗒嗒的脚步声，在烛火中忽长忽短地飘近。

“我等得太久……还以为你迷路了。”

他朝我伸出一只手，做了一个邀请的姿势，苍白修长的手指却仿佛是要在虚空中攫取什么，恍若燃烧的烈焰里弗拉维兹最后那一下绝望的抓握。

我戒备地瞪着他。

"只是礼节。"他促狭地眯起眼，"希望没唐突您。"

"恕我冒昧，您的热情让人措手不及。"我冷冷地回道。

他无声地咧开嘴，优雅地一展胳膊："那么希望我命人精心准备的丰盛晚膳能将功赎罪。"说着他扫了一眼欧比乌斯，"你们可以下去了。"

侍从们退下的脚步声远去，昏暗的烛光以我为中心散开，危险的气息随浓重的黑暗自四面纷至沓来，只独独余下尤里扬斯手中的一盏光，好像安格拉引诱无主孤魂堕入黑暗世界的引路灯，既具有无穷的蛊惑力而又让人心生恐惧。

"殿下，请。"尤里扬斯朝前走去，回过身来，嘴角似笑非笑。

背脊发麻，我踟蹰了一下，侧头看了一眼窗外，想到伊什卡德他们就在附近，便硬着头皮跟了上去。

一张精美的象牙桌置于昏暗的大殿内，银烛台散发着融融的暖色火光，与透过暗红色帘帐的月光融汇，氤氲出一种颓靡的气氛。桌上摆放着丰盛的菜肴与葡萄酒，但我绝无心思食用它们。

尤里扬斯礼貌地为我拉开座椅，做了个请的手势。

我身体僵硬地落座，他又立在身旁亲自为我斟酒，仿佛一位周到的侍从。酒落入杯子的速度很慢，好似沙漏里的沙子细细落入杯中。

杯中摇晃的酒液映出他的脸，我伸手攥紧了酒杯，随时准备泼他个满头满脸。

"这里就我们两人，何必还戴着面罩呢？公主……殿下？"

我将日曜之芒掷在桌上，面无表情地道："你找我来，不单是为了吃饭吧。我们是坐在一条船上的人，为难我对你没有好处。说说你的计划吧，我们该怎么协助你？怎样你才愿意把亚美尼亚的军符交给我们？"

面具后的眼睛微微眯起，唇角笑意更深。

我刚才怎么会以为他与弗拉维兹会有什么联系呢？一尊女人雕像

能说明什么？一定仅仅是个巧合而已，那个宦官的话也绝不可信！

这念头如一股飓风顷刻吹散了我心中雾瘴般徘徊不散的错觉。我阴沉着脸色盯着他，浑身戒备。

"别性急啊，殿下。面对这样一桌珍稀佳肴，您的肚子难道不饿吗？这些可都是罗马风味的上等美食，都是我亲自挑选的食材。"

"谁知道你这家伙会不会在食物里下毒？你以为我会中你的诡计吗？"我不屑地冷笑，目光扫视过桌上花样各异的精致食盘，肚子却不争气地咕了一声。

我冷笑一声，仗着四下无人，也不假模假样地装腔作势了，大大咧咧地重新落座，靠在椅子上，两条腿一提，伸到桌面上。

尤里扬斯瞧了瞧被我的脚掀到一旁的菜肴，故意露出惋惜的神色。

"盛情难却。"我仰起头，眯起眼皮，"可你也知道，我不是什么真公主，是个不拘小节的武者，平常吃东西可都是用手抓的，用不惯这么精致的餐具。"

我拎起一根银制餐刀在指间打了个转，抬臂一掷。空中划过一道亮光直逼对面，擦过尤里扬斯的头颅，稳稳嵌进他背后的墙面。看见一缕暗赤色的头发沿着刀刃滑下，我满意地打了个响指。

但这招下马威似乎毫不起震慑作用。对面的家伙只是若有所思地盯了我一小会儿，突然失笑起来，仿佛是看到什么拙劣的把戏一般感到啼笑皆非。

我蹙起眉毛，见他抬手轻轻鼓了几下掌，讥诮地勾着唇角，目光落在桌面上。

"你的刀法固然精彩，却不及你的演技一半有趣。"

这可恶的家伙！

我假装毫不在意，抖了抖脚丫："副帝大人，我可没闲情逸致陪你用餐，不过练练眼力，倒还是有兴趣的……你不介的话，可以陪我玩个游戏吗？"

威胁意味地说着，我将银叉瞄准他的面具。

"愿意奉陪。"尤里扬斯微微仰头，溢出一声轻笑。

"假如你能先为我跳一支舞，再谈正事，也许就不会浪费时间了。"

我再也坐不住了，这家伙根本是为了戏弄我而设宴的。

一脚踹开椅子，我站起身来，径直朝门口走去。

"等一等，别急着走啊。"

背后传来金属物接触桌面的声音。

我的心里咯噔一跳，回头看去，只见他的手搁在桌上，掌心是赫然一枚发亮的东西。

那是一尊雕成狼头的印章，顶端镶有一颗红色宝石。

"你的国王陛下想要的大概就是这个玩意儿吧？"尤里扬斯的手指漫不经心地轻抚狼头，沉默了一会儿，才笑着启口，"可我从未要求波斯一方协助我夺位，我的计划里并没有为你们安排位置。的确，在一年以前我们有过交易，但是仅止于战场，可没包括干涉罗马内政。是波斯王担心我登上帝位以后违背承诺，所以才派你们进宫刺杀君士坦提乌斯，以便日后分一杯羹。"

"那你还啰唆什么？"我挑起眉毛，"担心我们过河拆桥？"

"不……"尤里扬斯眯起眼，"君士坦提乌斯热衷于在东方开辟战场，波斯人比我更希望他死。我不担心你们会放过他。虽然我的计划已经很周全，但没错，有你们相助，我的胜算更多一分。可是波斯与罗马是百年宿敌，要将这么重要的东西交出去，我该凭什么相信你们呢？"

他顿了一顿，抬眼盯着我，眼瞳中火光跳跃："总得拿出点诚意来吧？"

我呼吸一紧，想起伊什卡德的嘱咐，一使力将桌面上的日曜之芒推了出去："这还不够诚意？这可是我们波斯人的国宝。如果国王陛下不是诚心想跟你合作，完全可以命我们带着它一走了之，何必冒险进到敌人的地盘里来？"

"假如波斯王派了别人，当然不够。但是因为是你……"尤里扬斯咧开嘴露出一口白牙，笑容染着嗜血的意味。他将匕首拔出刀鞘，冰凌似的手指划过刀刃，鲜血一滴一滴落入酒杯，"所以够了。来，替我与你的国王陛下歃血为盟吧。"

他在桌子那头起身，染血的手举起杯子呈对着我。

这种结盟的传统，波斯与罗马一样。

我的目光聚在那杯摇晃的酒液上，心脏在胸腔砰砰狂跳，好半天才挪动了脚步，一寸一寸地移到尤里扬斯面前，接过了那杯酒，划破手指，将血挤了进去。

按照规矩，下一步，我们就得一人喝一口这杯酒。见他把杯子递过来，我警觉地抬手挡住："你先喝。"

尽管伊什卡德他们就在外面，我还是得提防这家伙下毒。

"戒备心还真是强。"尤里扬斯无所谓地饮了一口，舔了舔嘴唇，又递到我面前，"该你了。"

我吞了一口唾沫，一把将酒了接过来。杯子里酒液呈现出一种鲜艳的猩红色，让我心头发怵。念起日曜之芒的匕身为纯银打造，我抓起日曜之芒往杯中一试，见它没有变色，才象征性地浅啜了一口。

做这一切的时候，尤里扬斯目不转睛地端详着我，烛光中他的脸半明半暗，阴影变幻，面具下遮掩的神情晦暗不清，仿佛藏身暗处的邪魔在窥视着一个无知孩童做徒劳挣扎。我被他看得脊背发凉，搁下酒杯："好了，军符。"

"你可以自行取走。不过你眼前并不是完整的，这是一只母狼，"他指了指军符上的狼像："还有一只公狼，它们在一起才能号令战狼军团。"

尤里扬斯展开手，将军符向前推了几分。

"你准备什么时候交给我们？坐稳皇位之后？"我扫视过军符周身，才发现它确实缺了一半。

"当然，这是制衡的唯一方法。否则我怎能保证不会把自己置于腹背受敌的境地呢？"尤里扬斯靠在椅背上，下颌微微仰起。嘴角仍噙着笑，眼睛却很深，透出一种不容置喙的锐色。他漫不经心地把玩着手里的酒樽，我却不禁想象出了他拿着权杖，坐在那把高高的金交椅上睥睨天下的样子，忽然感到一阵窒息。

算了，拿到军符的一部分，也不算全无收获，回去禀报伊什卡德再做商议。

"还犹豫什么呢？过来拿啊。"他盯着我低声道。

不好的预感在空气中悄然蔓延，侵入口鼻。我警惕地走近他身边，朝军符伸出手去，一股无形的危险气息立刻自他身上扑面而来。在碰到它的一瞬间，几乎同我预想到的一样，尤里扬斯伸手擒住了我的手腕。

我则眼疾手快地一把抓住了桌上的匕首，对准了他的咽喉。

他抬起眼皮逼视我。烛火将他的双眼耀亮，宛如暗沉的夜穹被黎明笼罩，隐约能窥见云翳下碧蓝海面的一隅，却不真切。

隔得这样近，在光线下，我才发觉尤里扬斯的眼睛与弗拉维兹那样相像。

仿佛与梦中之人对视，我的心跳得厉害。

"你大可以割断我的咽喉……死在你手里，也不失为一桩幸事。"尤里扬斯抬起头，"啊……看你的手还在流血呢。"

他昂着头，脖子抵着我的刀刃。

刀刃刺破了他的皮肤，沁出一线殷红的血迹，好像雪地上绽放的蔷薇。

他眯眼盯着我，好似笃定我不会用力往下捅，面具的孔洞里的眼睑低垂，浓密睫羽如乌云密布。

我双手握紧匕首，半是威胁，半是恳求："能不能把你的面具取下来让我看看？"

"可以。"尤里扬斯的脸近在眼前。我被巨大的期盼所控，无暇挣扎，屏息凝神地腾出一只手去揭他的面具，却被他抢先挡住了："但有个条件。"

"什么？"

"从今以后留在罗马，做我的左膀右臂，忠诚于我。"

"不可能！"我蓦然变色，"我只会忠诚于波斯！"

"你对你们的王就这么死心塌地吗？"尤里扬斯的表情阴沉下来，"像你这样桀骜不驯，为了自由能狠心抛下一切的野鹰，也会对一个人死心塌地？"

我的心一颤，不知为何，觉得他这句"狠心抛下一切"似另有所指，不禁又有些恍惚起来，手冷不丁被一拧，匕首当啷一声掉在地上，下一刻，我就被他反制住。

突然之间，一声玻璃爆裂声从身后响了起来。我一偏头就看见伊什卡德从窗外翻了进来，他的脸上溅了些血迹，眼神肃杀，似乎刚刚经历过一场厮斗。

见受邀前来谈判的我竟被不客气地制住，伊什卡德眼中闪过一丝愕然，目光扫过尤里扬斯，又落在我的身上，脸上凝聚起暴怒。

而尤里扬斯的目光仍然留在我的身上，对伊什卡德的存在视若无睹，不闪不避，任由他一刀捅进胸口。

这一个动作凶狠利落至极。

我震惊地僵在原地，身体如被冻住。伊什卡德也吃了一惊，没料到会一击即中。

匕首从尤里扬斯那苍白如石膏般的胸膛上被拔出，一时竟毫无痕迹，过了一瞬，才有一丝血线崩裂开来，汩汩而下。伊什卡德没有下杀手，但挨这一刀换作寻常人也足以致命。

一阵细小的动静从某个角落传来，霎时室内光线一暗，我便看见数十抹人影像鬼魅般出现在了烛火照耀不到的暗处，而凭身形即可判断那绝不是我们的人。

尤里扬斯身形不稳地向后退去，一个非人非鬼的高大身影蓦地从他身后的阴影里浮现出来，扶他坐下。他的手里拿着一把弩，恰巧瞄准了伊什卡德，机关开启的细小锐响直逼我耳膜。

"伊什卡德！"

我低呼一声，跌跌撞撞地挡在他背后，脚下一滑几乎跌倒在地。伊什卡德有力的手将我扶住。

"多么感人的场面哪……"

一串阴戾的轻笑蓦地从硝烟弥漫的空气中跃出。

我面色难看地抬眼望去，那双妖异的眼睛暗如深渊。他捂着胸口，指间渗血，失了血色的薄唇冷冷上扬："马克西姆，还不动手？"

鬼面男人扬起弓弩，我大惊失色地吼道："等等！尤里扬斯！"

他动了动指头，凝目望着我，似笑非笑地等待着什么。鲜血染满了他的手，在火光的照耀下反射着嗜杀的光芒，连面具也被淬成了暗红色。

我咬了咬牙，低头扫了一眼自己的腿，暗示意味地盯着他："我们还是盟友，不是吗？军符为证……"

尤里扬斯意味不明，未置可否，趁此时机，我转而抓住伊什卡德的胳膊，一向沉稳的他已经恢复理智，抓起桌上的军符，皱了皱眉，一言不发地和我朝门口走去。

"那只是军符的一半，还有一半在他手里。"走出门后，我不甘地压低声音。

他脚步顿了顿，又加大了步伐，我们顺着走廊迅速离开。

"什么人，这样慌慌张张的！？"一个尖锐的声音喝道。

刚刚摸出幽长的走廊，未料迎面来了一队人。

借着队伍前两名侍女擎举的烛光，我才看清，队伍簇拥的是一名衣饰华美的高个女人。我真后悔刚才喝了那杯滴了尤里扬斯的血的酒，此刻我感到天旋地转。我急忙撑着身旁的柱子站直，紧张地打量着对方。

只见这女人身着一袭白底绿边的纱裙，脸庞美艳，头上的一圈镶金抹额灿灿生辉，孔雀羽的耳坠在式样典雅的金色发髻下迎风飘扬，仿佛一只骄傲的雌雀，这样的打扮象征着她在罗马皇室中的地位非同一般。

以这样眩晕的状态遇上身份尊贵的罗马皇族，真不是件幸事。

"啊，我们又见面了，费塞尔，我们的远方贵客。这位是……"

我急忙点头致意，却不知该如何称呼她，哑口无言地僵立着。费塞尔是伊什卡德的假名，"又见面了"——也许这就是伊什卡德没能及时赶来的原因。

"高贵无比的皇后陛下，您的美貌在夜中如明月耀眼，原谅我一时没有认出您来，我身旁的就是我们的阿尔塔莎公主了。"

我心中大惊，皇后？君士坦提乌斯的妻子？宴席上都没见到她，她怎么会突然出现在这儿？强忍着阵阵晕眩感，我深吸口气，努了努嘴皮，向她倾身行礼："尊贵的皇后陛下，希望我的迟钝没有唐突您。"

皇后迈着缓慢的步履走到我跟前，随着珠宝相击的清脆响声，一股浓郁的玫瑰花味袭面而来，我不得不抬起头看向她。火光中，她用一种异样的目光打量着我，我窥不透确切的意思，但那种眼神并非善意。

"您的模样果然名不虚传，年轻的公主。"她微笑起来，嘴角的一颗痣好像玫瑰茎上的刺，冷不丁就能将人扎伤，淬了鸢尾花汁的眼角如含剧毒。

我因这阴阳怪气的赞美脖子一僵，继而意识到面罩被尤里扬斯摘掉了，只好不知所措地扯起嘴角："您……过奖了……您的美貌比明月星辰都更耀眼，我怎能比得上您呢？"

一串风铃似的笑声蓦地响起。忽然，她的声音压得很低，语调忽然一勾："您怎么会出现在我那疏于见客又性情古怪的皇弟这儿呢？"

"公主殿下只是迷了路，不知这儿是尤里扬斯陛下的居所。谁叫这罗马皇宫实在太宏伟庞大了呢！"

伊什卡德寻了个借口为我解围，我们才得以避开难缠的皇后，从这错综复杂的迷宫里脱身。

回到自己的暂居处后，眩晕感让我一头扎到床上。

尤里扬斯的声音犹如一串咒语在黑暗中萦绕不散，侵袭着我的大脑。我抱紧身体，闭上眼诵念着经文，慢慢地昏睡了过去。

天籁般的竖琴声犹如潺潺流水淌入我的耳膜，轻柔的海风拂开了我的眼皮。我揉了揉惺忪的睡眼，金色的阳光中浮现出一个熟悉又陌生的人影。

"阿硫因……"

弗拉维兹垂头望着我，长长的睫毛沾染着晨曦的淡光，嘴角挂着温柔的笑意。

他的背后是阿佛洛狄忒的雕像，这一刻他仿佛是她的化身。

然而身体一动，我便听见了金属碰撞的声音。我蒙了一下，迷茫地抬起手，才发现自己的手腕被铐在了一对镣铐里。

我大叫了一声，不可置信地睁大眼睛望着他。

"别害怕……我永远不会伤害你。"他轻声抚慰我，"我只是害怕你离开。记得吗？我已经劝过你很多次了，不要再尝试去翻越那堵城墙，不要再尝试离开我，否则我只好把你锁起来……是你逼我不得不这样做。"

天知道我情愿死去也不愿意再一次失去自由。

幼时不堪回首的旧忆又一次漫上心头，我疯了一般胡乱挣扎。

我依赖弗拉维兹，可也越来越害怕他。

"你讨厌我了是吗……阿硫因？"他深吸了一口气，声音挟着浓重的鼻音，"我的身体里藏着一个畸形的、不折不扣的怪物，你一定发现了，所以才想逃开我。"

我抿唇摇头，仓皇不安："没有，没有……弗拉维兹！你救了我！你是我的哥哥！"

"那就向神宣誓……你永远不会离开。"弗拉维兹的声音轻得几不可闻，却有诅咒似的魔法，令我动弹不得。

"我……永远不会离开。"我恍然地点点头。

……

第10章
进退两难

"阿硫因！醒醒！"

熟悉低沉的声音如雷贯耳，使我一下子惊醒过来。

我勉强睁开了黏腻的眼皮，模模糊糊地对上一双墨色的眼睛。

"你梦见了……什么？"

我的视线里掠过一抹血色。

"弗拉维兹……"

我浑身一震。

"这个名字到底属于什么人，阿硫因？"伊什卡德的语气如酝酿着雷雨的乌云。他朝我径直走过来，凝视着我，那种逼迫的气焰好似刽子手站在一个死囚犯面前，一定要在行刑前问出个所以然来。

"它就像是一个魔鬼的诅咒，一个邪恶的烙印，它折磨着你，蛊惑着你，又让你变回初到泰西封时那种可怜悲惨的样子！你记得你当时是什么样的吗？整夜整夜一语不发，跪在神像前自言自语，甚至试图自焚，每天在睡梦里喊着这个名字，时而哭喊时而欢笑！在接受圣火祭礼后你终于下决心摒弃心魔，像是脱胎换骨了，而现在你又重蹈覆辙，到底怎么了？弗拉维兹与尤里扬斯之间有什么联系？从他出现开始你就……"

"够了！"我闭上眼睛，额头抵着墙壁，深深吸了口气，将后背袒露给伊什卡德，"惩罚我，为我驱走心魔，伊什卡德，就像以前你做的那样。"

没有任何迟疑地，伊什卡德拎起一壶水泼在我的头上。

水流滴滴答答地沿发丝淌下，我双掌扶于壁上默默诵经。

"我们遭到了阻拦。"见我平静下来，伊什卡德沉声道，"塔图他们原本埋伏在皇宫竞技场里，与一群来历不明的家伙发生了冲突，而我在宫殿附近遇见了皇后，她邀我陪她赏景。我想这一切都是尤里扬斯的安排。没想到他会大费周章地设下陷阱……"

他停顿了一下："他为什么要这么做？为了和你单独商谈？"

我下意识地摇头："也许他根本就不想交出军符，所以才使绊子。"

我走到一边，在衣柜里找出件合适的衣物穿戴好。柜门上的一枚铜镜映出我的脸。我的面色不太好，好在眉眼不失冷锐锋芒。七年来除了身形变得更高大，我并没长变太多，但眼神早已截然不同。

那时我是哀怨的湖，现在我是坚硬的冰。

冰冻三尺，非一日之寒，我经历的又岂是一个严冬？

我看着镜中自己的样子，依稀想起当年的情景。

那时候我弱得不堪一击，初来乍到，在家族里常受几个哥哥欺负。假如不是伊什卡德维护我，我说不定坚持不下来。我不愿母亲担忧的预言一语成谶，于是在训练场里比谁都要刻苦拼命，只为变得更强。

从军已逾数年，我自以为已足够强悍，却没料还需要伊什卡德出手援助。

这比当年在战场上败在哥特手里险些被擒，还要折辱我的自尊。

胸中气血翻腾，我阖上眼皮，深吸了一口气。

"你在想什么？脸色这么难看？"伊什卡德担忧地看着我。

"你说……"我睁开眼睛，沉声低问，"国王陛下会不会打算放弃我，明面上让我刺杀君士坦提乌斯，实际上是不想让我活着回波斯……"

"不可能！"

"绝不可能。"沉默了一会儿，伊什卡德郑重地吐出几个字。他面色沉笃地注视着我的脸，眼瞳里却闪烁着一丝若隐若现的惊惶。

"你在胡思乱想什么，阿硫因？陛下那样器重你，你不是不知道。能亲自由他授勋的军人，举国上下能有几个？他还曾想收你作御前侍卫，又怎么舍得放弃你这样出色的臣子？"

"是啊，"我苦笑一下，垂下眼睫，"但我拒绝了陛下的好意。我清楚地记得当我跪在他王座前，跟他请求允许我回军团时，他眼里那种失望。"

"但你没有让他后悔他的允诺与拔擢，不是吗？你为军团立了多少功劳？你忘了吗，阿硫因？"

"但最后一次我败了，我成了罗马军团的俘虏。"

伊什卡德叹了口气："一直没有告诉你，我前往罗马的时候，父亲大人已经有意退隐。这次任务完成，我便不得不退役，回去继承父亲的职位，你愿意来帮我的忙，和我一起从政吗，我的弟弟？"

他的身上还残留着一股淡淡的血腥味。眼前蓦地浮现出尤里扬斯鲜血淋漓的胸膛，不知怎么，我感到一阵窒息："我不擅长与人打交道。你知道的，以往参加宴会，我总是给家族丢脸。伊什卡德，你会是个出色的宰相，而我，还是留在军团比较好。说不定完成这个任务，我就可以当团长了。"

我勉强笑了笑："领导幽灵军团，是我一直渴望的事情。"

伊什卡德低下头，目光凝固在我脸上。我们咫尺相对，却好像隔得很远，中间横亘着一条永难逾越的鸿沟，再也回不到曾经的少年时光。

我走到窗子边，推开紧闭的窗子想要喘口气。朦胧的纱帘飘飞，我远眺向夜空，却注意到对面的宫殿亮着的窗户里，透出一抹颀长的人影。

那影子倚靠在对面宫殿的窗台之上，白色衣摆垂落到半空中，随风飘荡，仿佛在夜色中翩翩起舞。他的姿势依稀像是怀抱着一架竖琴，手臂轻拂，我虽听不见任何声音，耳膜深处却起了共鸣。

弗拉维兹曾弹奏的那首曲子顷刻响起在脑海里，使我瞬间失神。

窗子的对面居住着什么人？

我半睐起眼凝聚视线，为他那似曾相识的风姿所惑，魔怔似的盯着对面好一会儿，直到那人停下动作，一缕火光自手中亮起，我才慌忙将窗子掩上了。

"啪"，伊什卡德过来将窗子又推开了。

"阿硫因，我告诉你一件事。"

"什么？"

伊什卡德张了张嘴，可什么也没说。我正奇怪，便见他望了一眼远处。

不远处骤然传来"砰"的一声闷响。

我挣开伊什卡德，循声望去。对面的人影已不知所终，什么东西挂落在对面宫殿下的树梢上——那是一架竖琴，被摔得四分五裂。

我的目光顷刻如被磁石吸附在它上面，眼前忽然就模糊了。

"去啊，去寻求你向往的自由，飞出这个牢笼啊，永远别再回来！"

被毁坏的竖琴佝偻着曾洁白优美的琴弓，像一个苟延残喘的病危老人在弗拉维兹的足下发出颤抖的嘶鸣，断裂的琴弦似与他声嘶力竭的笑声纠缠在一起。

"阿硫因……阿硫因！"

"啊！"

我大吼了一声，颤抖地捂住耳朵。

"我会传信请求国王陛下，允许你暂停执行这个任务。你的精神状态实在太糟了。"伊什卡德担忧地道。我深吸了一口气，握拳捶了捶他的肩，以示我没事。

"您在开玩笑吗，团长？"

一声讥笑自黑暗里突兀地响起。塔图！

我退开一步，便见一道人影自窗户上方犹如一只灵活的猫鼬窜进了屋子里。

塔图斜倚着一根柱子，不满地道："这是我有史以来听过您做出的最荒谬的决定。他如果不干了，我们找谁顶替他的位子？那个柔弱得像只小金丝雀一样的真货吗？我们可是处于骑虎难下的局面……"

阿泰尔呼啦一声降落下来，趴在窗台上抖擞凌乱的羽毛，显然他们刚经历过一场恶斗。

塔图的胳膊受了点伤。他抬起一只手，"嘶"地从衣襟咬下一寸布，利索地包裹手臂上斜卧着的一道锐器划出的骇人裂口。

我立即从身上的丝袍上撕下一条为他扎紧，伊什卡德则取来酒壶浇他的伤。塔图一边龇牙咧嘴，一边不忘调侃我："干吗浪费这么好的布料，公主殿下……"

我挥手赏了他一记勾拳，打在下巴上："闭上你的臭嘴！"

塔图换上一脸惨兮兮的神情。尽快塔图有时非常惹人厌，我也巴不得这任务能有人替我执行，但他说的"骑虎难下"并没有错。

君士坦提乌斯已经见过我，见过"亚美尼亚公主"了，我们没有退路。

"其他人有没有受伤？核实那些与你们交锋的人的身份了吗？"伊什卡德压低声音。

塔图耸耸肩："我们算得上势均力敌。那群家伙很厉害，是百里挑一的斗士，但并不是皇宫里的——"他蹙起眉头，"原本的宫廷角斗士已经被我们控制了，那些家伙是突然冒出来的哥特人，但并没有与我们以死相搏的意思。他们就像只是在试探我们的能耐。"

我的心里咯噔一动，想起与尤里扬斯在一块的那些身附蓝纹的哥特人。他的势力已经悄无声息地渗入了这皇宫的各个角落，只待合适时机便一触即发。而我们，都是一群被他吊着绳索的傀儡，配合他演这一出惊心动魄的戏。

危险近在咫尺，步步紧逼，我这主角却下不得这舞台。

"我们得改变策略，尤里扬斯不可信任。"伊什卡德突然开口，走到窗前，"把这消息带给城关附近我们的人，让他们带着真公主回波斯禀报国王陛下。这几天我们就少安毋躁，静观其变，看看尤里扬斯那边有什么动向。"

"传递消息？那也许来不及了。有一件糟糕的事，我不得不告诉你，团长。"

塔图喝了两口酒，哈嘶吸了口气。

"什么？"我预感到不是什么好消息。塔图向来喜欢故作轻松，但一旦他开口，一定是黄金级别的乌鸦嘴。

伊什卡德沉了脸色盯着他，塔图一摊手："苏萨出事了。"

"怎么回事？她暴露了？"我一把抓住他的衣领。苏萨跟随的是一位元老兼大臣，负责宫廷的纠察职务，一旦在他面前暴露非同小可。

伊什卡德拍了拍我的手："塔图，你慢慢说。"

"她假扮侍女跟着一位大臣进宫，没料到那大臣是罗马皇帝的亲信，他们俩关系很密切。罗马皇帝不知怎么识破苏萨的伪装的……大概是对近臣身边的人非常熟悉。她被关进了地下监牢刑讯。我不想影响全盘计划，打算尝试自己救她出来。"塔图无奈地苦笑，指了指自己胳膊，"但那儿机关重重。"

我的心揪紧了。不知罗马的刑罚是否严酷，苏萨能在里面挺多久。

她是个心性坚韧的姑娘，我毫不怀疑她的忠诚度，一旦完全陷入无法自救的绝境，她会选择自杀——这也是幽灵军团的每个成员面对严刑逼供时会做出的决定。

我万分不希望苏萨出事，也不希望其他人受到牵连。

"君士坦提乌斯是个谨慎精明的人，即使苏萨守口如瓶，他也一定会起疑。最近从外部进到罗马皇宫的人只有我们，用不了多久他就会查到我们头上。我们得随机应变，反守为攻。要在他采取措施前把他干掉，无论怎样，他总是得死的。"

伊什卡德的语气毫无波澜，脸上笼罩着一层寒霜。他在桌边坐了下来，手指敲打桌子，思考着对策，领袖的魄力使我和塔图都不由自主地安静下来。

"你打算让我们怎么做？与国王陛下取得联络至少要七天时间。"

我关紧窗子，检查阿泰尔的羽毛里有没有隐藏的伤口，以确认它还有力气飞越一片海峡回到波斯去。

"要控制亚美尼亚，并非只有战狼军符一个办法。那只是号令一个军团的军符，但一旦候任者由罗马加冕，罗马实际上就拥有支配整个亚美尼亚的权力。这种情况下，只要弄到一份罗马皇帝盖章的手谕，宣布允许亚美尼亚由其候任者自治，将它交给亚美尼亚那些真正的王位继承人们。他们早就有心投靠波斯。"

我点点头。这计划虽有些冒险，但是值得一试，不论尤里扬斯能否夺位，只要这份手谕送到亚美尼亚，波斯军方就有机会长驱直入，将卡维之旗插到亚美尼亚的王座上。

"届时君士坦提乌斯一死，罗马必定陷入一段时间的混乱，无暇他顾，我们将为国王陛下控制亚美尼亚，清剿罗马在东方战场上的势力挣得充分时机。"

"简而言之，我们现在的主要目标，就是杀死君士坦提乌斯，并且设法搞到他的王印，伪造这么一份手谕？"我问道，"那么苏萨呢？"

"我们分头行动。塔图，你和伊索斯负责营救苏萨。纳尔米德长居罗马皇宫，他能帮上忙。"

"纳尔米德……那位霍兹米尔王子吗？我不确定他有没有能力帮上我们。"

伊什卡德摇摇头："这点可放心。"他顿了一顿，从腰带里取出一把匕首，竟然是那把"星曜"。我惊诧地将它抓在手里查看，听见他继续道："就在今晚，你赴约以后，霍兹米尔前来找我，将这个交给了我。如果他无意帮助波斯，不会冒险偷来这个。而且他拥有皇储的资格，国王陛下膝下又无子嗣，他身为王兄，是将来继承王位的最佳人选。他比我们任何一个人，都希望回归波斯。"

贵为波斯王子，却屈就至此，其中辛酸难以想象。我的心里有些不是滋味，不知怎么，莫名其妙想起母亲悲哀的眼神。

强令自己收回思绪，我揉了揉眉心，问："那么我们呢？找个机会趁夜潜入君士坦提乌斯的寝宫，然后动手？"

伊什卡德摆手："今晚我会亲自去查探一番，你待在这里，别轻举妄动。明晚将有一场宫廷温泉宴会，也许会是个好机会。"

"那么我就傻待在这鸟笼一样的地方，什么也不干吗？"我冷冷地抗议。

"是的，这是命令。"

第 11 章
无壳之蚌

凝视着对面窗户罅隙间漏出的一线火光，黑暗中的人眯起双眼，犹如一只鬼魅隐入更深的阴影里去。

"怎么不弹了？多么美的曲子呀……"

养尊处优的罗马之母抬起头，轻声问眼前的男人，神态一如十年前在罂粟园里误以为邂逅了天使的那个小女孩一般懵懂困惑。

"那曲子是为一个人所谱，也为了弹给那人听，可惜他听不见，于是我只好把琴扔了。"面具下的嘴唇微微勾起，泄出一声嘲讽的轻笑。

他离得很近，沁人心脾的香气里透着一股凛冽的气息，像寒冽的冬风。

纤细的柔荑一晃，酒樽就碰落到地上："这世上还有谁配听你的弹琴？除了我和加卢斯以外？"

她注视着尤里扬斯的双眼，那双面具孔洞里的深瞳却仿佛没有焦距般地涣散着，游离了许久，才在燃烧的烛火里重新凝聚起来。

"回忆。"他动了动嘴唇，声音如从肺腑深处发出来，像地底下的岩浆，像冰层里的热泉。

"你遇见了谁？在雅典，还是在高卢？"

回答她的却是一阵犹如死灰的沉默。面具的阴影下时常挂着诱惑的弧度的薄唇此刻紧抿，仔细看去，就好似在微微颤抖。

有那样一瞬，她几乎错觉眼前的男子在哭。

有那样一瞬，她好像触碰到了这个擅惑人心却永远戴着一张面具、拒人于千里之外的魅影，仍是一个拥有七情六欲的普通人的证据。

可错觉仅仅是错觉，就像稍纵即逝的一抹梦影。他转瞬又笑了。

鲜血又从他胸口的绷带里渗出来，仿佛冰面开裂，底下挣出了一片罂粟。

她听见耳边梦呓似的低语："回去吧，去好好伺候我的王兄，让他在美梦里陷得深一些，更深一些……我会永远记得你为我做的事。"

罗马之母点了点头。

她望着桌上占卜用的三角香炉，目光随腾然上升的烟丝飘到夜空里去。

火光随着脚步声远去，寝殿内终于又恢复了往常的静谧与黑暗。

桌边的男人独自下完恰特兰格棋盘上未结束的棋局，又自斟自饮了一会儿，站起身来，躺到柔软的床榻上。空旷室内的寒意由四面涌来，裹住他的周身，一种难抑的情绪却自肺腑深处上泛，像毒液一般沁入四肢百骸，一点一点，侵蚀着血肉肌体，连呼吸也能牵起绞肉似的痛楚。

仿佛，又落回了浴火重生后被遗弃的那个地底监牢。

蜷缩着新生的、尚不成人形、体无完肤的丑陋躯体，干尸一般包裹着绷带，浑身焦枯的痂疤下掩盖着血肉模糊的肉，如同一只腐烂的蠕虫。

就凭着一句难辨虚实的神谕，日日夜夜咀嚼着深藏心底的执念，在地狱里熬过生不如死的两年岁月。

到底是攀上那至高无上的霸主之位的愿望更强，还是与那个向往自由的弟弟重新相遇的渴念更甚，他本笃定是前者——他命兆如此，他生而为王，这是他深信无疑，也是数年来蛰伏于暗处，处心积虑运筹帷幄的最终目的。

然而，当昨夜再次实实在在地与分离七年的弟弟面对面时，他发觉自己错了。

当年柔弱不堪的孩子已成为一位训练有素的军人，自己本该与他徐徐斡旋，一步步告知他真相，却不知他是否还记得自己，是否愿意看见自己如今这副模样。

阿硫因……

默默吟念着这个名字，回想着那曾与他相依为命的少年的音容笑貌，他深吸了一口气。

窗外不知什么时候，已淅淅沥沥地降下雨来，恍然回到多年前的某个雨夜。

"弗拉维兹……弗拉维兹！"

小小少年蜷缩着身躯瑟瑟发抖，像一只濒死的小兽。他腾出一只手将滑下的绒毯拉上小家伙的肩头，却染上一手黏腻的鲜血。

果不其然，他看见小少年单薄柔嫩的肩膀上，那曾被锐器捅穿的伤口又因噩梦中的挣扎而裂开了。伤口里翻翘起血红的嫩肉，像死神狰狞的微笑。他小心翼翼地为他止血，却惊得尚半梦半醒的人哭叫起来：

"妈妈……妈妈！别伤害我的妈妈！"

"别乱动，我在这儿。"

他柔声警告着，按住小少年的胳膊，本孱弱无力的身体好似在此时终于挣出了成年男子的气力。尽管并不容易，少年仍然在他的抚慰下安静下来。

药粉撒在伤口上自然让人疼痛难忍，刚刚醒来的小少年浑身发颤，却一声哭音也没发出，手攥紧了他的衣摆，像抓着救命稻草般用力。

心弦猝然动了一下，早已死气沉沉的胸腔里隐约多了一点声响。他不由自主地放轻了指尖的力度。

"弗拉维兹……你为什么流泪？我已经不疼了。"小少年反过来安慰他，碧透的眸子认认真真地仰视着他。

他回过神，手指抚到肩头未愈的一道箭伤，心想着，恐怕早已在他心中死去了的自己，远比不上他那朝夕相处的哥哥吧。

他的目光在黑暗中漫无目的地飘游，最终落在床头的铜棋盘上，又眯起眼，意味深长地笑了。

——阿硫因，我们会回到从前的。

一阵突如其来的心悸使我从睡梦里惊醒了过来。

我竟又梦见了弗拉维兹。

这几天几夜，他出现在我梦中的次数甚至比七年来都要频繁，以至那些和他相依为命的记忆，都随着梦里他愈来愈鲜活的模样而一并复苏，让我不得安眠。

屋内静悄悄的，没有人在，伊什卡德与塔图已经离开了。独处使我全然放松。我睁着惺忪的睡眼，盯着低垂的红帷帘上被风吹动的金色流苏，它们瞧上去像阳光下的蒲公英，使我心静，半梦半醒地发起呆来。

床帷遮盖着我的床榻，却仍能听见窗外渐渐沥沥地下着雨，好似梦里人的眼泪，一滴一滴往骨子里渗透。

"阿硫因……"

熟悉的轻唤似乎还萦绕在耳畔，夹杂着喑哑潮湿的笑音，恍如隔世。

心中黏稠稠的，雨水过境，雾气弥漫。我自以为早已冰封的心室又被这声音轻而易举地剖裂，从罅隙里淌出的东西是毒，将我花了七年时间铸起的保护壳溶蚀消解，露出柔软脆弱的蚌肉，任人鱼肉，任人采撷。

当年弗拉维兹的保护是我的壳，可我不愿被他荫蔽一世——蠕虫尚能化蝶，蚌肉却只能含珠自赏，壳也终究不是自由的双翼，承载不了我与亡母的夙愿。

然而今时我永远离开了他，却像蚌肉没了蚌壳，舔舐着怀里那颗被他给予的珠，哪怕它已成了一颗毒药，也如同饮鸩止渴。

我闭上眼睛，缩成一团。

忽然一阵细碎的响动在床帷外响了起来，我一下回神："伊什卡德？"

无人应答。

我紧张地探出一颗头去，发现屋里空无一人，只有阿泰尔在床尾休憩，见我醒来，立即抖了抖翅膀。

他们还未归来。

我深吸了一口气，走到露台上。夜正深，远远望去，罗马城区宛如一片星海，近处的皇宫却灯火阑珊，只有那宝蓝色的穹顶上仍灯火通明。那里是属于君士坦提乌斯的殿堂。望着那儿，我忽然萌生了一种前去探寻的冲动。

刺杀君士坦提乌斯也许有些棘手，但偷盗王令可能并不是那么困难。在暗杀君士坦提乌斯之前，搞定亚美尼亚方的事情也未尝不可——想取君士坦提乌斯性命者，大有人在，说不定轮不到我们动手。

这样思虑着，我浑身的肌肉都兴奋起来，无声驱使着我立刻行动。

甩了甩胳膊，关节发出细微的响动，我抬头望向头顶的夜空。深蓝的夜色正在消退，光明不多时便会到来。

疾步退回室内，我翻出伊什卡德藏好的暗器，又换了套轻便的夜行服，顺着露台上的圆柱一跃而起，仿佛一只蛰伏已久的猎豹那样攀上了上方的殿顶。

罗马式宫殿的顶部建造得相当平整，除了屋脊微微倾斜，我简直不怀疑可以在上面赛马。在这屋脊上还有一层楼，但我不敢攀到最高处，靠着宫殿外墙朝那宝蓝色的穹顶处潜行。

尽管危机四伏，但我不得不说这感觉实在好极了。我好像又变回了幽灵军团的军长，像以往一样执行着危险的任务，仿佛经历一场又一场惊心动魄的冒险。

我热爱这样的冒险。在生死边缘行走，让我真实地触摸到活着的意义，让我觉得热血沸腾，甚至有些骄傲——有谁能在阿拉伯王殿里如入无人之境，有谁能与凶悍勇猛的哥特军队正面交锋，又有谁能在深夜将罗马皇宫踩在足下？

即使我不足以成为亡母希望的"英雄"，也不枉此生了。

离那月光之下的穹顶愈来愈近了。我放缓步伐，隐蔽在黑暗里，蹑手蹑脚地靠近，却忽然听见身边"呼啦"一声，一道黑影蹿上我的肩头！

我心里一惊，随即反应过来，是阿泰尔。

做了个噤声的手势，我指了指穹顶之处，它随即张开翅膀徐徐翱翔一圈，又降落在我足边，扑扇了一下翅膀。这使我稍稍安下心来，阿泰尔在示意我，那上面没有人在。迅速沿一根石柱爬上去，我小心翼翼地接近一面最近的圆形窗户。

轻轻一跃，我推开面前的彩色玻璃，翻身钻了这扇窄小的天窗。我该庆幸我的身材十分苗条，刚好从这通过。若是换了伊什卡德，恐怕就要卡在这儿了。

轻蹬墙壁，我悄无声息地落在地上。

看得出来这是一间诵经阁，我推了推面前的镶金木门，发现它竟然被锁住了。外面静悄悄的。

这扇门一定是可以双面打开的，老皇帝诵经时大概不喜欢被任何人打扰。为了找到钥匙，我走近神龛上的《圣经》。

摸到夹在书底的钥匙，我掂了掂，笑了一下。目光无意间掠过墙壁，我注意到窗户的两边挂着几张人物画像，他们都衣着华贵、表情严肃，头戴宝冠，一看就是罗马皇族。其中左边的一幅引起了我的注意。

与中间那幅头戴法冠的人不同，他戴着一顶金色的桂叶冠，眼睛像爱琴海一样蓝，鼻梁秀挺，嘴唇殷红，是个罕见的美男子。而我从这个陌生男人的面容上，捕捉到了一丝丝熟悉的感觉。

他的嘴唇与眼睛长得很像弗拉维兹，但五官比他更为硬朗。

画像之下几个细小的拉丁文写着：尤里乌斯·君士坦提乌斯·弗拉维兹。

又或者，该是弗拉维兹与他相似才对。

我退后了一步，屏住呼吸，忽然意识到了一件事。弗拉维兹告诉我的并不是他的真名，而是他家族的姓氏。弗拉维兹曾教我认过罗马人的名字：第一个名字是姓名，第二个名字是胞族姓，第三个则是家族姓。

那么这个人，一定是他的近亲了，也许是父亲。弗拉维兹是罗马皇族，我却一点不知晓他的身世，甚至连真名，他也未曾告诉过我，及至死去。

为什么，弗拉维兹？为什么不告诉我，你是谁，来自哪里？

在心中问着，我忽然感到一阵心酸。我深吸了口气，又转而联想到那花园里的雕像与欧比乌斯的话。

这画像上的尤利乌斯是那位厄妮丝圣女的丈夫，尤里扬斯的生父。他与弗拉维兹是金发碧眼，那么有没有可能，弗拉维兹是尤里扬斯的同胞兄弟呢？也许，翻一翻皇室族谱便能知道……

这个疑问自心中升腾起来，又被我强行按捺住。人都已经不在了，追究这个又有什么意义呢？

握了握手里的钥匙，我轻手轻脚地走到门前，打开了那扇木门。门外静悄悄的，一片漆黑。我小心翼翼地关上门，猫腰潜入黑暗里去，一眼注意到不远处的走廊拱门前站着两位御前侍卫。他们穿着甲胄，仿佛两尊雕像般纹丝不动。

　　我敢打赌他们站着睡着了，但我绝不敢冒险试探。

　　圆顶建筑的两侧走廊都是露天的，分别连接着低矮一些但更为庞大的宫楼，门口都坐落着一个鲜花簇拥小型喷泉。它们看上去一样，因此我不能确定哪一边是君士坦提乌斯的寝居，而地图也不在我的手上，只能凭直觉先察探一边了。

　　就在我这样琢磨时，一串零碎的脚步声忽然由远及近，从另一侧走廊传来。

　　我迅速藏进一根柱子后，窥探着来人们，为首那人的面孔立刻引起了我的注意。他正是纳尔米德——或者该称他作霍兹米尔王子。

　　他们从我身边走过，离卫兵还有一段距离。瞅准时机，没有任何犹豫，我将刚才拿到的钥匙掷在了他们脚下。清脆的响声立即促使纳尔米德停下，朝我的方向看来。我向更深的黑暗里退去，嘴里轻轻地"喵"了一声。

　　"你们在这里等一等，我回来前不要乱走。"

　　纳尔米德脸色微微一变，低声吩咐道。而后他拾起钥匙，朝我走来。我缩回诵经堂的门里，在他进门的一瞬便将他制在墙上，用匕首抵住了他的脖子。

　　"别出声。"我低声警告。

　　"是你？"他眼里的惊色转瞬即逝，即刻就恢复了冷静。

　　这是千载难逢的机会，我在心里权衡一番，问道："知道君士坦提乌斯把王印放在哪儿吗？带我去找，我们需要那个东西。"

　　纳尔米德一愕，打量了我一番，旋即笑了，也不知在笑什么。

"你的胆子倒是够大的，敢夜探罗马皇帝的寝宫直取王印？"

"不试试，怎么知道能不能成？"我蹙了蹙眉，"省得夜长梦多，你到底帮不帮我？"

他摇了摇头，扫了一眼门外："小心一些，别试图刺杀君士坦提乌斯，至少现在不行。他是个非常精明而多疑的人。一旦发现破绽，他便会先下狠手，让你……"他的眼神似有异色一闪，但转瞬即逝，"生不如死。"

"他对你做了什么？"

明知无须多问，我还是忍不住多了句嘴。

"他让我从一个男人成了一个宦官。"他语调平静无波，好像说的是别人。

我倒吸了一口凉气。

——纳尔米德曾经刺杀过君士坦提乌斯，他失败了，但对方没有杀死他，而是让他以一种屈辱的方式活下去。

而即便经历了这样的奇耻大辱，眼前的这个男人仍然气度非凡，举手投足间散发着一种天然高傲。跌至绝境而不言弃，蒙受奇辱仍未折腰，才是最令人感到不可思议的。我敛起惊讶之色。伊什卡德坦然相告，要是我多言什么，才是对他的辱没。

"你们不必太心急。神谕里预示的日子就要来临，他大限将至，不久就会丧命在他的血亲手里，趁罗马内乱，你们再处理亚美尼亚的问题也不迟。"

"尤里扬斯吗……"我下意识地嗤之以鼻，眼前却浮现出那日的天兆。对于神谕的预测，我向来也是深信不疑，养父曾为我求过一次，我清晰地记得那时神谕里说我将遭大劫而幸免于死，而那便是我被俘前三天的事。

"你觉得他不可信？"

似是能窥透我的想法，纳尔米德问。他的语气似在试探一般，难以捉摸。

欧比乌斯的话在脑中一闪。他说纳尔米德和他一样是尤里扬斯的追随者。伊什卡德的话固然有理，但谁知道，纳尔米德是希望尤里扬斯坐上帝位多一点，还是希望波斯成为大赢家更多一些呢？那个变态的蛊惑人的能力非同一般……

我抬起眼皮，反问道："你觉得他真会坐上帝位，又真的会兑现承诺，把亚美尼亚交给波斯管辖吗？"

"你如果不信，为什么不尝试去把另一半战狼军符拿到手，而要冒更大的风险盗取王印呢？"纳尔米德微微一笑。

"与其受制于人，不如换种方法主动出击。"我有些不耐烦，打算不再与他多费口舌，却看他眼神莫测，心里突然一跳，"难道你知道怎么弄到另一半军符？"

"军符是我亲手交给他的，你说呢？他把它藏在自己寝宫的一间暗室里，有一条密道能通到那儿，入口就在他宫殿的后花园里，一尊雕像的底下，出口则在他卧室的一面镜子后。"他的声音压得极低，"你如果想取到军符，最好尽快。"

纳尔米德理了理衣领，取出一把形状奇特的插销："这是打开暗室的钥匙。"

"你不是效忠尤里扬斯吗，为什么把军符交到他手里，又告诉我怎么取？"

胸中疑云顿起，我困惑不已地盯着他。

他将钥匙塞进我手里，郑重地一字一句轻声道："一，是他的父亲当年对我有恩；二，唯有这样，尤里扬斯才会信任我。他幼时就惨遭屠族，又被放逐，比君士坦提乌斯还要多疑。他是个擅于玩弄人心的军事天才，我还要依仗他，夺回我失去的一切，他也需我相助。但是，没什么比国王陛下的使命与波斯领土更重要，我的孩子。试想你是波斯的一名王子，你自会明白我肩负的重任。"

这一席话与这奇怪的称呼似有神奇的效力，使我心中的天平不由自主地朝他倾斜，几乎被他劝动了。我已下意识地将王子这重身份加诸他身，心中多了一层敬意，少了一分轻视。

带着一丝犹豫，我接过那把钥匙，从进来的那扇窗户离开了诵经堂。但我没有即刻照霍兹米尔王子的吩咐去做，我的心中自有一把算盘。

知己知彼才能百战百胜，即使我按兵不动，也要先知悉对方的动向。

在暗处紧跟着霍兹米尔王子一行人，我悄无声息地潜入了君士坦提乌斯的温泉御所。偌大华美的宫殿里水雾蒸腾，几个男人靠在池壁上，由那些侍者为他们涂油按摩，在我看来这情景实在滑稽，仿佛一群待宰的猪猡正要下锅。

其中一个年长的男人泡在池中，胸口一个巨大的金十字挂坠闪闪发亮。那就是君士坦提乌斯。他的手里拿着一张类似信笺的羊皮卷，正在说着什么。

我直觉他与这些亲信说的是什么重要信息，便潜到离温泉池最近的那一侧墙外，轻手轻脚地靠近一扇窗子。

"依我看，您亲爱的堂弟绝不会安安分分地前往东方。我留在莱茵河对岸的探子来信，说他驻扎在那边的哥特大军最近已有动向，朝罗马赶来。我看我们不如先下手为强，就在他出行去亚美尼亚前把他干掉。"

这声音有些耳熟，继而我反应过来，这是老皇帝那个狂妄自大的养子，提利昂在讲话。他们在商议除掉尤里扬斯。

"别心急，提利昂。至少……要等到送行典礼举行，他出了城门之后。我们不能在民众知晓的情况下动手。他现在在民众心中的地位很高，我们得给他安个罪名，这样在他死后才不会引起异议。"君士坦提乌斯慵懒地接过话。

"我很乐意提供一支精锐的暗杀军团保证他到不了亚美尼亚。"提利昂笑了笑，"不过，陛下打算给他安个什么罪名呢？您的堂弟现在可是大功臣，帝国的恺撒……"

"那也无法抹杀他过去的恶名。他是撒旦之子，是受诅咒的降生者！"另一个人压低了声音答道。他的嗓子细细的，听上去像是一位宦官。

"我们不如劝服您的主教，让他在朝堂上控诉尤里扬斯是个异教徒，身附邪力，让他为尤里扬斯驱魔，我们不就可以像对付加卢斯一样将他软禁起来，再设法将他毒死吗？何必还等到他……"

"是揭露，不是控诉。注意你的言辞，怎么能用这么下作的法子呢？"君士坦提乌斯打断了提利昂的话语，腔调带着一种冠冕堂皇的虚伪，但即使我不去看，也能想象那双剑戟森森的眼睛里流露出的阴狠与狡诈。

"我们要让他接受公正、公开的审判，让他在广场上面对虔诚的上帝子民们的谴责，为他所犯的罪咎付出代价，就像他的哥哥加卢斯一样承受火刑而死。"

火刑？我不由得浑身一震，耳膜嗡嗡作响。尤里扬斯的确有个哥哥，叫加卢斯，和弗拉维兹一样是被火烧死的……

眼前仿佛又有大火袭来，令我如遭炙烤，颤抖不已。

弗拉维兹，那就是你的真名吗？你就是加卢斯是不是？那一夜的大火本就蹊跷非常，难道是君士坦提乌斯派人加害了他？

"陛下英明，是我太鲁莽了，还要多向你学习才是。"提利昂笑起来。

静静的室内发出一声嘲讽而阴森的喟叹："即便卑贱如蝼蚁，死前也要让他展展雄风，到底，他是我的亲堂弟……纳尔米德，我有些热了，替我把窗户打开透透气。"

一串朝窗户接近的脚步惊醒了我。我猫下腰贴紧墙壁，便感到头顶上的窗子被呼啦一下打开了。滚滚水雾弥漫出来，伴随着沁人心脾的香气，我不由自主地抬起了头，不料就撞上正注视着我的眼睛。

刹那间我猛地一惊，随即发现那是霍兹米尔王子。他略带惊诧地瞧着我，眼底甚至聚起了一丝怒意，仿佛是在谴责我不该来到这里。我朝他比了个"嘘"的手势，眨了一下眼皮。霍兹米尔横了我一眼，好像在示意我快些离开。

心仍在咚咚狂跳，一种恨意与怒火横亘在胸口，我坚决地摇了摇头。

他似乎有些无奈，于是背靠着我站在了窗前，这对我起了很好的掩护作用，我打心眼里感谢霍兹米尔。虽然我与他才刚刚相识，却感到了一种他对我这个后辈的关心，那不像是装出来的。尽管，我还并不十分信任他。

"说来，还有一件事情，纳尔米德，过来。这件事得由你去办。"

霍兹米尔离开了窗户，按捺不住好奇，我稍稍探头，便看见他走到温泉边，步履很轻，像一只轻盈的猫。

"陛下，请您尽管吩咐。"他俯身进入温泉里。

"你最熟悉内宫事务，帮我调查一下那位亚美尼亚的小公主，我有点儿怀疑她是个假冒的。"君士坦提乌斯道。

心口瞬间拎紧，我屏息凝神，竖起双耳。

"怎么了，陛下，您怎么会突然怀疑亚美尼亚他们的人呢？"纳尔米德喘了口气，平复下呼吸，语气又恢复得波澜不惊。

君士坦提乌斯笑了一下："我接到一封告密信，里面说亚美尼亚与尤里扬斯暗中勾结，意图联合他们篡夺皇位。提利昂怀疑那个阿尔塔莎公主早被偷梁换柱，是尤里扬斯派来的人。"

"恕我直言，亚美尼亚关系重大，牵一发动全身，牵涉到整个东方战场的态势，说不定是有人居心叵测，想要挑拨罗马和亚美尼亚间的关系，陛下可不能随便听人撺掇……"霍兹米尔偏头，漫不经心地瞥了一眼提利昂，对方脸色微微一变。

我心想提利昂心怀鬼胎已久，那告密信八成是他自己捏造的，唯恐天下不乱，也不知道他到底打的什么算盘，也许是为了制造内乱，以求立功高升，更快继承皇位。

"怎么了，我说的不在理吗，陛下？"

"当然，亚美尼亚的问题我会谨慎对待，"君士坦提乌斯对霍兹米尔低声道，"那儿的局势你比我更了解，当年要不是多亏了你，亚美尼亚国王那个老顽固怎么会这么快臣服于罗马呢？"他眯起眼笑起来，"我只是要你私下安排个人去看看，那小公主的身上有没有亚美尼亚王族的特殊文身。"

我呼吸一紧，冷汗当即冒了出来，知道不宜久留。可也许是保持一个姿势太久，挪脚时，我才发觉自己的腿麻了。紧接着，那遭到蛇咬的地方好似抽筋一般痉挛起来，脚下一下滑空，猝不及防地，我失去重心向下坠去！

阿泰尔的利爪抠进我的衣服里，发出了一声尖锐的嘶鸣。

刹那间我以为自己就要以这可笑的方式丢了小命，而下一刻我就坠落在一片茂密而柔软的草丛里，接触到地面的脊背袭来一阵不算剧烈的钝痛感。

"什么人！有刺客！保护皇帝陛下！"

"就在下面的花园里，派人下去抓！"

糟糕了！

我恼恨地狠狠捶了一拳草地，翻身爬起来，这才察觉到腿部的异样——遭到蛇咬的小腿肚，已然僵硬了半边，有一片呈现出了石质的灰白色，并且有蔓延开来的趋势。不……不，不！

心顿时如坠谷底，我捏住小腿重重揉了两把，却感觉不到一丝痛感，仿佛它已不属于我自己，而真的遭到美杜莎诅咒成了一块的顽石。眼前蓦地浮现出面具下阴险的微笑，我一蹭地从地上蹿起来，藏进树丛里，朝相反的方向逃去。

这是一片面积庞大的花园，有错综复杂的人工水渠，我想起伊什卡德手中那份地图，依稀想起穹顶周围的构造，此时最值得庆幸的是我的记忆力十分之好，基本可以做到过目不忘，记得这些水渠是与所有宫殿都相连的，它们连接着每个宫殿花园里的大型的喷泉与人工湖。

一头扎进水里，我迅速顺着一条水渠向里游去，顾不上它通往哪儿。这个时候，不被抓住才是最至关紧要的事。

经过一道小拱桥，不多时我便游进了花园的地下，四周变得一片漆黑。借着日曜之芒散发的微光，我勉强能看清渠道里的景象。它的壁上开凿了一幅内容奇特的浮雕，里面人物的形态诡异，面目狰狞，简直形同地狱之景，我想不通到底是什么人会在这种地方刻上这些浮雕，又有谁会去观赏它。

可以推测的是，多年以前这里也许并不是水渠，而是什么密道。

不知道，这里能不能通往霍兹米尔说的……尤里扬斯的宫殿里，那个藏有战狼军符的暗室呢？

这个念头从我脑中跳出来之时，眼前一下子豁然开朗起来。

我发现自己抵达了一个像是地下蓄水库一样的地方，几个圆形的渠道口汩汩涌出的水交汇于此，月光的清辉从我前方的渠口反射进来，外面显然是一片人工湖，远处水波粼粼，倒映着外头的树影。

然而，就在我沿着墙壁小心翼翼地向前方游去时，一幕可怖的景象使我浑身僵硬地停了下来。

——就在我的右方，支撑水渠的一根石柱上，盘踞着一条黝黑的、巨大的影子，一对蓝紫色的兽瞳正如那冥府中的鬼火，幽幽地窥探着我。

那是一条巨蟒。

一股浓重的寒意爬上我的脊背，使我犹如置身冰窖。

蛇类会迅速攻击移动的猎物，这是一种常识。我攥紧了手中的日曜之芒，僵在原地，一动也不敢动。在阿兹莫忒山谷接受武士训练时，我曾学习过如何与大型猛兽对决，也成功试过从蟒蛇的袭击下脱困，但那时我对付的蟒蛇连这条的三分之一都不到。

比起蟒蛇，它看上去就像是一条恶龙。

当我注意到它藏在柱子后的躯体上似有一对若隐若现的翅膀之时，我惊骇得差点呆在当场。谁能想到罗马皇宫的水渠底下藏着一个这样的魔物？

但此刻不是思考这个问题的时候。

我该思考的是，如何保住自己的小命。

——那巨蟒从柱子上蜿蜒而下，从水里朝我缓缓游来，我的每寸肌肉都如弓弦绷紧，脑中只剩下这个念头。

这将是一次生死搏杀。我靠紧墙壁，将康健的那一条腿蹬在墙面上，盯着水中的蛇影，匕首朝斜下对准它，蓄势待发。说时迟那时快，就在那一瞬间，我的眼前一闪，就听到哗啦一阵水声，顷刻间水渠里犹如爆炸般腾起一片水雾，一道黑影闪电般地朝我直窜而来！

我什么也看不清，凭着反射一跃而起，敏捷地旋身避开，握紧日曜之芒的手一挥，斜刺而下。噗的一声，我感到匕身一下子深深没入坚韧的蛇皮里。

腥风扑面而来，随之一道怪力顷刻袭上身躯。没来得及避开，我就被巨蟒紧紧绞住了身体，抵在石壁上。死亡迫近的战栗感随着贴上皮肤的滑腻鳞皮渗入每个毛孔里，冰凉凉的，让人通体发麻。

胳膊被扼得动弹不得，我死死握牢插在蛇身里的匕首，却再难施力刺得更深。紧接着，双腿也被蛇尾缠紧。黑暗中，蛇头自上方垂下，一寸一寸，逼近了我的脸。两盏风灯大小的妖异瞳仁近在咫尺，眼底燃烧着噬人的幽焰。

一刹那，我几乎认为自己死定了。但绝望仅仅是一闪便逝，面对困境不屈挠的武士本能强迫我屏息凝神与巨蟒对视着，如与死神化身在冥府门口对峙。

但与料想中即将被血盆大口吞噬的下场截然不同，巨蟒竟并没有张嘴袭击我，只是盯着我"嘶嘶"地吐着芯子。猩红的芯子轻柔而肆意地扫过我的脸颊与脖子，仿佛是在戏弄。

这种诡异的感觉使我产生了一种错觉，好像此时不是在被巨蟒威胁，而是在被某个人紧盯着。

——尤里扬斯。

我陡然被吓了一大跳，心理作祟，再看那双蛇瞳也像极了他的眼睛，心中更骇，下一瞬，已被蛇身缠住。凉水淹没头顶，我极力扑腾挣扎，试图逃脱蛇躯，却被紧紧绞着拖往更深处。溺水感四面围困，汹汹扑来，我的意识即刻之间就陷入了一片混沌。

下沉，下沉，下沉。沉入一片死亡般的寂静。

是你吗，阿硫因？

冥冥之中，一个声音在黑暗深处询问着。

一大股哀恸似水流淹入口鼻。我动了动嘴唇，下意识地发出了一声叹息："弗拉维兹……"

"阿硫因……我在这儿。"

熟悉好听的嗓音从遥远之处飘来，从天际抵达耳畔，轻轻呼唤着我的名字。

一片淡淡的光晕溢入眼里，透过薄薄的眼皮被映染成橘色。我小心翼翼地睁开眼睛，生怕慢了一瞬，这个梦就消失殆尽。

弗拉维兹俯视着我，他的面庞上笼罩着金粉似的阳光，蒲公英的白色种子散逸在风中，让这一幕如仙境一般美得虚幻不实。即使知道这仅仅是个梦境，我仍带着一种奢望探出手去——却触碰到了实质。

他的体温、皮肤的质感乃至呼吸，都真切地映在我的掌心，而我不可置信地发现，我的手不再是以往梦境里的孩童模样，而是现在的成年大小。

"弗拉维兹……你在这儿。"

我颤抖地屏住呼吸，梦呓似的喃喃。

"是的，我回来了……"

我深吸了一口气，极力维持的坚硬外壳像在片片龟裂，一瞬间我几欲泫然："为什么不告诉我你是谁，弗拉维兹？"

他什么也没回答，只是静静望着我，仿佛我还是当年的孩子。

这神态使我明白，这同样不过是个幻梦。

我攥住他的衣摆，深嗅他身上散发出的迷迭香的清香，只想把这味道记得深一点，久一点，怕他下一刻又被火烧成灰烬，随风而逝。

"对不起，弗拉维兹，我不该抛下你。"

"你真的后悔吗？"

弗拉维兹的声音突然变了调，变得很像尤里扬斯。与此同时后颈被什么扣住，冰凉，滑腻，像是一条蛇。

突如其来的惊悚感激得我一下子睁开了眼。

揉了揉沾满水的眼睛，我发现自己躺在一片人工湖的石头湖滩上，半个身子没在水里，浑身湿透了。

怎会这样？我紧张地望了望四周。好在周围并没有人影，也没有追兵的声响。稍松一口气，我摸索着腰间的日曜之芒，爬起身。

腰间空空如也，我即刻出了一背冷汗。

是真的。我在水渠遭遇了一条巨蟒……

我浑身冒起鸡皮疙瘩，连滚带爬地窜出水里，撑着身子，甩了甩湿透的头发。水滴滴答答地落在草地上，我使劲眨了眨眼，强迫自己冷静一些。

为什么……我昏厥后会产生见到弗拉维兹的幻觉？

一阵微风拂过来，凉意渗入骨髓，我打了个寒噤，彻底清醒过来。

回头看了看湖里那个我出来的黑洞洞的渠口，即使深知日曜之芒的重要性，我仍然下意识地疾走了几步，迅速远离了水边，走进了密林里。不能趁夜去找，太危险了。我望了望四周，浓郁的树影遮天蔽日，随风摇曳。

"扑簌簌——"

一道黑影从天而降，我伏地一闪，扑进怀里的东西将我吓了一跳。是阿泰尔。我连忙安抚地拍了拍它的羽翅，钻出扰人的树丛，便来到一条鹅卵石铺就的小径上。

走出密林，我发现不远处是一道可以望见大海的悬崖，两边是两座相对的高耸的白色宫殿，这竟是我前日随欧比乌斯踏足的那个花园。

当意识到这一点后，我的目光像罗盘指针被磁石吸引，落在了某一处。

不远处，一架四分五裂的竖琴映入了我的眼帘。

它那象牙质地的白色躯体挂在一根枝丫上摇摇欲坠，仿佛吊死者的枯骨孤苦伶仃地在风中摇荡。

精致而细弱的琴身弯折着，钩着几根将断未断的丝弦，在夜里泛着凄然的冷光。我鬼使神差地抬起手去，手指颤抖着滑过其中一根弦，微弱的响声跃入耳膜，却如重锤砸在胸口。

恍惚间，一只手轻轻拂过根根丝弦，一串流水似的乐声淌入耳膜，直奔昔日而去。仿佛我又回到了七年前，变回那个懵懂无知的小小孩童，站在竖琴边发呆。弗拉维兹就那样轻柔地握着我的手，一边教我弹奏竖琴，一边与我述说那能用竖琴声将猛兽驯服的俄耳甫斯的故事。

他的音容笑貌，一举一动，还犹如昨日一般清晰。

"弗拉维兹……"我望着蒙蒙亮的天空，无奈地苦笑，"到底要什么时候，我才能忘记你呢？"

我会回来，阿硫因。

去寻找我在这世上存在的痕迹……你会与我重新相遇。

这串话语不期然地重现在脑海深处，我心口一悸，不由自主地抬起眼皮，朝面前宫殿的一扇窗口望去。

竖琴的主人是谁呢？看上去与你那么相像……

难道你还活着吗，还可能吗，弗拉维兹？

仿佛被一根无形的丝线钩住了身体，我伸手抚上宫殿外墙上凹凸的浮雕，纵身一跃。等到反应过来时，我竟已攀了三层楼的高度。

前日那扇窗户近在咫尺。蓝矿石玻璃在月光下散发着泅泅冷光，密密麻麻的爬山虎覆满了它的边沿，投下斑驳的阴影，仿佛弗拉维兹的双眼。金属的插销已经打开，窗子半掩着，好似早就在等待我的到来。

我轻轻推开它，习惯性地伸手一摸腰间，背后发凉，却仍不由自主地一脚踏了进去。室内幽暗昏惑，我眨了眨眼，勉强适应了这里的光线。借着窗外淡淡的清辉，我看见最近的是一张华丽的红木书桌，离我最近之处摆着一尊银质烛台。这无疑是称手的武器。

顺手抓起来握在掌中，我掂了一掂，它足够我一瞬间敲碎一个人的颅骨。巡视了周围一番，对面放着一个搁放书卷的柜子，两尊一大一小的铜质胸像，屋子里并没有人在。我的视线又回到桌子上，想要确认上面的物件属于谁。

桌上摆放着一个银十字架，一本落满了灰的《圣经》，一本《伊利亚特》，还有一本不知名的黑皮书，它上了锁，书页有些破损，看上去十分神秘。此外还有一个希腊人发明的那种地球仪，在黑暗中滴滴答答地转动着，让人心神不安。

我小心翼翼地拉开桌面下的抽屉检查，里面有一个纯金制造的恰特兰格棋盘，旁边是一个被丝毯包裹起来的长筒状物体。

一种说不清的冲动猝然涌上指尖，促使我将丝毯层层揭了下来。

里面像是一幅卷轴画，它的边角泛黄，更有一边焦黑翻起，像是被火烧过。

我屏住呼吸，将它展了开来，立即呆在当场。

里面画着一个黑发碧眼的男孩，底部有一行小字清晰可辨。

——阿硫因。

趔趄了几步，我差点跌坐到地上，捂住了嘴。

我认得这画。这画是当年弗拉维兹请一位画匠为我所绘，是大火肆虐神殿后他唯一存留的东西。我还记得我亲手将它与弗拉维兹的尸骸葬在一起。

怎么……怎么会在这里？有人动了他的墓？

还是……他死而复生？

不可能……不可能！

被火烧死的人连灵魂也会灰飞烟灭，哪会有复生这样的神迹！

一个声音在脑中否决着这个极度荒谬的猜想，我的心却疯癫似的狂跳，震得整个胸腔仿佛擂鼓一般震荡。

也许他就在这儿，在这宫殿里！

另一个声音在心底嘶嚎，我仓皇地抱住那画卷，走进房间的黑暗深处，步入一条幽邃的长廊，两侧墙上镶满了镜子，无数个我在其间挣扎，好似迷失于冥河间的游魂。我茫茫然地就这样走到了镜廊尽头的门前。

门虚掩着，露出一条缝隙，里面透出一线冷清的光晕。

这是一间卧室。正中暗红帷帐低垂的床上朦朦胧胧透出一个卧着的人影，似乎正静静沉眠，对我的到来毫无感知。我探头窥视，忽然被对面的一个人影惊到，差点就举起烛台掷去，又立即发现那仅仅是面镜子。

镜子里的我浑身湿透，夜行服紧贴着身体，活像一只从深渊里爬出的水鬼。

谁若半夜见到这样的我，恐怕要吓个半死。

我悄无声息地走近了床边，掀起半掩的帷帐一角去瞧床上那人，仿佛某一年在阿拉伯地下揭开某个禁止踏足的古墓里的棺木一样紧张。

一股淡淡的血腥味飘入鼻腔的同时，我窥见了一个微微泛亮的物体。那是一枚紫宝石戒指，戴在床上人苍白修长的手上。意识到这人是谁的一刹，我本能地握紧了手中凶器，又不禁抬眼朝他隐于黑暗处的上身望去。

他未醒，包裹着绷带的胸膛露在敞开的睡袍外，若不是在平稳地微微起伏，几与一具象牙雕像无异，几块暗褐色的血迹显现出病态的虚弱。

任他多么强悍，被日曜之芒刺上这一下也斗不过我。

抱着这念头，我深吸了一口气，掀起帘子。暗淡的一线光晕落入漆黑帘内，有一处泛起冷质的金属反光。奇诡的青铜面具映入我的眼帘，使我心中一阵突突猛跳。我小心翼翼地伸出手去探了探他的鼻息，感觉十分平稳，便轻轻揭起一角。

底下露出的是半边俊美的容颜，大半脸孔隐在发丝下，凭着轮廓却仍可辨出……与弗拉维兹的相貌并不相似。他的眉眼更深邃，深得阴戾。

还想再揭开些，恰时他的眼皮抖了抖，我立刻缩了手，抓紧身边烛台，见他并无动静，不由得一阵自嘲。

怎会差点又以为这邪徒会是他？

弗拉维兹一定是他的哥哥加卢斯，所以这画像才会在这……

算了，这不是要紧事，快离开才是对的！

我暗暗告诫自己，屏住呼吸，小心翼翼地退后，却感到胳膊猛然一紧，一下子被拽住。

脑中一根弦扯紧，我抓起烛光砸向他的头，心中一闪而过的念头又使我硬生生地停在距他头皮一毫的距离——他是弗拉维兹的亲人。

"半夜闯到别人房里，干鬼鬼祟祟的勾当……现在又想杀人灭口？"黑暗中响起他的一缕轻弱的呼吸，"作为一个伤患，我是不是该大喊一声'救命'呢？"

说着他的声音顿了一顿，还真喊起来："救……"

我一把捂住他的嘴，低声威胁："别喊！我不是来杀你的。但假如你喊人来，可就不一定了！"

"不是来杀我？那你过来做什么？"他低沉地哼笑了一声。他似乎在发高烧，体温高得吓人。

他轻轻说了一句："这一刀刺得真深哪……"

"别装可怜，我可不会对你这种邪徒感到抱歉！"我冷笑一声，使劲挣脱他。我感到他的呼吸因忍痛而轻微发抖，手劲却依然很大。

像不愿脱离树枝的垂死之藤徒劳挣扎，让我竟一瞬间有种面对发病的弗拉维兹时的错觉。以至于我不禁有些恍惚，几乎忘了自己本该对这人避之不及。

"你来找我该不会只是为了偷看我的脸吧？"

我撇开头，嗤了一声，脑海里却挥之不去刚才窥见的面容。

"我来是因为那幅画……"我指了指脚边卷轴，揪紧他的衣襟问道，"我问你，你的哥哥是不是金发碧眼？是不是被火烧死了？"

尤里扬斯扫了一眼那画轴，呼吸声蓦地一顿，黑暗里便剩下一片溺人的沉默。我的呼吸与他一并静止，心在荆棘地上徘徊不定，苦楚与期待共同滋长。

半晌他才轻笑了一声，口气里带着一种不知名的复杂意味："家有长兄加卢斯，正是你说的……金发碧眼，死于大火。那画是我从他的坟墓里取回的遗物。"

遗物……

弗拉维兹会死而复生——这最荒谬的猜想终究是个奢望，而我又怎该对它存有希冀？

胸口好似缩水，我一把抓起画轴，自嘲地苦笑："难怪你就像是早就认识我，原来你是他的弟弟。"

"你关心我……是因为我像我的长兄？"

我打了个激灵，头也不回地疾步走到窗边，冷冷道："我不会关心你这种家伙。而且你跟你的哥哥一点也不像，他胜过你十倍百倍。"

"真的？"他失笑，"可我怜悯他。他身患顽疾，形同废人，是罗马皇室的耻辱和笑柄。"

"不！"额角突地一跳，我的目光透过窗子反光落在背后的画像上，攥紧拳头。

强忍着回头把这家伙暴揍的冲动，我用力推开半掩的窗户，深吸了口微凉的空气，喉头止不住地发颤："他是从天穹坠落的神子……是埋在尘埃里的星辰。疾病没有夺走他的光，就像荆棘困不住蔷薇，你不知他怀揣理想而无力实现，满腹才学而无处施展，光看见他苦苦挣扎的姿态，又有什么理由蔑视他？"

回应我的是一片沉默。

淡薄的晨曦倾泻一地，远处，一轮金色朝日在未退去的夜幕下冉冉升起，犹如沉沉雾霭里的荒原被一缕火苗点着，腾起勃勃生机。

死灰复燃。不知为何，一个词忽然跃入我的脑中。

我的眼前浮现出弗拉维兹站在神殿的高台上远眺日出的背影。

要倚拄着一根手杖，他单薄的病体才能在烈风中站稳，飘飞的白袍仿佛飞鸟的翼。它不能展开助他翱翔，却成了我的翳蔽——假使仅仅是翳蔽，而未变异成束缚，我大抵永远不会蜕变成现在的我，但弗拉维兹也许亦不会死。

命运弄人，大概就是如此。

"你好像很了解他？"不知何时尤里扬斯已来到我身后，声音很轻，似笑着，又似叹息。

我怔了怔，张了张嘴，却什么也说不出，只好摇摇头。

即使我们曾朝夕相处，弗拉维兹也不曾向我透露他的来处或身世，那时我懵懂地猜到那关乎他根深蒂固的痛苦，正如我对奴隶窟里的经历闭口不谈。

我们是两头被命运之网困在一起的小兽，汲取彼此的血肉取暖，相依为命，却从未卸下盔壳、收敛爪牙，真正靠近。

一阵大风吹来，黎明前夕的寒冷随漫上窗檐的光明迅速笼罩了周遭的空气，日轮升向高高的穹庐，如燎原之火焚烧天幕与大海，美得似乎万物都瞬息凝止。

我依稀忆起与弗拉维兹共度的时光，也曾共看天明落日。美好转瞬易逝，一如日出之景般刹那一现。

像要逃避这段太过美好如今却令我痛彻心扉的回忆一般，我抓紧窗檐，落荒而逃般地离开了尤里扬斯的寝宫。

远远望着离去之人的背影，尤里扬斯下意识地收紧了手指，握住臂间缠绕的蛇。指间施加的力度过大，令他的宠物吃痛地扭动起来，挣扎着游窜开去。一缕冷风掠过空空如也的掌心，残留的湿热之意迅速挥散，又剩下彻骨的孤寂。

"扑簌簌——"

一阵轻微的振翅声将尤里扬斯从遐思中惊醒。

不远处传来沉重的木门被推开的声响。黑暗中浮现出一张狰狞的鬼面,一只乌鸦停于他的肩上,仿佛冥河里的摆渡者。

"我亲爱的使者,让我瞧瞧你带来了什么噩运?"

"我想这是个好消息。我们的哥特军队已按照您的计划成功绕开了提利昂的阻拦,一支已抵达亚美尼亚,另外一支正朝罗马赶来。至于这只乌鸦带来的是什么,得由您亲自察看。"

马克西姆看见他的主人侧过脸来,面上瞬时换了副神色。光影交替间,似有若无的一抹温情消失得无影无踪,逆光的黑暗里只能看见面具森冷的反光。

"它是从海峡对岸飞来的,翅膀上有不少盐粒。"

"海峡对岸?真是令人意外啊。"

尤里扬斯笑了一下,抬手接住降落的乌鸦。发现它的爪子上空空如也,他意识到这是一封绝密的来信。隐约明白了什么,他勾了勾嘴角,掐断了它的脖子,一指剖开腹部,探进鲜血淋漓的脏器间,果然寻到了一个小小的纸筒。

马克西姆立刻注意到他的主人加深了笑意,将死去的乌鸦轻轻拎起,扔给他早已饥不可耐的毒宠。他非常……非常愉悦。

赤足走进温泉浴室里,踏入早已为他备好的一池热水里,尤里扬斯仰起头,发出一声惬意的喟叹。

"猜猜这封密信上写了什么,马克西姆?"弥漫开的雾气里混合着淡淡的血腥味,面具下勾起的嘴唇也愈发艳丽,犹如一朵绽放的红罂粟。

"我想一定是个非比寻常的惊喜。"

马克西姆接过纸卷,里面字迹正在水汽里迅速退去,只余下一行——

……亚美尼亚宝藏所在之地,愿以吾国王子阿硫因为质。

他微微一愕。

即使看不全密信内容，也知它来自什么人，又传达了什么目的。只是，以一个人来交换亚美尼亚的稀世珍宝，未免，这代价也太过昂贵了点。

他动了动嘴唇，欲言又止，一个字也没说出来，便看见浴池里的人举起食指，比在唇上极轻地"嘘"了一声，盯着雾气，眼底透着暗沉沉的情绪，仿佛是在朝虚空发着一个无言的毒誓，复闭上了眼。

"你知道的……马克西姆，他于我而言，很重要。"

第12章
命运之轮

趁着天未全亮，我潜回了来时花园的密林里，路过那片人工湖时，我忍不住驻足多看了几眼。水面波光粼粼，不时有风吹起涟漪，看上去十分平静，根本不像会有什么大型蟒蛇栖息的巢穴。

那玩意真的存在吗，日曜之芒又真的落在里面了吗？

我盯着水面下那幽邃的水道入口，不禁怀疑起我是否真的是从那出来过，昨夜的一切都像一场梦，包括我在尤里扬斯那里得知了弗拉维兹的事。

头沉重得如同铅球，颅骨都在发热。我擦了擦额头上的汗液，感到自己在发烧，有点晕眩，分不清现在是现实还是梦魇。我探腿试了试湖水的温度，冰凉的水一没过膝盖，被蟒蛇缠绕的战栗感顿时爬满身体，我急忙收回了脚。

是真的。

我退了一步，站起身来，目光不自觉地飘到不远处破裂的竖琴上，跌跌撞撞地走过去，拾了一块碎片揣入怀里。

终于……

我终于寻到了一点关于弗拉维兹的痕迹，找到了一丝和他有关的联系。

紧紧将碎块揣在怀里，象牙质的琴声硌得胸口生痛。

"什么人？"

一个声音突兀地自身后响了起来。

我一惊，已本能地做出了防御的半蹲姿势，匕首在掌心出鞘。身后的树影里藏着一个人影，不知是什么时候出现在那儿的。

该不会是尤里扬斯吧？听声音又不像……

在我揣测之际，那身影已拨开树枝，靠近过来。斑驳的阴影从他身上剥落，淡薄的晨雾里逐渐透出这人的模样来。

是那个叫欧比乌斯的宦官，我注意到他捧着一个盒子，里面是捣烂了的红色花瓣，大概是用来做什么胭脂与染料。

"大清早的，阿尔塔莎公主一个人在这儿做什么呢？难道是思乡情切，在这儿独自感伤吗？"欧比乌斯彬彬有礼地朝我行了个礼，露出了疑惑的神情，"那是您的竖琴吗，怎么摔成这个样子？"

"哦……不，不是我的，我不知它属于什么人，只是在这儿散步，碰巧看见了。"我有些局促地理了理衣袍，浑身一僵。

我还穿着湿透了的夜行服，看上去怎么也不像"出来散步的公主"。好在欧比乌斯是尤里扬斯的亲信，否则我就不得不杀人灭口了。

欧比乌斯却似浑不在意，他打量了我一眼，若有所思道："真奇怪，这不是加卢斯陛下赠给尤里扬斯陛下的那把琴吗，他一向爱惜，怎么会容它落在这儿……"

我一愕，忽然想起那晚弹竖琴的身影，口里泛起一股涩意。

真没想到那个人会是尤里扬斯。也是，他们兄弟身形相似，所以我才会认错……死者已矣，我怎该奢望弗拉维兹会有可能死而复生呢？

"怎么了？您在想什么呢？好像在为尤里扬斯陛下痛心似的。"他调侃地扬起声调，凑近了些，"您也想成为……这鲜花下的尸体中的一员吗？他们就在您的足下哀怨地啜泣呢。"

"你说什么？"我蹙了蹙眉，脚踝一抽，下意识地低头扫了一眼。

"我只是好意告诉您。"欧比乌斯神秘兮兮地一哂，"尤里扬斯陛下自小就背着不祥者的恶名，但凡与他关系亲近的人，都一个个失踪了。有传闻他们的尸体就埋葬在这儿，所以这儿才会开出这样艳的花。"

欧比乌斯的话使我足尖发麻。我下意识地踩了一脚草地上摇曳生姿的红色，冷笑："谢谢你的好意，不过我跟他并不熟。"

他走到我身边拾起竖琴的残躯，将它们拼凑起来，动作小心细致，仿佛对待一件稀世珍宝。

手被牵动我才发觉，自己还一直握着琴身的一截。

不适感腾地从我心里升起，驱使我一把将它抓紧。那感觉强烈地充斥着我的内心，好似一个一无所有的孩童对待失而复得的珍物，连我自己也为之惊讶，被欧比乌斯疑惑地一瞥，才惶惶松开了手。

这是尤里扬斯的东西，不属于弗拉维兹。我提醒着自己，正打算找个借口离开，欧比乌斯随手拨过七根断裂不齐的琴弦，指尖立刻蹦出几丝不成调的断音。

这似曾相识的调子好比能惑人心智的魔音，我浑身一震，脚步凝滞："这曲子是……"

"殿下您也听过这首曲吗？"欧比乌斯狐疑地停了手。

这是弗拉维兹教我弹过的曲子。

我练了很久才学会，每一串调子都烂熟于耳。我还记得他常在我弹错时惩罚我，逼我背诵那些晦涩的拉丁文古诗，这大概是我的拉丁文能如此流利的原因。

"这首曲子……你是从哪里学来的？是不是加卢斯？"我抚了抚光滑的琴身，心如丝弦般轻颤。

"加卢斯陛下？"欧比乌斯似乎愣了愣，有点儿不可置信，"公主殿下怎么会突然问起他？他已经过世许多年了，您怎么会好奇他的事？"

"是你先提到的。"我鼻子一酸，加重了语气，盯着他，"是吗？"

欧比乌斯脸上露出一种复杂莫辨的异色。

他目光闪烁，沉默了半晌，摇摇头，叹了口气："这曲子是厄妮丝圣女常弹，传说是阿波罗神为追求达芙妮所谱呢。在他们两兄弟年幼时，她常在这儿教他们弹奏。可惜她被处死后，这曲子也就无人再敢弹。我只是曾偶然偷听到，觉得实在动人心弦，所以私下琢磨出了点指法。"

"……处死？为什么？"

知悉弗拉维兹的身世的机会就在眼前，我既心如刀绞，又甘之若饴。

欧比乌斯犹豫了一下才启口："在罗马，一旦被选为至高的圣女，就得终身保有处子之身，不可婚嫁，即使是王权也不能破坏这种神圣的戒律，否则便是莫大的罪咎。但是她却与一位已有妻室的皇子有了私情，后来对方为了自保，背叛了她……"

他抿了抿嘴唇，瞥了一眼那雕像："她死后，因为愧疚，那位皇子便将她的尸体埋葬在这里，又为了她铸了像，这园子也就成了一处禁忌之地。"

我说不出话来。

幼时丧母，后惨遭屠族，余下兄弟二人相依为命。生长在这样的环境里，即使贵为皇族子嗣，在这水深火热的深宫之中也堪比丧家之犬。弗拉维兹高傲如斯，却偏偏被病体所累，人世残酷，莫过于此。

我闭上眼，只觉得呼吸的每一口空气都凝成了冰锥，刺得胸口阵阵疼痛。高烧的热意却在体表升温，让我感到一丝丝晕眩袭来。

"怎么了，您的脸色怎么这样苍白？"

我摆了摆手，趔趄了几步，转身朝花园门口走去，却听林子里响起一阵窸窸窣窣的细响，我迎面撞上了一个人。

"你昨晚去哪了？"

伊什卡德的斥问如雷贯耳，使我顿时清醒不少。

"啊，费赛尔大人，早上好。我先告退了。今晚参加建城节典礼的衣物我已命人备好，公主殿下，请您尽快准备。"

欧比乌斯离开后，伊什卡德立刻将我拖到隐蔽的密林深处，我一眼便发现几步开外躺着一个侍从装扮的家伙，显然是被他弄昏了。

我心里一紧，才从混乱的思绪中抽离，擦了擦汗："这是要做什么？"

"你的头怎么这么烫，身上还是湿的？我找了你半个皇宫。昨晚传出有刺客入宫的消息，我还以为你出事了。"伊什卡德厉色低喝。

暴风雨般扑面而来的怒意逼得我退了一步，我预感到伊什卡德可能会揍我一顿，果不其然，下一刻我就被他一把拎紧了领口。

背脊重重地抢到树上，疼得我弯下腰，我条件反射地护住头，给了他腹部一拳。伊什卡德用胳膊锁住我的颈部，我被摔倒在地上，失去了反击的余地。

论格斗，我从来打不过伊什卡德，这个结果几乎是可以预见的。

"你去找那个家伙了？我真没想到，你会违抗我的命令……"

"你别误会！"

脑子晕得厉害，我晃了晃头，又被他从地上拖拽起来。他像训练场上的那只獒犬，张嘴就能把我撕成碎片，喉头滚动着嘶鸣："这件事暂且不跟你计较。换上那侍从的衣服，我们尽快出宫，在天黑前回来。"

"去哪儿？"

"去真正的阿尔塔莎公主那儿，否则你的假身份就要暴露了。"

乔装打扮从皇宫离开还算有惊无险，一路马不停蹄，我们抵达港口时已近午时。上了船，伊什卡德才告诉我，原来他们昨夜得到纳尔米德的消息，君士坦提乌斯有点怀疑到了我们头上，有意召我觐见，为了查验我的身份真伪。

这查验的凭据，就是亚美尼亚皇族身上特有的文身。

这种文身不仅图案特殊，且用的是极珍稀的染料，由亚美尼亚高山上的一种矿石研磨而成，夜里会发光，所以不可伪造。当时由于时间紧急，伊什卡德没有仔细检查阿尔塔莎的身体便让我顶替她进宫，实在是极大的疏漏。

好在，君士坦提乌斯忙于安排今夜的罗马建城节而无暇抽身，让我们有机会来抹掉这个致命的证据，而眼下只有阿尔塔莎一人能帮上这忙。

亚美尼亚皇族文身都是由自己亲手绘上的。

"谁在外面！快放我出去透透气！"

走近紧闭的木头舱门前时，一个满怀愤怒的声音从里面溢了出来。伊什卡德朝我使了个眼色，将门推了开来。舱房内霎时间安静了下来。

"你是……伊什卡德？"

一个身影像放飞的鸟雀一般扑到了伊什卡德的身前，将他紧紧搂住，着实将我吓了一大跳。他高大的肩膀后徐徐露出半张面孔，好比皎月初生，先是一双浅碧色的眼眸，翘挺如山峦的鼻梁，最后是绛红的一点朱唇。

呈现在我面前的是一张瑰丽的面孔。她上着浓妆，使原本的面貌都有些难以分辨，但我仍能一眼肯定，她和我并不相像。除了，她的眼睛。

对视之际，我们的目光胶着，两个人都愣了一瞬。

我虽然裹着女装，此刻已露出全部头脸，未掩眼神中的锋芒。

"你就是那个假冒我的家伙？你居然还是个男的？"

这是阿尔塔莎对我说的第一句话。

这使我对她毫无好感，虽然无论好恶，她都与我无关。

但我隐约感知到阿尔塔莎对伊什卡德的态度有些异样，毫不夸张地说，她对待他的方式简直像久别重逢的恋人。我猜测，也许是在伊什卡德劫持她的路上发生了什么，使阿尔塔莎对他竟暗生情愫了。

老实说，我对此有些忍俊不禁，尤其是此刻——阿尔塔莎为伊什卡德递上水烟筒，又盘腿坐下为他塞上烟草的情形。

尽管她的举止带着宫廷式的优雅，仍然显得十分殷勤。假若这是在亚美尼亚，被公主这样礼遇一定是种无上的荣耀。滑稽的是，阿尔塔莎似乎没有作为人质的自觉，伊什卡德倒看上去有点尴尬。室内的气氛诡异极了。

"说说吧……你们来找我是为什么，亚美尼亚派人来赎我了？"她斜靠在舱板上，仿佛那是天鹅绒的软榻，袅袅烟雾里媚眼如丝，"可惜，我还舍不得离开伊什卡德呢，除非他跟我一块回亚美尼亚。"

"太天真了。"我嗤了一声，啼笑皆非。

她横眉怒目，翻了个白眼："那是你们改变主意让我去讨好那个罗马老皇帝了？我可不乐意！我现在是伊什卡德的……"

"阿尔塔莎殿下，请您自重。"伊什卡德冷不丁地泼了一盆冷水，好像一下子将对方的嗔怨冻成了冰。

"可那天晚上……"

话音未落，伊什卡德掐住了她细白的手腕，令她顿时吃痛得嘤了一声，脸上却还笑盈盈的。我心里咯噔一动，忽而意识到了什么，未露声色，但伊什卡德尴尬地瞥了我一眼，黑了脸色。

阿尔塔莎冲我眨了眨眼，咯咯地笑出了声。她对疼痛的耐受力让人吃惊，手腕被伊什卡德都掐得发青了，却似毫无感知，想来是受过特殊的训练。

这使我意识到阿尔塔莎只是一个被包裹在公主光鲜亮丽的外表下的奴婢，脸上笑得愈欢，骨子里愈悲哀。我抓住伊什卡德的手腕，迫使他松手："够了。"我冷冷道，"她又不是武者，伊什卡德，你会把她的手捏断的。"

伊什卡德的表情顿时更难看了，他站起身来，居高临下地逼视着阿尔塔莎，眼神透出一种震慑的杀意。对方低下头，眼中似有泪光一闪，笑意不减，却多了几分苦涩的味道。阿尔塔莎像是真的喜欢伊什卡德，这令我大感意外。

"我劝你乖乖配合我们，否则别怪我对你不客气。"

伊什卡德的语气很可怕，阿尔塔莎却似满不在乎。

她懒懒地靠在桌上，又抬起头来，细长的眉毛一挑，撒娇似的媚笑："你已经对我不客气过了……"

伊什卡德一手卡住她的脖子。他的手背青筋暴露，我毫不怀疑他会把阿尔塔莎掐死。我想阻止他，但理智立刻抑制了我的这种冲动，我没有理由帮助一个不听话的俘虏。似是感到伊什卡德真的动了杀心，阿尔塔莎才终于敛去了笑意，仰着脖子一副任人宰割的神情，又密又长的睫毛如濒死之蛾般轻颤。

她紧抓着伊什卡德的手腕，就像溺水之人抓着一根大海里的浮木，半晌，喉头里才挤出几个微弱的音节："说吧，你们要我做什么？"

伊什卡德松了手，阿尔塔莎趴倒在桌上一阵猛咳，眼角通红，消瘦的脖子垂着，让我想起底格里斯河畔的红头鹭。那时我与几个武士兄弟一同去打猎，竟发现这种美丽的大鸟不会飞，它们与生俱来的艳丽羽毛是沉重的华服、是天赐的苦难，大多逃不了一生被困在小湖里以鱼为食、被人围猎的命运。

有少数的忍痛啄拔了一身艳羽，飞起来时带着一身淋漓鲜血，痛如裂骨剥皮，却终得以如苍鹰般翱翔天际。

万幸的是，我是这后者。也断然不会再让自己沦为前者。

同情心这样的东西，在我以武士身份受训的第一天，就已被拒之门外。

阿尔塔莎替我文身的时候，伊什卡德起身去了甲板上。

这文身要刺在后背上，图案是一株暗红色的不知名异花，被细而卷曲的蔓藤绞缠。

"你怕疼吗？"

阿尔塔莎拿蘸了染料的刺针点了点我的皮肤，笑着问。

"怎么会，又不是第一次了。"我不屑地摇摇头，下意识地摸了一把后脑勺。那儿便刺着一只鹰，以往我喜欢剃光头，好把这充满威慑力的装饰露出来。

她挑了挑眉，下手很重，似是有意折磨我。幸而我耐痛得很，这点疼痛对于我几乎与挠痒痒没什么差别。比起刺入皮肤的不适，看着这种屈辱的象征被刺上身躯，才是一种难挨的煎熬。我暗暗发誓，等任务结束后，我一定会想法子弄掉它，哪怕刀刺火燎、剥了这块皮也在所不惜。

我这样想着，忽被一声细小鸣叫吸引了注意力。

窗边悬挂着一个金丝制的鸟笼，里面关着一只羽毛丰美的鸟儿。笼门未锁，它的足上也未系锁链，但它却半点出来的意思也没，只慵懒地垂着头，细细梳理自己绚丽的尾翎。它与它的主人实在像极了。

笼子背后的窗并未关着，不时有一群海鸥的影子掠过，宛如一大片一大片变幻的云翳，天色便在它们来去之间渐渐暗下。

注视这景象使我心情平静，能暂时忘却身处何地。恍惚之间，我仿佛站在另一处地方，也这样望着天空中海鸟的往返。

"阿硫因……我的小宝贝，你看，那些海鸟都朝南飞了。再往南就是雅典，那里美得像天堂一样是不是？很快，我们就能找到你的父亲了。"

柔和的笑声夹杂着缥缈的鸟鸣，温暖的海浪拍打在脚上。母亲的笑靥已模糊不清，夕阳的光辉却很清晰。金色的，像轻绡一样裹在她的周身，随着她洁白的头纱飞扬。那景象美好得令人心醉。

"你在想什么，这么出神？"

刺挑到我的后腰，我不由得一抖。

"不是故意的，这块是人的敏感区。"阿尔塔莎撇了撇嘴，低眉顺眼，一副专注的姿态。

"你快点。"我回了神。

她的手灵巧一旋，在我皮上针针生花："其实我一点也不怨你们劫持了我……"

她吐出一口烟，烟筒指着那鸟儿，笑得放浪癫狂："让我不至于跟它一样被困在那金鸟笼里，都忘了怎么飞！"

往昔的阴影一刹那在心底复活，我转过身，拔腿就走。

"我曾日日占卜……有个人能救我出这牢笼，为我解开链铐，放我飞走……"

我的心里咯噔一跳："你会占卜？"

"怎么，你想要我为你卜什么吗？"她敛了笑，浓黑的眼睫微微扇动。

"我想占卜……一位故人，我想知道他的一切。"

"你想知道一个人的前世今生？或者他的过往未来？"

我点头。

这根本是毫无意义的。弗拉维兹早在七年前就死了。占卜一个亡者的事情，这不是祭司才能办到的事吗？

阿尔塔莎若有所思地盯着我的眼睛，不知为何笑逐颜开。

"你能占卜亡者吗？"

"可以试试。"阿尔塔莎神秘兮兮地笑了笑。

一摞东西被重重拍在桌上，依次展开成扇形。这是一副纸牌，牌面上是一些我从未见过的图案，有人形也有物件，形态各异，不尽相同，足有二十来张。我定睛细看，这些图案具有典型的埃及风格，牌面上的标注也是象形文字书写。

"这是什么牌？"我疑惑地端详这些令人眼花缭乱的图案。

"由埃及的《叨忒之书》的书页裁剪成的占卜牌，"阿尔塔莎用食指夹起一张，抿唇轻笑，"这可是亚美尼亚的宝藏。就这样一张，便价值整整一马车的金币。"

我吃了一惊，才想起曾听过关于这副牌的传说。

"叨忒"是埃及月神，《叨忒之书》是专门用来传达天神旨意的神秘之书，法老们根据它进行各种决断。埃及王朝惨遭覆灭之时，为了不让异族得到此书，王室成员将其绘成卡片，交于神官手中。后来经由亚历山大大帝之手传入了欧洲，传闻与马其顿军从东方掠夺来的宝藏埋在一块。

没想到，这宝藏竟然位处亚美尼亚，我略感意外："这样的宝物，亚美尼亚竟然舍得作为与罗马和平建交的陪嫁贡品？"

"当然不是。这是我从王宫偷的，作为打发无聊时光的消遣。"阿尔塔莎得意扬扬地一笑，不容我为她这个回答而愕然，便熟练地将牌一一翻到背面，在桌上铺开，开始发号施令，"好了，闭上眼，把你的手放在牌上，别压着，要悬在空中，牌里先知的灵魂会自动感应到你想知道的那个答案。"

她拉上窗帘，舱内幽惑一片，唯有桌上一盏油灯散发微光。阿尔塔莎的神态愈发显得阴森，让我想起我曾见过的一个女巫。她那时装模作样，拿着一个水晶球神神道道，说弗拉维兹没死，而且正在找我，我理所当然地痛打了她一顿。

明明觉得荒谬至极，我仍乖乖地闭上了眼，将手悬在了桌子上方。心莫名跳得很快，我有种预感，这一次，我得到的会是一个与以往不同的结果。

"现在，念出那个人的名字。"

我的嘴唇有点干涩，用舌头润了润，吞吞吐吐："弗拉……弗拉维兹。不……这也许只是他的姓……"

"想他的模样——如果你有印象。"

脑海里描摹着弗拉维兹的面庞，可一刹那浮现出来的，却是那副诡异妖魅的面具，一双狭长深邃的眼睛凝视着我。

我吓得睁开了眼，恰在这时桌面上的两张牌竟无风自动，啪地贴在了我的掌心。阿尔塔莎抓住我的手腕，将我的双手翻了过来。

牌面上是一个像是织机似的轮子，和逆位的死神。

"命运之轮和逆位死神。"

阿尔塔莎轻吟出声，意味深长地抬起眼审视着我，她的眼珠里映出我怔忡失神的表情。

"命运之轮……这暗示着什么？"我喃喃地重复着，与弗拉维兹相遇分离的一幕幕自记忆奔流过境，将我的情绪思维通通冲乱。

阿尔塔莎压低了嗓音，语调婉转犹如诵咒："代表，生死轮转，死者复生。"

"你胡说……天下哪有死者复生这种事！"

我猛地站起来，腿不稳，声音也发颤。

"他……是个殉难的重生者。"

她的声音似有催眠的效力，让我本就高烧的眩晕感急剧加重了。缭绕眼前的烟雾犹如蛛网将我笼罩，透出一股经年陈腐的、混合着血腥味的恶臭。

一丝若有似无的呜咽从雾气深处飘来，似是地狱里的死魂绝望悲泣。

无暇思考怎会陷入这样的幻境，我循声向前走去。

才迈出一步，烟雾便四散褪去，余下一片几近空茫的黑暗。

等到视线适应了这儿的光线，我才看清这是一间囚室。潮湿的墙壁布满了青苔，借着一扇小小的窗里投射的月光，地面上蠕动着一团不辨其形的东西。畸形漆黑的躯干蜷缩在一起，像一只丑陋的、未曾破茧就已死去的蝉蛹。

——那是一个人。

假如那张凹陷龟裂得堪比天灾之后的庞贝城池的面孔，仍可被称为人脸的话。

我惊骇地退后了一步，目光停留在那双眼睛上，犹如被一道闪电狠狠劈中了心脏。我认得那双眼睛。

那是弗拉维兹。

"……"

他的嘴翕动了一下，像木乃伊动弹着被蜡封死的唇。它曾比春日盛放的蔷薇更艳丽，娓娓道来世上最动人的诗篇。他的眼瞳比爱琴海更深邃澄美，此刻却如一片积满泥泞死沼，沼中尚有一尾活鱼，苟延残喘地翻起涟漪。

膝盖如被重锤击碎，我颤抖地跪在地上，伏到他身前。

这是我至今见过的最可怖的幻象，它比剥皮拆骨的刑场之景更震骇，不亚于亡母惨死的情景之残忍。

"弗拉……维兹……弗拉维兹……"

我愣愣地，念出这于我如魔咒似的名讳，浑身抖得如筛糠。

"……"

他不辨五官的面上的嘴裂如一个黑洞，发出犹如困兽濒死的呼号。

枯槁的手骤然抓住我的胳膊，他的喉头里一字一音地吞咽着，我屏息凝神地听才勉强分辨得出。

"我们会重逢，阿硫因，如命运织线，日月星轨……"

呼吸与血液一瞬间凝结。这句话有些耳熟，无暇思考在哪儿听过，我睁大眼睛，伸手一抓，幻象顿时化作一股烟雾，退散开来。我扑上去，却碰到了桌对面的阿尔塔莎。

"我看见了什么？你让我看见的是什么？"我一把揪住她的项链，目眦欲裂地喝问，我的力气施得过大，以至于那十字架项链被我拽得断裂了开。

像顽童失了珍宝，阿尔塔莎蓦地变了色，也不知从哪爆发出那么大的力气，张牙舞爪地将那十字架劈手夺过，满脸怨怒："你见到了鬼吗，吓成这样！我只是想帮你感应到你心中所想的那个人，谁知他的残魂形态那么可怕，这可不能怨我！"

"残魂？"我急切地追问。

"就是……"阿尔塔莎捡起一张牌，思索了一下，"人在最痛苦的时候渴望与执念也会愈强烈，灵魂就会分离出一部分，形成残魂。"

弗拉维兹……弗拉维兹，你真的重生了吗？你在哪儿？

"能帮我……帮我再感应他一次吗？"我放软了语气，近乎哀求。

阿尔塔莎懒洋洋地冲我晃了晃食指："残魂一旦见到他执念之人，就会立刻消失，它只是一股有形态的意念而已。比起寻找这种虚无缥缈的玩意，干吗不去弄清楚它的主人在哪儿呢？"

说着她弹了弹那张命运之轮，指着上面的图案。我惊奇地发现，那纸牌上的轮子竟在缓缓转动，一根金色轮轴如罗盘指针般指着窗户。窗外映出罗马海港上那道金色的城墙。我霎时失去了呼吸。

"看，他就和你近在咫尺呢。"阿尔塔莎嘟起嘴，哼笑。

我一把抓过纸牌，冲到了甲板上，像晕船者般撑着船桅大口喘气，远处海港的金色城墙在夜色里散发着落日似的光芒。它灼烤着我的视线，使我的脑内混乱一片。等到反应过来时，我已纵身跳入了海里，朝港口游去。

依稀间，背后传来伊什卡德的嘶声呼喊，我不管不顾地一头扎入海水里，甚至不知道是怎么抵达了岸边。港口与船只间川流不息的人群因我的突然出现而驻足。我知道自己的模样大概与一只水鬼无异，但我已无暇顾及这些。

命运之轮的指针微微偏移，直指那华美的罗马帝宫。他就在那儿，就与我曾近在咫尺，而我浑然不知。我怔忡了片刻，跌跌撞撞地朝那走去。

即使这只是另一个梦魇，我也情愿飞蛾扑火。

"你是什么人！偷渡的奴隶吗！没有罗马的通行证可不能入内！"

一声厉喝自耳边炸响，冰冷的长标枪抵在我的胸膛上，寒意沁入骨髓。我紧紧抓住它锋利的尖端，抬起头，面无表情地注视那张缩在金属头盔下的脸。下一刻，它便如乌龟脱壳般露了出来，狠狠撞在了背后的石墙上。

将手里沉重的头盔掷到地上，我抓过缰绳纵身上马，如离弦之箭向那蓝色穹庐的方向疾奔。

寒冽月光支离破碎，风声猎猎掠耳而过，夹杂着此起彼伏的惊叫，背后追击之声如影随形，狭窄曲折的罗马古道无止无尽，像坠入一个不真实的梦魇。咸涩的液体自颊边滑过便迅速蒸发，眼前却愈来愈模糊。

"抓住他！他在那儿！

"别跑！"

一瞬间仿佛时光回溯，我又回到雅典的街道上，在人贩子的追捕中逃亡，弗拉维兹会在这段路途的尽头等我。

这种直觉汹涌地袭上心头的一刻，不远处出现了一支队伍，拦住了我的去路。马受惊撅蹄，我急忙勒缰，几乎滚了下来。坠地的疼痛方使我冷静了些，听闻背后的追击而来的动静，我急忙翻身起来藏进深巷里。

好在前方的队伍并不是来围捕我的。他们身披麻质斗篷，被一条粗重的锁链串联，手脚都戴了镣铐，低着头，宛如一群没有灵魂的行尸走肉跟随着死神。

微弱的月光使我得以窥见其中一人的半张脸上有蓝纹，他是个哥特人——是尤里扬斯的手下。

我不敢大意，谨慎地避开，却又一眼看见，牌上指针顺着那群人行走的方向转动起来。血液上涌，我即刻尾随了上去。跟着这群人转过一道弯，我的眼前豁然开阔。前方已没有狭窄古道的遮蔽，而是一个屹立在宽阔广场上的圆形建筑——罗马竞技场。

它比我见过的任何一栋建筑都要巍峨宏伟，无数个凿空的拱门在夜色里喷薄火光，仿佛生着百目的巨人阿格斯霸道地横卧于天穹之下，让人叹为观止。

我望着这些门，期盼在它们之间发现某个人的身影，然而人的大小在那些拱门之中太过渺小，让我根本无从分辨。

他们去里面做什么？参加角斗吗？这里正在举行一场竞技表演吗？

疑惑之时，我听见一串热闹的跑马声自斜前方由远及近，来的队伍声势浩大，以至于脚下石砖都为之震荡了起来。长龙一般的人马蜿蜒而来，数把火炬的亮光犹如一道星河将黑暗耀如白昼，十来辆颜色各异的战车又似七色虹光朝两侧分流开，托出一架闪闪发光的金色御辇上披着华美高冠的人影。

那是君士坦提乌斯。

这大概就是传闻中罗马最盛大的战车表演了。我半猫下腰，趁着夜色昏黑，混了进去，亦步亦趋地跟随队伍蠕蠕挪动。

一进入竞技场入口的拱券回廊，战车与随形队伍便分散开来，只留下一小支侍从的队伍，我紧随而上。廊柱间光影变幻，成千上万的人影攒动，穿行其中如入迷宫。刚刚走上第一级的看台，场上就爆发出雷鸣似的欢呼声潮，震耳欲聋。

轮上指针如惊涛骇浪上孤舟般摇摇晃晃。我巡望四周，视线穿过宽广的竞技场，淹没在对面的人山人海间，捉不着焦点。

心如奔马般狂烈地跳动，大脑里一片嗡鸣。高烧侵袭着我的周身，将血液似乎都烧至沸腾，无法压抑的冲动充斥着每根神经。

你在哪儿，弗拉维兹？

我低头吻了吻纸牌，手颤抖得厉害，这时一阵风迎面刮来，纸牌脱手而去，飘向空中。心猝然也像被吹向高空，巨大的仓皇感从脚底灌上，我伸手便抓，脚下一滑，朝前栽去，忽而感到手臂一紧。

"哟，这不是阿尔塔莎公主殿下吗，您一个人在这儿做什么？"

一个低沉雄浑的笑声自耳边响起，将我吓了一跳。一回头，身后人的一头金发便跃入视线，一双湛蓝如大海般的眼睛近在咫尺。我不禁为之凝目失魂，直到手臂被人一左一右挟住，才猛然回过了神。

面前的人一袭铁甲在火光中熠熠生辉，高大魁梧，正是罗马皇帝的养子提利昂。我本该厌恶他，可此时却看着那双蓝眼睛，挪不开眼。

他有可能是他吗？

这疑问一闪而过，我即刻为自己荒谬的猜想而自嘲。即使真的重生，弗拉维兹也不会失了他的性情气度，又怎会变成一个粗莽的武将？

我焦灼地望向竞技场中，那纸牌也许是我唯一找到弗拉维兹的机会！

"这不关你的事！"我挣开他抓住我的手，不料几个守卫模样的人从他身后冲过来，围住了我的去路。

"怎么能不关我的事呢？"提利昂大笑了一声，"您真有意思！今天是罗马建城节，皇帝陛下本有意邀您来一起观看这盛大的战车表演，您却失踪了。这不，他派我这堂堂一个高级将领在全城找寻您的下落，务必在表演开始前将您带到他那儿去，要在全国人民的面前为您正式加冕呢。"

这番话简直如平地一声惊雷。

顷刻间我站立不稳，汗如雨下——我竟昏头到这种地步，只顾着寻找弗拉维兹，忘了该在天黑前赶回宫里，还一路冲到了这儿来！

好在我刚才就把身上的女装裹紧，把斗篷和面纱戴好，遮盖好头脸，还不至于太穿帮。

大抵是见我一身狼狈，提利昂绽开一丝幸灾乐祸的笑意，目光在我周身上下扫视："说实话，我挺奇怪为什么这样巧……昨夜宫里在抓刺客，今天您就和您的宦官一块失踪了，又出现在这儿。这是怎么一回事？"

我冷眼盯着他，浑身紧绷，知道大事不妙，下意识向后退了一步。背后是看台边缘，再也无路可退，除非跳进竞技场里，但那绝不是明智的选择。

"走吧，对面就是您的荣誉席。是您自己走到皇帝陛下身边去呢，还是让他们抬您过去？"提利昂按着腰间佩剑，朝我后方扬了扬下巴。

不能立刻逃。先按兵不动，也许会有转机……

我低眉顺眼地转过身去，任由两个侍卫架住我的胳膊。在经过一根粗壮的柱子背后时，提利昂加快步伐走过我的身边，来到看台一侧，不知要干什么。我本能地察觉不对劲，一瞬间只见两道寒光闪过，便条件反射地一个箭步避过，却见他忽然抽剑将一个侍卫割了喉，又抓起另一人朝我推来，将他一剑穿胸。

还来不及为这一幕吃惊，猝不及防地，我就被一股大力骤然撞出几米，脚下一滑，朝后栽去。

我用手肘护住头颅，背脊重重地跌到布满沙砾的地面，立即引来一片筋骨折裂般的剧痛，使我几乎当场昏厥。晕眩之中我强守一丝清明，爬起身来。

提利昂自上而下地俯视着我，向看台上的士兵吩咐着什么。

——陷害。

提利昂是想把刺客之罪坐实于我。

　　望着跌在我身前的两具鲜血淋漓的尸体，我意识到，这罪名我恐怕无论如何也难以洗脱了。我举目四望，急忙跌跌撞撞地朝最近的出口冲去，却听一声轰鸣，一扇沉重的铁闸从天而降，在我离出口只有一步之遥时落到了底。

　　四周忽然静寂下来，只余几声惊叫。一串野兽的嘶鸣，正自我的后方传来。我汗毛耸立，缓缓转身。

　　就在几米开外，一头巨大的黑色雄狮，正虎视眈眈地盯着我。

　　我竟没有注意到，场上正举行着一场斗兽表演。

　　寒意霎时浸透了骨髓。我站在原地不敢动，分开双脚，伏低身体。

　　那狮子看上去瘦骨嶙峋，非常饥饿，我毫不怀疑假如我逃跑，它会立刻冲上来咬断我的咽喉，将我撕成碎片。我一面提防着它突然袭击，一面缓缓迈步，离开紧闭的铁门前。可没容我挪动几步，刹那间，它便躬起了身子，如即将离弦之箭的弓弦。下一刻，一大股腥风翻云卷浪，眼前霎时间沙雾弥漫，乌云似的巨大暗影转瞬扑进，当头压下。

　　我就地一滚，急忙避开擦着头颅而过的血盆大口，眼疾手快地捡起地上一块石头，瞄准那狮子的颅骨砸去，正击中它的左眼。

　　那恶兽发出一声凄厉的嘶嚎，却无惧意，杀气汹汹地朝我再次扑来。眼见附近却再无大些的石子，俱是沙砾，我倒吸了一口凉气，做好了拼死一搏的准备。

　　就在这生死一线间，铁门内竟蹿出一道硕长的黑影，直朝逼至我身前的狮子袭来，尘土犹如一片沙暴般铺天盖地。一对遮天黑翼掠过头顶，阴影深处幽深的兽瞳仅如陨星闪现了极短的一瞬，漫天沙雾便退散了开来。

眼前只余下一扇铁门，那狮子与黑影都消失得无影无踪，仿佛仅仅是我的一场幻觉。

我瞪着那铁门后的黑暗，手脚冰凉，天旋地转。

即使看不清全貌，我也能辨认出，那黑影便是我在罗马皇宫的水道里遇见的那条蟒。它竟又一次出现在了这里，而且救了我一命。为什么？难道这怪兽会和弗拉维兹有什么联系？

这念头一冒出来便有无穷的吸引力，驱使我一步步朝那铁门走去。

这时，怪异的叫喊忽从后边传来，随着锐器破空之响，一柄短剑插在了我的脚边。

我回过身去，那是个角斗士装扮的人，挥舞着手臂似是在试图阻止我，他的背后是一支正在逼近的军队，而他的足边，一张东西泛着微光——那张命运之轮。他弯腰将它拾起，好奇地翻看着，继而露出惊异的神情，作势要撕扯。

"住手！那是我的！"

顾不上逃走，我径直朝他扑了过去，将他撞倒在地，劈手夺回命运之轮。牌面已被撕裂，轮上指针摇晃不定地颤抖着，一如我的心脏。

一下子我双腿发软，攥着这张薄薄纸片，仿佛当日拥着弗拉维兹的骸骨，跪倒在粗糙的沙地上，像个孩子一样崩溃地哭号。

眼皮下汹汹之意有如经年干涸的河床终于发洪，便决了堤。我蜷成一团，浑身止不住地发抖，像个丢盔弃甲的逃兵，一点儿反抗的气力也不剩，任凭数柄兵器架住身体。数只手将我拖拽起来，一路拖出竞技场。

我听见周围议论的嘘声哗然四起，心底麻木得没有一点儿起伏。眼泪止不住地从颊边淌下，一滴一滴落在足下的沙砾上，却留不下任何痕迹。

"怎么回事，我亲爱的公主？你要想参加这盛会，我自然会替你安排荣誉席，又何必跑到斗兽场去表演呢？"

别有深意的话语混着笑声从头顶传来，我虚弱地喘着气，半个字也吐不出来。

"怎么了，为什么流泪了？看不出来，你会是个刺客。"

"现在下判断未免早了点吧，我尊敬的皇兄？至少该经过审讯不是吗？"

这慵懒魅惑的熟悉声音一飘入耳膜，我便不由自主地循声望去。

紫色篷帐低垂的阴影里，露出一只苍白修长的手，正持着一个酒樽，细细把玩。他拿的好似是棋子，正下一盘步步为营的棋，翻手为云，覆手为雨，又仿佛在拨弹琴弦，奏出勾魂摄魄的魔音。

我盯着那只手，一大股晕眩重重涌上头颅，终于失去了意识。

朦朦胧胧间，我的身体飘了起来，眼前被一片光明笼罩，似乎回到了当年的神殿里，某一天美丽的黄昏时分。

晚霞的余晖从窗外撒进，落在弗拉维兹的周身。阳光落在他沙沙抖动的羽毛笔末梢，宛如一层金沙跃动。我撑着下巴伏于他身边，看他流畅漂亮的字一笔一画地落在雪白的羊皮纸上，宛如神迹。

"知道这是什么吗？"

弗拉维兹眼睑温柔地低垂，羽毛笔轻扫了我的鼻头。

我摇了摇头，看着他的眼睛发呆。

他笑了："这是你的名字，阿硫因。想学学怎么写吗？"

"嗯。"我乖巧地点头。

他执笔教我写下自己的名字。我自己落笔时，羊皮纸上歪歪扭扭的"符号"与弗拉维兹的字形成了鲜明的对比。

我局促地瞅着他，嘟囔地问："弗拉维兹，我可以……学写你的名字吗？"

"当然。"我重新执笔教我。

可轮到我在羊皮纸上落字时，我忘了怎么写了。

心莫名地慌乱起来，我下意识地去看身旁，而窗边空荡荡的，什么人也没有。掌心的羽毛笔霎时焚烧起来，燃成了黑色的灰烬，从我的指缝漏出，散逸到了风里，转瞬便消失不见。

我在偌大的空荡荡的神殿里彷徨四顾，叫着他的名字，一回头便猝不及防地迎面撞上另一个身影。那张诡异冰冷的面具面贴面地与我相对。

"记住我的名字怎么写了吗，阿硫因？"

我张大嘴，倒吸了一大口凉气，眼前再次陷入一片漆黑。

慢慢地，我恢复了一点意识。半梦半醒之间，我感到似被冰冷的铐锁套着四肢。我试着动了一动，脚却触不着地——身体被悬吊在了半空中，动弹不得。

身上害着高热，喉头灼得冒烟，大脑仍有些混沌。

我深呼吸了几口，勉强撑开沉重的眼皮，眨了几下，眼前却仍然什么也看不见。

我不止四肢被锁着，连眼睛上也缚了一块布。

这是……这是哪儿？

我动了动龟裂的嘴皮，发出一点虫鸣似的哼吟。镣铐碰撞声在室内激出一串孤寂的回响，这是一间封闭的密室。

是监狱。我沦为了阶下囚。

昏迷前的记忆浮现脑中，我狠狠甩动几下缚住四肢的铐锁，只希望此刻只是在经历一场噩梦，能立马醒来。可一串由远及近的脚步声却提醒我，这是现实。

"哐啷"一声，铁门开启的声响。

来人的脚步极轻而缓慢，犹如一个幽灵。

"什么人？"

身体受制，我即刻嗅到了一丝危险迫近的气息。被遮蔽的双眼仅能隐约看见一个黑影在火光中晃动，来到了我的跟前。

我按捺着不安跳动的心脏，假装仍在昏迷，冷静与紧张却悄然在这与这不速之客的对峙里此消彼长。

终于，我忍不住了："你是谁？"

一只手捏起我的下巴，我心一惊，便尝到清凉甘甜的液体灌入嘴唇。我下意识闭紧嘴唇抵抗，但多时的干渴仍令我本能地吞咽起来。浑身热燥终于得到一丝疏解，我顿时好受了不少。

喂我饮水后，我有了一点力气："喂，你到底是谁？放我下来！"
回应我的仍是一片沉默。

我的嘴唇抖了抖，从齿间溢出一丝颤音："……弗拉维兹？"

面前的呼吸声一顿。

"是你吗……是你对不对？别走！"我脱口而出地疾呼，复又惶惑地收声，只怕是自己错误的奢想，抑或又是一场幻梦。

"我不走……"耳边的声音沙哑诱惑。

我打了个激灵。

"你不是他……"我收紧颤抖的呼吸。

"我知道你是谁……"

他不出声，我却不自禁地重复，近乎自言自语："我知道你是谁。你不是弗拉维兹，是不是？"

"对，我不是。"

一片煎熬的寂静中终于传来回应，耳畔他的声音暗沉平静。

我忽而想起那张破碎的命运之轮，一瞬间近乎泫然。无力地垂着头，沿眼角淌下的不知是汗是泪，染湿眼上缚的布料。我忽然觉得像极了一个妄图寻回光明的盲人，兀自在回忆的迷宫里徘徊，一次一次走进死路，比扑火之蛾更悲哀。

"你希望我是吗？"

我的心口猛地一悸，溺水般喘不上气。

"阿硫因？"

他低唤我的名字。

我强迫自己保持清明，但高烧带来的眩晕重重袭来，我再次昏厥了过去。

第13章
拨云见日

天上下起了雨，逐渐熄灭了从罗马竞技场升腾起的滚滚黑烟，却平息不了那些犯人的惨呼。

一场盛大的建城典礼就此沦为血腥的战场与刑场，这大概是那高高坐于金交椅上的王者料想不到的事。而他今后，没料到的事还有很多，包括他的生死。

霍兹米尔望着远处的罗马竞技场，冷冷地心想。他悠然穿过洁白的大理石廊柱，绯色的华服飘逸轻盈，宛如一只俯瞰着混乱一片的鼠窝的猫。

雨渐渐大了，忽明忽灭的闪电仿佛神的刻刀，勾画出曲折无尽的海岸线。

沿着长长的大理石阶梯走下，霍兹米尔遥遥眺向海峡对岸。那面大陆便是他十几年来不曾踏足的国土。他离去时王位尚还空悬，而如今已改朝换代，是与他记忆中动荡不安的波斯迥异的另一番格局了。

即便远在千里之外，他仍有所耳闻萨珊王朝如今的盛况。他那看似内敛的弟弟治国有方，这也是他意料中之事——当年仅仅十六岁，便有那样的铁血手腕，将强权在握的沙赫尔维的势力从朝野中连根拔除。

坐稳帝位，又有何难。

假若不是自己早有预料会被查出与沙赫尔维的牵连，私下潜逃，怕是便要成为他这弟弟的眼中钉、肉中刺，被一并铲除。

忍辱蛰伏十余年……也是时候，着手夺回他失去的一切了。

只是不知，他的妻儿现在何处，是否还在盼他归来重聚？他的幼子是否尚在人世？

他望着暴风雨中卷起惊涛骇浪的海面，依稀想起十几年前出逃的那个夜晚。在那艘渡船上，他的幼子刚刚出生。而他却只能看上短短一瞬，连名字也未来得及为他取，便不得不放弃身为人父的责任，自从天涯相隔。

也许，他的幼子早就葬身在大海里，又或者早死在他的亲弟弟——如今的沙普尔二世手里了。他的弟弟对他与沙赫尔赫多年的幕后掌权早怀恨在心，又知道自己的母亲是死在他的手里，又怎会心慈手软放过他的后代？

霍兹米尔苦笑了一下，轻叹了一口气。

只是，每每遇见碧色眼睛的少年，他心中的希望难免又死灰复燃，盼望着那是神祇施恩让他在茫茫命运大海中与他的血脉重逢。

说起来，他马上要见到的那个假公主，眼睛还真是像他的妻子呢……

这样想着，他加快了脚步，走到宫廷囚室门前。这里一般关着的都是尚未定罪的皇亲国戚，要经过宫廷内部的审讯才会判刑。

君士坦提乌斯命人将公主关到这儿来，也不过是出于怀疑，甚至带了保护的用意，就是怕一旦查明她是真正的阿尔塔莎公主而非刺客，名誉受损，会破坏罗马与亚美尼亚之间的关系。

伸手推了一下囚室的门，发现竟是虚掩着的，霍兹米尔心中一紧，打开锁，走了进去。

室内一片漆黑，他取出火折子点了盏烛灯，打开尽头那间禁闭室的铁门。

借着昏暗的灯火，他发现地上躺着一个人。霍兹米尔将烛台拿近了些。

地上的人呼吸紊乱，密似鸦羽的睫毛微微颤动，眼角有未干的泪痕，仿佛深陷在一场无法逃离的梦魇里。与他初见时隐露锋芒的天然傲气没了，此时这孩子蜷缩着身体，像极了一只濒死的小兽，被剥皮拆骨后，遗弃在了这儿。

他想起那双映着阳光的碧色眼眸，有如寒冬凝结的冰河，让他一眼便可断定，这孩子定是极少流泪的性情。

锋利如刃，也刚极易折。

心底忽生一股莫名的怜意，霍兹米尔俯下身去，摸了摸眼前人凌乱的头发，拨了拨对方紧紧攥住衣襟的手，想为她检查伤势。从那么高的地方掉到斗兽场里，一定受了不轻的伤。

少女的身体蜷得极紧，仿佛是在昏迷中仍保有一丝防备。霍兹米尔小心翼翼地揭开她湿透的衣物，手便不由得僵在了半空中——

少女的右边小腿上，一个半月形的伤痕。

那是一个深深的牙印。

等等……

他不可置信地想到一种可能，颤抖地将少女胸前的衣物往下拉了一点。这哪里是个少女，分明是个男孩！

腿注铅似的沉重发软，男人惯有的冷静矜持似在顷刻崩溃。他一下子半跪下来，将昏迷的少年一把搂入怀中，一如当年抱着啼哭不止的幼子。不曾想这抱着一丝微渺希望留下的标记，今日竟成了一个奇迹。

垂在他肩上的头湿漉漉的，有丝丝温热的液体濡湿他的胸口。

他忽然像个刚分娩的母亲一样感到手足无措，下意识地轻轻拍打少年单薄的脊背。

怎么办呢，原本打算替这孩子洗脱嫌疑，放在身边，打磨成一把可以利用的刀。可千算万算，没料到会把自己的亲生骨肉算进去。

他摸了摸怀里本该用于刺青的工具，目光落到少年后背皮肤上绽放的绚丽异花，只觉得双目刺痛。他本该为它真的存在而庆幸，现在却恨不得剐了它才好。

是为了报复自己的背叛吧？

瞳孔缩了一缩，霍兹米尔想起他离开亚美尼亚的宫门，纵身投入罗马城门的那一刻，他回头看见的王座上的人的眼神。

尽管那人的姿态宽容，他仍从那双眼睛里读到了一种屈辱的恨意。

没有什么比这种报复方式更狠毒了。让他的儿子男扮女装到罗马宫廷里来行刺……

心如刀绞。

霍兹米尔将怀中少年扶起来，心下一动，又缓缓将他放开来，搁到地上。碍于现在的时机，也许，将他留在这儿才是更好的选择。这孩子看似聪慧，城府却太浅，更不擅惑人，和自己，全然不像啊……

胸中五味杂陈，他深吸了一口气，将少年的衣袍裹紧，抱了起来。

这时，少年忽然在他臂间抖了一抖，发出了一声细碎的呻吟。

"谁在这儿？"

一个幽沉慵懒的声音自寂静中飘了过来。霍兹米尔微微一惊。

月色下，铁门前映出两道人影，为首的男子一袭黑滚金边的教袍长长曳地，面具下微勾的唇角透着冷意。他身后跟着一位常伴君侧的年轻修士，他叫拉布达，二人似乎刚从上方的皇室教堂下来，才经过了这间囚室。

"尤里扬斯陛下，你怎么也来了？"

"有人向我禀报，说看见一个黑影半夜出入了阿尔塔莎公主殿下的囚室，我担心是有人趁今夜动乱，想对公主殿下行不轨之事，便立刻过来了。"尤里扬斯望向囚室的方向，"公主殿下没事吧？"

"不轨之事？"霍兹米尔皱起眉，"谁这么胆大？"

"你一定也看到了，对吗？"尤里扬斯压低声音，盯着他的双眼，"公主的身体……没事吧？"

霍兹米尔心里一寒，意识到了对方话里的暗示。

身体……尤里扬斯是在提醒自己，他知道公主根本就是个男扮女装的刺客，他知道阿琉因的身份，更清楚阿琉因与自己的关系。

他一开始就知道，却没有戳穿波斯的计划，为什么？借刀杀人？

"你想要得到什么，尤里扬斯殿下？"

他压抑着微有波澜的呼吸，仿佛十年前向那个刚擦尽手上的鲜血，便淡然自若地弹起竖琴的孱弱少年发问。

而这次对方也一如从前那样，在嘴唇前比了一个嘘声的手势。他知道他不会说出去的，多年来他们彼此需要，彼此利用。

依靠尤里扬斯，他才得以与沙赫尔维的残余势力取得联络，与他的哥特军团集结，便拥有能与他弟弟的不死军抗衡的军力。

一直没有说话的修士拉布达此时走过来，为他怀中的少年检查，霍兹米尔的呼吸一紧。

"这，这，这太可怕了！阿尔塔莎公主的身体遭到了魔鬼的侵蚀，需要驱魔！我还发现了这个！"拉布达慌张地道，手里举着一枚亮晶晶的东西。

那是一枚鹰形的饰物，背面粘着一片红色布料。

——这是从一件高级将领的衣袍上撕下来的东西。

一个奇怪的猜测浮现在霍兹米尔的脑际，他怀着一种极度复杂的心情，深深看了身旁的青年一眼。

"嗒——嗒——"

当缓慢沉重的脚步声自台阶上响起，暴雨平静了下来。

霍兹米尔抬眼望去，见君士坦提乌斯也来到囚室铁门前，正垂目望着拉布达交给他的东西，神情晦暗不清。他背着光，冠帽高耸、双肩下垂的身影活像一只衰老又凶恶的秃鹫。

黎明升起之时，一场名为盛宴实为审判的宴会便要开始筹备，彼时众人还不知，这便是欧亚大陆的穹顶之下，改朝换代、斗转星移的伊始。

迷迷糊糊间，头痛欲裂，胃里翻江倒海，我忍不住干呕了几下，醒了过来。

一动我便发觉，手脚被布条缚住了，一个金质的十字架摆放在我的胸口。这是做什么？举行什么仪式吗？

发生了什么？

我晃了晃头，感到有些昏沉沉的，依稀想起昏迷前的事——我去找弗拉维兹，中途被提利昂陷害掉进竞技场，惊扰了典礼，因此被抓了起来，想必身份也遭到了怀疑。尽管后悔毫无意义，我仍不免感到强烈的自责。

因为一己之私破坏了整个行动。太糟糕了……伊什卡德他们呢？

我紧张地观望四周，头顶有一扇彩色玻璃窗，大大的十字架逆着光，落下两道交织的黑色剪影。我像是那十字架上的殉难者一般被绑着，在一张床上。

这是一间封闭的房间，焚香的气味充溢在整个室内。一扇铜门在我的左侧，紧闭着，隐隐约约地，有拉丁语交谈的声音透过来。

我分辨出他们的谈论中提到了"刺客"这个词，便一边仔细聆听，一面试着解开手脚的束缚。

好消息是，我的刺客罪名得到了洗脱，一个真正的刺客在企图刺杀君士坦提乌斯时被抓了个正着，被扔进了牢房里审讯。坏消息则是我在昨晚遭到了"魔鬼的侵蚀"，要被留在这儿，等待接受什么清洁仪式。

那替我顶罪的刺客会是谁？

我的心中一阵愧疚。

……不管怎样，先离开这儿总是没错的。

咬开一只手上扰人的布条，我正要侧身去解另一只手，门"咔嗒"一声被推开了。我连忙闭上眼睛，装作未醒，支起双耳听动静。

"陛下，您真的要亲自来吗？阿尔塔莎公主身上附着的魔鬼也许很危险，想想在竞技场上那些被附体的异教徒……"

"这是奥古斯都的命令。我从小就学会了与诅咒搏斗，还有谁比我更擅长驱魔术吗？"一个并不陌生的男人笑声透过门缝飘进来。

我霎时浑身不由自主地紧绷——那是尤里扬斯。

心猝然跳得极快，一种说不清的情绪紧紧攥住我的喉头，令我呼吸不畅。

听见脚步声进入门内，锁被轻轻闩上的声音，我浑身都戒备而僵硬了。

"痛吗？"耳畔落下一声轻问。

我一下子睁开眼，目光撞进一双半眯着的幽深眸子内。他正低头端详着我，一身黑衣宛如天降的乌云，将我笼罩在他身躯的阴影下。

"别害怕……"尤里扬斯沉吟道。

"尤里扬斯……"我艰难地动了动嘴皮，不知是在心底默念还是真的出声了，"弗拉维兹到底在哪？"

耳边落下一声喟叹，一只手抚上了我的肩膀，一如记忆中的那样宽厚温柔。

一刹那，彩窗玻璃的光芒钻进他披拂而下的发丝缝隙里，犹如阳光穿透经年黑暗的荆棘森林。

明明觉得荒谬，我仍被巨大的慌乱与期待包裹，似长久以来困在雾障里的盲人隐约间重见光明，却不知是幻是真，只顾着虔诚等待。

"咚咚咚——"

门被敲响了。

"陛下，您完成驱魔仪式了吗？奥古斯都来了，他想看望阿尔塔莎公主。"

门口传来脚步声，我立即闭上眼睛。

"怎么了，堂弟，即使你亲自出马，阿尔塔莎公主还是没有醒来吗？"

君士坦提乌斯的声音在门口响起来。脚步声接近我的床边，缀满宝石的手指拂过我的脸颊，发出一阵细碎的响声。

"啊……真是像天使一样漂亮的孩子，你说，我应不应该原谅提利昂呢？"

颅内正兵荒马乱，听闻这一句，我不由得呆了一呆。我被提利昂陷害的事已经查清了？

"当然不能。"漫不经心地轻笑，语气全无那种蛊惑，如霜降似透着森森寒意，"他连亚美尼亚进献给您的珍宝都敢伤害，那么您的威严何在呢？记得他在晚宴上怎样冒犯阿尔塔莎公主吗？他那时是否顾及您的存在了？提利昂就如加卢斯一样狂妄骄纵，若坐视不理，也许他就要得寸进尺，染指您的金交椅了。"

加卢斯？狂妄骄纵？

他们在说什么？

"是吗……"君士坦提乌斯大笑了一声，"我真没想到，尤里扬斯，你能这样中肯地评价你的亲哥哥，实在让我意外。我一直以为，你为他的死而记恨我呢。毕竟你们父母双亡，他自小与你相依为命，死后还为你留下修复身体的圣药……"

"当然不，我尊敬的堂兄。加卢斯不死，我又怎能顶替他的地位呢？"

轻描淡写，仿佛在说一个无关紧要的笑话，甚至透着几丝玩味。

"很好……我的堂弟，你可真像我。我很高兴你看得透，一棵幼苗要长成参天大树，就是要砍掉所有会阻碍它生长的枝丫的。"

君士坦提乌斯哈哈大笑起来："你可以出去了，我的堂弟，我想单独和可爱的公主待一会儿。"

他缀满宝石的手伸向我的脸颊。

我忍无可忍地睁开眼睛。就在这一瞬间，一声嘶嘶细响骤然响起，一道黑影高蹿而起，闪电般地袭上君士坦提乌斯的喉头，他的笑声戛然而止，随之趔趄地退后了几步。而一刹之后，他喉头那道黑影又如被焯烫似的落到了地上，抖动了几下便蜷成了一团。

"来人，这里有魔鬼出没！"君士坦提乌斯震骇地盯着地上惊叫。

几个修士模样的人冲了进来，一个人捡起地上的蛇扔出窗外，另一个解开他胸口烦琐的金纽扣检查他的身体。我一眼看见，他那生着一层淡淡绒毛的胸膛上，赫然有一道暗红色的羽翼型刺青，一个纯金的十字架在刺青当中熠熠生辉。

那也许就是一种护身的符咒，能令他抵御邪物的攻击。假如没有这个，也许他早死在了尤里扬斯的手里。

我下意识地望了一眼君士坦提乌斯背后隐在暗处的人影，看不清他的神情，只觉得一阵阵天旋地转。那一刻，他的眼神、身影都和弗拉维兹重合了！

一时间我有些恍惚，几乎怀疑自己又在做梦，心瑟缩着，退而不前。

"阿尔塔莎公主……你没事吧？"

一个声音骤然将我拽回现实。

面具后那双狭长的美目凝视着我，透过深深眼底，我能窥见里面的自己。我的神色是破裂的，泫然欲泣，像是当年初遇他的那个孩子。

他的睫羽低垂，瞳仁里涌动着什么，如经年蛰伏终要破茧的蛹，振翅欲飞。

无数的话喷涌到喉口，又被我生生咽下肚去——我看见了背后君士坦提乌斯的脸。刚才的小插曲已经过去，他又恢复了故作高贵的镇定模样。

也许是因为有人替我顶了罪，又顾虑罗马与亚美尼亚间的关系，尤里扬斯离开房间后，君士坦提乌斯没有为难我。一番虚伪的嘘寒问暖之后，临走前他留下了一个令我措手不及的邀请。

——今夜，在临海的皇宫里将举行一场隆重的晚宴，为我带着候任者的头衔踏上返回亚美尼亚的旅程践行。当黎明时分晚宴结束，他便要在民众前，为我施以昨夜在竞技场未能完成的加冕礼。

伊什卡德没有被我牵连出事，这是不幸中的万幸。我原本以为那个替我顶罪的刺客是军团里的成员，但出乎我意料的是，他的出现连伊什卡德也没料到。就在他们已经做好劫人的准备时，他们却得知了我被放出的消息，便赶了回来。

他问我有没有受刑，我沉默不答，选择了隐瞒。

显然最可能的是，那个上门认罪的家伙是尤里扬斯安排的。

伊什卡德带我离开人多眼杂的地方，将我拉到一个花园里的隐秘处。也许是见我脸色难看，他竟没有为我一时冲动造成的巨大过失而谴责我。我正疑惑着，便等来了一句简单而明确的命令——我们今晚就动手，刺杀君士坦提乌斯。

使命感加诸心头，我这才魂归身体，强迫自己不再胡思乱想。

今晚是个最好的时机。在一艘游船上，远离罗马城内的禁卫军，在人们戒备松懈的欢庆之夜，没有什么比这个地点更适合行动了。塔图他们在暗处，我和伊什卡德则在明处，里应外合。一旦计划顺利完成，大海就是我们最好的退路。

逾水遁逃，于我们而言轻而易举，伊什卡德也已通知了人在海峡对岸接应我们，一抵达，便马不停蹄直奔泰西封。

在我昨夜身陷囹圄之时，一切都已悄然准备就绪。

"用什么？"

"毒。"

伊什卡德交给我一枚华丽的纯金手环。

它镶嵌着几个红玛瑙的凹槽里有小机关，藏着从黑曼陀罗里提取的剧毒，遇水即溶。只要小小一粒，就能让人带着愉悦的幻觉死去，悄声无息停止呼吸，与睡着无异。只要设法下在饮食里，或者划破他的皮肤，便大功告成。不需要更多的技巧与阴谋，烂摊子是留给罗马人自己收拾的。

但我的预感隐约告诉我，这次行动不会如计划那么顺利。

霍兹米尔所说不会假，君士坦提乌斯是个很谨慎的人，连常年出入他寝宫的人都无法谋杀他，我很怀疑我们有多大的胜算。

空气里飘浮的不安因子使我焦虑，我摸了摸那粒毒宝石。

伊什卡德目不转睛地盯着我的手环，抓住我的胳膊，扣紧了。他的手指有很厚的茧子，力度渗透到我的骨头里，有点疼："非到有十足把握，你不要动手，由我来。宁可放弃任务也要保全自己，明白吗？"

他着意强调了最后几个字。我愣了一愣。以往作为上级，伊什卡德从不会跟我说这样的话——我们名曰不死军，却是不折不扣的死士。

"放弃？"

"是的。如果君士坦提乌斯发觉，你就立即跳海逃走，不远处有船，会将你接走，不要管其他任何人。或者，你现在离开更好。"伊什卡德沉目凝视我，一字一句答得异常笃定，似乎浑然不觉这句话在我们身上有多不可思议。

放弃，在军人的字典里跟投降一样耻辱。

这不会是王命，这只是伊什卡德的私心。因为这种私心，他失去了对我最起码的信心，把我看成了一个需要被保护的弱者。

"放弃？现在离开？在行动开始前就说这种丧气话，真不像你，伊什卡德。"

"阿硫因，我只是想保护你。"

"别像以前那样对我，我不是过去的我了，谢谢你，伊什卡德。"

我退后一步，想起当年初进阿剌莫忒的训练场的时候。伊什卡德总是在过于严酷的训练中对我施以援手。我的同伴嘲笑我是娘娘腔，直到我拒绝他的任何保护，独自挨过所有考验，才得以让众人刮目相看。

也许，他举荐我做军长，无非也是为了将我放在身边，以另一种方式保护罢了。可我，不想再接受这样的保护，让我觉得自己像个废物。伊什卡德在树影中凝视着我，墨色眼底斑驳一片。

我想起当年与他初遇的情景。

我胆怯地蜷缩在货物中间，灰头土脸，狼狈不堪。养父骑着高大威武的军马，伊什卡德跟在他身后，少年英姿，气宇轩昂。命运的马车本该载我奔赴奴隶市场，让我像坠入茫茫苦难之海的一粒沙，然而伊什卡德将我筛了出来。

若不是他那时驻马凝望，养父断不会注意到我。那时也像此时一样是个傍晚，残阳如血，红得叫人目眩。我被养父一手拽出来，又扔到伊什卡德的马上，他一路快马策鞭，带我一脚踏进泰西封巍峨的城门。

假若不是早一些遇见弗拉维兹，也许伊什卡德会被我当成救世主。

但假如永远只是假如。我永不会再依赖任何人的保护。

移开视线，余光扫见不远处的树影间，我看见那里立着个鬼魅似的人影，似乎已伫立在那了很久。

面具下的红唇勾起，他盯着我，退了几步，身形缓缓隐没在宫殿的阴影里。

落日沉入海平面时，大片大片的鸟群宛如荫翳从皇宫飞向大海。我们也跟随赴宴的贵族大臣们如鸟群一般前往那临海的华美殿群。

围绕着皇宫的护城河有闸口直通大海，金碧辉煌的游船便停泊在闸口的拱形大门内，被一艘艘花舟众星拱月似的簇拥着，像一座飞向天堂的梦幻之舟。

在宣布上船前，所有人都聚集在这座滨海的皇宫里，正举行着具有罗马特色的面具舞会。身着华服的人们各自戴着掩面的饰物，在竖琴弦乐的伴奏中，或谈笑风生，或翩翩起舞。

空气中弥漫的危机感被掩盖在一片歌舞升平的盛况之下。

在乐声里间或响起的短促鸟鸣使我知晓，他们已经混了进来，这是我们常用来传递讯息的信号，非一般人能听得出来。

小心翼翼地掩住脸上的面具，我在人群中搜寻着君士坦提乌斯的身影。他的雅座在宫殿的一个高台上，被垂下的紫色帷幕包围着，可当我走近那儿，却看见那把纯金打造的罗马式躺椅上空空如也，只有侍从站在两旁。

他还并没有上船来，望了望四周，我愈发肯定了这一点。

我的目光聚在那侍从手里的牛角杯处，心里咯噔一动。他总会回到那把躺椅上的，那是罗马皇帝权力的象征。也许能趁他没回来前，在那把躺椅的遮阳篷上动什么手脚。

忽然间，周围传来一片浪潮似的欢呼声。我循声望去，发现闸口处的游船徐徐驶近，它宽阔的甲板搭建得像一个舞台。奇装异服的人们站在上面，打扮得像《荷马史诗》中描绘的古希腊人，围绕着一个奇特的木马型的道具起舞。

我看了一会儿，发现他们在表演特洛伊的传说，那便是罗马人建城的起源。我隐隐觉得这一幕富有毁灭与新生含义的戏剧，在影射暗示着什么。

天色渐渐暗下来，四周的灯火陆续亮起，我趁着昼夜交替的昏暗，谨慎地靠近那架躺椅，观察着它的构造。躺椅上方的篷子悬挂着金珠串成的流苏，尖尖的顶上镶着一个巨大的宝石十字架，看起来非常沉重，却只用几根绳索和一个滑轮便能固定住，可见罗马人对机械工程学确如传说中那样深有研究。

我一眼便看出，那种构造就类似于罗马战车上固定机弩滑索的装置。几年前，养父在东方战场上与罗马军团交手时，曾掳回过那么一架，供军方仿制。

只要破坏那个滑轮，让它在固定时间落下，便能制造一场意外，也许还用不着下毒。

将腕上的一根细镯取下来掰直，我敏捷地转到躺椅被帷幕遮挡的一侧，将已经变成一根金属丝的镯子扎进了滑轮轴心，挑断了其中一根绳索。遮阳篷轻微地晃动了一下，没有大的动静。我有些紧张地看了看头顶。

不出意外的话，只要拔掉镯子，绳子就会因承受不了重量而断掉。

这篷顶会从天而降，砸在君士坦提乌斯那高高的冠帽上。这样想象着，我竟莫名感到一丝痛快。

并非全是出于使命感，还因为有一种恨意。他的手上染满了弗拉维兹家族的鲜血，将他深深推进了深渊。这恨意什么时候扎根进我心底，我竟毫无察觉。正如他近在咫尺，而我浑然不知。

稳住袭扰心头的一阵悸动，我警惕地观察着四周，悄然离开躺椅背后，混入人群之中。面具很好地减轻了我对这种场合的不适，众人皆辨不出彼此，我也不用披着"公主殿下"的伪装虚与委蛇。

"你刚才去哪了？"伊什卡德举起一个酒杯，装作与我碰杯。

"没什么，做了点小手脚，以防万一没机会下毒。"

我假作啜了一口酒，又小心翼翼地吐回杯子里，目光不自禁地在人群中逡巡着。渴望捕捉到某个人，却又比如临大敌更心慌。明明未曾饮酒，看到那一抹站在滨水露台上的身影后，呼进嘴的空气都似在发酵，在胸腹五味杂陈地翻涌。

"到我身后去，君士坦提乌斯来了。"伊什卡德低声提醒着。

我抬起头去，果然看见一队人影沿着宫殿中央的白色楼梯走下来，君士坦提乌斯没有戴他那高得出奇的冠帽，取而代之的是一个金质桂冠。他没有戴面具，脸上却敷着比面具还厚的粉，嘴唇涂了胭脂，头发特意弄卷了，背后的侍者举着仿佛六翼天使似的羽扇，但掩盖不了他散发着的入棺亡者般的死气。

霍兹米尔提着他华丽冗长的衣摆，面无表情地亦步亦趋地跟着，就像一个送葬之人。

第 14 章

重逢之期

"即使你能骗过所有人，你也骗不了我，你这个冒牌货。"就在此时，一个人擦过我的身侧，隔着一张面具低低狞笑，"你不仅是刺客，还是个奴隶，身上一定有标记。看吧，我要在所有人面前揭穿你。"这人是提利昂。

我的后背一凉，想起竞技场上那惊险的一幕。我的身上的确有个烙印，那是战俘的印记，我终身最大的耻辱。不管他是怎么知道的，不能让他声张。

这念头划过脑海的同时，我嗅到一股浓重的酒味。我急中生智，钩住他的脚踝，趁着他往前栽倒，揪着他的衣领一齐倒在地上。人群混乱地避开，我搭着他的肩膀佯装搀扶，镯子上的宝石却轻轻擦破了他的颈侧。

药效不会即刻发作，但我明显感觉到提利昂的身体僵了一僵。

"这是以牙还牙。"我凑在他耳边轻声道，又假作慌张地大喊，"你喝醉了，提利昂陛下。"

说着我的一根手指压住他的喉部血管。

提利昂的脸迅速涨红，嘴唇发抖，就像真的喝醉了一般，但他的喉结实际上已经被我破坏了。轻视我、招惹我大概是他此生犯的最愚蠢的错误。在训练场里，我的老师教过我各种杀人于无形的方法，尤其是这招，屡试不爽。

我心地不坏，但必要时，从不手软。

他被我一推开，就趔趄地向后倒去。我故意装作恐惧的样子。这是情急之举，如果可以，我绝不愿用这种下作法子除掉敌人。

"公主殿下，你受伤了吗？"伊什卡德搭了把手将我扶起，他的面色平静，眼睛里却暗藏惊愕。也许他不曾了解过我也有阴狠的一面。

我站起来，目光掠过围观的人群，一下子与那双深邃的眸子交织。他的眼睛半眯着，面具遮着整张脸，不知是副什么表情。

刹那间，我有点不知所措，慌忙挪开了视线，与伊什卡德半跪下来迎驾。

"至高无上的奥古斯都，尊贵无匹的皇帝陛下，永垂不朽。"

"噢，我可爱的小贵客。刚才是怎么了，提利昂喝醉了吗？"君士坦提乌斯似乎兴致高昂，居然调侃起来。

四下一阵哄然大笑，我有点吃惊。

提利昂双目圆睁，指着我走上前来，他看上去醉态十足，一些侍从搀住了他站不稳的身体。我故意向后缩了缩身体，作出一脸惧怕的表情。

"前晚从竞技场离开以后，你一整夜去哪儿了，提利昂？"君士坦提乌斯和颜悦色地笑着，眼里闪烁着一种狠戾的光芒，"又去妓院寻欢作乐了吗？"

说罢，他走到那躺椅前，坐了下来。一丝细微的声响钻入耳膜，我的心霎时悬到了喉口。然而篷顶只是以不起眼的幅度晃了晃，没有掉下来。

"来吧，跟我解释解释，这小玩意儿是不是你的？"

霍兹米尔呈上来一个银盘，那上面摆放着两个金属饰物，像是从某件衣物上撕下来的。

提利昂踉跄着走近了些，被侍卫拦到一定距离之外，常伴君侧的那个宦官欧比乌斯也小心翼翼地挡在君士坦提乌斯的身前。他失去了自己养父的信任，但缘由为何，我却不得而知。只见他突然抽搐了一下，脖子扭曲，嘴角上扬，像一个被悬吊着的傀儡戏人偶，僵硬地朝君士坦提乌斯直挺挺地扑过来。

我一个箭步闪到一边。侍卫们没来得及制住提利昂，让他腾出两只手来，一把抓住了一个侍卫。他像一头野兽那样狠狠咬住了对方的脖子，刹那间鲜血四溅，染红了那洁白的大理石地面。

"上帝啊——"

一声含混不清的惨呼挣破他的喉头，便传来了筋肉撕裂的声响。

"抓住他！快给我抓住他！"

此起彼伏的惊叫中，君士坦提乌斯高喝起来，侍卫们一拥而上，将提利昂牢牢制住。数把佩剑架上他的脖子，他仿佛才突然清醒过来，盯着君士坦提乌斯嗯嗯闷哼着，指了指自己的胸口，似在极力想表达什么。

我心头一紧，盯着他的衣襟，怀疑那是什么密信之类的东西，用来告发我的假身份。

"看看他身上是什么东西。"

我惊讶于君士坦提乌斯在这种情况下仍能全然镇定。他正襟危坐在躺椅上，脸上仍像戴了一张面具般毫无惊色，甚至微微笑着。

在他的授意下，一个侍卫搜了搜提利昂的胸口，从那里掏出一个用黑色火漆密封的纸筒。纸筒被呈到银盘上，送到君士坦提乌斯面前，一股淡淡的香料味扑面而来，我却嗅到里面透出的另一种不寻常的气味。

——过去在战场上常接触死人，我能辨出，那是磷。

此时殿堂里光线已经昏暗，君士坦提乌斯展开纸筒，欧比乌斯为他拿来烛台。明晃晃的烛焰照亮他惨白的脸，我似已看见了他的结局。

读完那密信上的内容，他变了脸色，抬起眼皮朝我望来，将信交给欧比乌斯，戴着金戒指的手指点了一点，似是授意欧比乌斯念出来。

不知是否有意，欧比乌斯手上的烛台晃了晃，一滴蜡油夹杂着火星掉落在纸上，刹那间青色的烈焰自纸筒上腾然而起，撕咬他的双手。

尖叫响彻殿堂，君士坦提乌斯惊慌失措地站起来，又跌回躺椅上，熊熊火舌席卷上他精美的华服。有几个侍卫冲上去为他灭火，手忙脚乱中，他们一齐扑倒在躺椅上。

我退后了几步，屏住呼吸，听见头顶终于传来一阵崩裂声。

那沉重的篷顶摇晃了一下，终于轰的一声巨响砸落下来，正砸在他们的身上，发出一声可怕的筋骨断裂的闷响。

君士坦提乌斯的头垂下来，他的双目圆睁着，眼皮仍在跳动，那用作篷顶饰物的十字架恰巧插在他的额头上，让他看起来像一个悲惨的殉教者。

君士坦提乌斯一生未曾真正受洗，却"如愿以偿"地死在了上帝的亲吻下。

这讽刺无比的念头蓦地跃入我的脑海。

"禁卫军在哪里！有人谋反，刺杀了奥古斯都！"

轰然炸开的喧哗声之中，我听见有人这样高呼了一声。那是尤里扬斯的声音。

我回头望去，见他从容不迫地从四散退避的人群中走出来。他的身后一些人朝躺椅处半跪下来，惊恐地叩拜着，在胸前比画着十字，仿佛看见末日降临，一些人则紧紧跟随着他，似乎是生怕遭到袭击。

所有人都戴着面具，千姿百态，使这场足以使举国动荡的巨大变故，活像一幕滑稽而惊悚的戏剧表演。

我也如一个被震骇的看客般，一时间呆立在那儿，不知所措，注视着这出戏的幕后主角走出帷幕，逐渐走到这舞台中心。

他深深地扫了我一眼，又与我擦肩而过："禁卫军！保护元老与大臣们！"

背后冷冷的喝令充满着属于王者的震慑力，与他往常的慵懒不羁判若两人。

尖锐的哨声由远及近，就在这时，有一只手抓紧我的胳膊，将我拖到一根柱子后，是伊什卡德。人群如受惊的牛羊，四散奔逃。提利昂跌跌撞撞地爬起来，又一头栽倒在地，我知道，他的药效发作了。

禁卫军冲下阶梯的时候，游船靠近了滨水的码头。

身着希腊戏服的演员从船上的木马里跳下来，参与这一出惊心动魄的戏。

他们各个身手矫健，与禁卫军厮杀作一团。顷刻间刀光剑影，鲜血四溅，天堂似的殿厅沦为屠戮的战场，一切像重演着几个世纪以前的特洛伊之战。

烛台被碰翻在地上，四面火焰腾然蹿起，遮掩了殿堂中心的那个身影。

我的心猝然恐慌起来："弗拉维兹！"

伊什卡德牢牢制住我的身体，像护城河的方向拖去："该离开了！阿硫因！跟我回波斯！"

我整个人被他扛起来，以从未有过的霸道力度。

就在悬空的瞬间，我的视线越过大火，看见那个身影在混战厮杀的人影间穿梭，他像是从地狱血海里脱身，走到那洁白的大理石拱门内，黑袍边缘泛着光，宛如浴火重生的神祇，曳地的长袍下却留下一道长长的鲜血的轨迹。

不知是他人的，还是他自己的。

然后他回过身来，凝望着我，仿佛多年前站在一片火海之中，朝我伸出手来。他的手上流着血。

我猛地挣开伊什卡德，朝火光中跌跌撞撞地冲去，一如奔赴多年前未曾来得及跨越的咫尺天涯。

那阶梯只有几步之遥，又似遥不可及。

我拼了命地扑过去，像经年挣出厚茧的赴火之蝶，翩然飞向那至烈的焰心，哪怕他会将我焚得粉身碎骨。

我一把扣住他的胳膊。背后传来一阵弓弩射击的破风之声，回过头去，便看见伊什卡德的身影一闪，扎进了水里。

"伊什卡德！"我惊呼了一声，却发现手中濡湿一片。

鲜血染湿了他的胸膛和手臂，那道伤口似乎又裂开了。

心一阵绞痛，恍惚间，我又感觉自己搀着多年前他的病体，下意识用肩膀架起他，一步步往那灯火通明的走廊里走去，犹如踏入往昔的回忆。他倒真放松了伏在我背上。

"别再离开了，阿琉因。"耳畔响起他的低语。

这时一串脚步声由远及近，那是又一队禁卫军，但没有人阻拦我们，全都以一副毕恭毕敬的姿态让出一条道，让我们从中通过。

走廊的尽头是皇帝的内殿。

整个殿堂空荡荡的，深红色地毯仿佛浸透了鲜血，两面的镜廊反射出肃杀沉寂的月光。有不远处厮杀的喧嚣比对，这里安静得怵人，仿佛是一座偌大华美的墓地，金碧辉煌的外表之下，掩盖着经年累月数不尽的森森白骨。

那把金交椅高高伫立在王座的高台上，在交相辉映的烛火中，像一头静静蛰伏的雄狮。我停下脚步，注视着他缓缓登上王座，犹如一位优雅沉笃的驯兽人，一双修长的手平放在雕刻成狮爪的椅柄上，将它掌控在掌心。

他的头上未戴冠帽，全身一袭夜幕似的黑袍，只有那张金属面具作为饰物，却已俨然是一名睥睨众生的王者。

假使他是我的王，我必会为他的气势折服，跪下来亲吻他的戒指。

但我生而为波斯人，及至死去，此生只会忠于我的国王与光明神，即使是弗拉维兹也不能改变这点——罗马帝王更不能。

我兀自站立在那里，忽然觉得片刻前才跨越的几步又成了天涯，我们在这王座之间相对，隔着一段永远无法缩短的距离，离得无比之远。

理智提醒我该及时离开，可全身上下每一个部件，乃至呼吸毛发，都被心中激烈的情绪所控。

"阿硫因，过来。"

他盯着我，温柔而不容置喙地轻唤，促使我抬起灌铅似的脚，踏上台阶。

我的鞋不知何时掉了，赤着的足面一挨上台阶，冰凉之意便沁入骨髓。我来到他身前，凝固般地站在那儿，与他咫尺相对。

这王座似是一层屏障，我一时竟不敢靠得过分近，他却俯下身去。

我的眼眶有点潮湿："为什么不早点告诉我？"

极力压抑着，我的声音仍因哽咽而颤抖起来。

张了张嘴，想唤他的名字，却不知该叫他"尤里扬斯"还是"弗拉维兹"——他于我曾是最亲近的人，也是我最陌生的人。

"我担心你再一次离开。"

我望着他说不出话来，抬起一只手小心翼翼地触碰那张面具。

这一次他没有再阻止我，任我将它揭下。

"怎么了，脸色这么难看？"他眯起眼，仰起头靠在椅背上，"我这个样子让你觉得陌生？我以前的模样更好？"

尤里扬斯的语气似有些失落。

"不……"我局促地解释着，像个犯错的孩子，"我只是不确定这是真的。"

他笑了。那笑容融入整张脸上，却与我脑中深深镌刻的模样相合。

"现在，你愿意帮我了吗，阿琉因？留在我身边，帮我夺回我本该拥有的东西。"

"我的命是你救的，我愿意为你而死，弗拉维兹。"

第15章
生而自由

　　和弗拉维兹相认的这一夜，我没有再梦见那场萦绕多年的大火，却被母亲的啜泣惊醒。

　　哭声似仍徘徊耳际，迷糊之间，我依稀感到有人接近，便敏锐地睁开了眼。一个人影站在近前，衣服边缘泛着晨曦的微光。

　　"殿下，是我。"

　　一个熟悉的声音传来，竟然是霍兹米尔。

　　"什么事？"

　　"我捉到一只受了伤的鹰，它的头上有人为染红的翎毛，军用的标记。我猜那是你的。"

　　我的心里猛地一惊。

　　跟着霍兹米尔走出弗拉维兹寝宫的一路上，我察觉到有侍卫跟踪我。我不愿相信那是弗拉维兹的安排，但直觉告诉我，的确有可能是他的意思。穿过拱门，走上几道阶梯，来到一个靠山的露台上。此时时近傍晚，残阳如血。

　　我一眼看见了那个悬挂在葡萄藤架上的笼子。

　　晚霞之中，有暗红的液体沿着笼底淌下，阿泰尔猛烈地撞击着笼门，我一打开它便飞扑到了我的肩头，一股血腥气从它的羽翼下扑面而来。

"我没法为它疗伤。它醒来以后一直在自残。"霍兹米尔无可奈何地道。

"嘘……嘘……乖，我在这儿，好姑娘。"

我轻声安抚着它，小心翼翼地检查它的周身。阿泰尔异常暴躁，尖锐的爪牙抓破了我的手腕，使我能感觉到它的痛楚。在看见它的伤势时，我的心一悸。

它的一边翅膀被什么刺穿了，像是什么暗器。假如不是阿泰尔的飞行技巧卓越，也许这一箭就洞穿了它的心脏。

——有人对它下了杀手。

我的眼前骤然浮现出那把明晃晃的弩来，喉头发紧。

"你救它的时候，有没有看见……是谁射伤了它？"仍然抱着一丝侥幸，我吸了口气，探问。

霍兹米尔摇了摇头，眼底掠过一丝异光："没有。但我发现它时，尤里扬斯陛下和他的近侍就在不远处。"

"他们在干什么？"我抚摸着阿泰尔的头，撕下一块衣摆为它包扎，头也不抬地问，心里却异常难过。我无法肯定这孩子以后是否还有能力飞翔，假如不能，它就不得不面临着被处死的命运——为了保守军事机密。

"前往元老院参加一场议会，安排君士坦提乌斯的葬礼，还有，尤里扬斯陛下登基之日。"

我抬起眼看着他，心中闪过一丝疑惑。

霍兹米尔是弗拉维兹的追随者，但在那双黑眼睛里，我似乎却没读到什么喜悦之情，平静是表象，再挖掘得深一些，反而是一种担忧。仿佛是为阿泰尔的遭遇，又像是在为我——这种奇怪的念头不知怎么浮现心头。

"那个军符，你拿到了吗？"霍兹米尔忽然问道。

我摇摇头，冷不丁想起了那个钥匙，出了一身冷汗。对了，那个钥匙呢？难道是那晚落在弗拉维兹的房间里了？或者干脆落到他手里了？

阿泰尔逐渐平静下来，我摘了点葡萄喂给它，习惯性地查看它的喙。当受到威胁时，阿泰尔会有意识地把密信藏在嘴里。它的舌头下果然有一个小小的线头，我拽住它，便将一个金属圆球拽了出来。

我的心里咯噔一动，背过身去，取出球的纸团。

写纸团的人是伊什卡德，他们没有离开，而藏在海峡附近的一艘船内。他们接到国王陛下的最新指令，里面提到了波斯的近况，命我迅速返回罗马，且一定要拿到另外一半战狼军符，否则整个军团都将因我的渎职而受到株连，包括我们的家族。而苏萨至今仍身陷囹圄，能救她的只有我。

伊什卡德他们会设法回到宫里，在此之前，我先得拿到军符。

我将纸团撕碎，看着碎屑风中乱舞，心神不宁。也许请求弗拉维兹将战狼军符交给我是最合适的做法，毕竟，他原本就与国王陛下有协议，现在皇权唾手可得，也是时候兑现承诺了。这样想着，我却隐约有些惴惴不安。

"你似乎很在乎这只鹰的性命？"霍兹米尔的问话忽然打断了我的思绪。

他伸手摸了摸阿泰尔的头颅，我忙抓住它的脖子，及时制止它的自卫性的攻击，却还是啄破了他的手。霍兹米尔在试图博取我的信任感，尽管不知他出于什么动机，但我非常感激他救了阿泰尔的命。

"谢谢。"我看着他伤痕累累的手背，放缓嘴角，"将它弄到笼子里，你一定费了不少功夫。"

霍兹米尔无声莞尔，为我掸掉一根粘在肩头的羽毛，神态十足似一个审度儿子的父亲："它很像你，宁可死也不愿被困在笼中，生而高贵。"

我的目光不自禁地落在那破损的笼子上，越过偌大的白色殿群，呼吸不稳："我可不高贵，只有高贵的金丝雀才愿屈于笼里。"

"冒昧地问一句，您在亚美尼亚过得如何？您的母亲还在世吗？"

这一句像针尖蓦地扎痛了我，转而我又感到吃惊，亚美尼亚国王和王后双双健在，他怎么偏偏想到问我的母亲？他知晓我能用波斯语交流，便应该能猜到我并非真公主，却明知故问，什么意思？

"我不知道你到底是不是阿尔塔莎，但我感觉你不像那只金丝雀。"霍兹米尔补充道，似在小心翼翼地进一步试探，"你是孤儿吗？"

我戒备地瞧着他，垂下眼皮，避而不答："霍兹米尔王子，不知可否请你为我照料我的鹰，假如它挣扎，就蒙住它的眼睛，它就不会乱动了。"

"好的，蒙住它的眼睛。我知道了。"

他望着我别有深意地回答，眼神里透出一种悲悯与疼惜。

我的心里冒出一股疑惑，望着霍兹米尔离去的背影，久久没有回神。

逮到那些跟踪我的家伙，我命令他带我去找弗拉维兹。他们是一群宦官，我认得他们原本是君士坦提乌斯身边的侍官，但唯独不见那个最受宠的欧比乌斯。

一问之下，我才知道他进了监狱——并且是弗拉维兹亲自下的令，罪名是涉嫌与提利昂合谋，刺杀了君士坦提乌斯，意图篡位。

"这是早有预谋的。一个野心勃勃的蛀虫，就是他蛊惑奥古斯都。"一脸惶然的小宦官这样形容道。

但我却无比清楚，欧比乌斯只是弗拉维兹的傀儡，被牵出来顶罪的牺牲品。

弗拉维兹在这场明目张胆的政变中俨然成了正义的勇者，不但及时命令禁卫军镇压了叛乱，保护了重臣们，更在一夜之间揪出了幕后凶手，为这帝国的舞台上演了一出引人瞩目的护国英雄的戏码。

我忽然想起昨夜的情形大火里他从容不迫的身影。

弗拉维兹就是特洛伊之战里的木马，他的势力悄无声息地渗透了君士坦提乌斯的腹地，甚至扭曲了对方的信仰。待君士坦提乌斯众叛亲离，大意之时，便由内而外一举击溃。并且在这一切结束后，将残局收拾得干干净净。

他不仅是弗拉维兹，更是尤里扬斯，一个深谙阴谋权斗之道的棋手。

这样想着，我不禁感到浑身发冷。

缓缓接近一扇窗户，我侧耳凝听，传入耳膜的是一片杂乱的议论声，仿佛坐在剧院里观演，好半天才分辨出一个略为清晰的声音。

"如今美索不达米亚北部简直就像一片没了蜜蜂的蜂巢，那样富饶又脆弱！为了避免我们的宿敌波斯人乘虚而入，我建议尤里扬斯陛下尽快择日登基，越快越好！"

"是啊！波斯对亚美尼亚垂涎已久，一定会趁着罗马群龙无首发动攻势的！"有几个人连连附和道。

这些议论令我不自禁心弦绷紧，真切体会到自己身在敌国，在一群豺狼的巢穴里。下意识将窗子推开一条缝，我向里窥望。

紫袍金边的颀长身影映入眼帘，他的四面坐着清一色白袍红襟的元老与官员们。在周围人们举手投足的喧哗的映衬下，圆台上的那个人显得异常沉静，一动不动地兀立着。从穹顶洒下的淡淡暮光笼罩在他周身，勾勒出他挺拔的脊背，让他仿佛好像一尊俊美无俦的神像，又散发着一种说不出的煞气。

"这是诸位一致的愿望吗？我的皇兄毕竟尸骨未寒，葬礼刚开始筹备，这样恐怕并不合适吧？"

慵懒平静的语调，却透着一种不露自威的魄力。他的声音并不大，却奇迹般地令室内一瞬间变得鸦雀无声。

"我希望，在葬礼后再向公众宣布我继位的事。出于对他的哀悼，我将在登基大典上亲自出演一出戏剧，歌颂他的功勋，并替他为阿尔塔莎公主正式加冕，稳固亚美尼亚的归属。诸位认为呢？"

我感到有些意外。弗拉维兹询问的语气非常谦虚，全不似君士坦提乌斯那样高高在上，独断专权，他更像一位善于听取臣民意见的希腊君王。一种有别于这个时代的，民主的古典式的统治手段——在他教我读的那些希腊古籍里存在着。

但也许，这仅仅是他的伪装而已。我不够了解弗拉维兹的内心，但有一点我敢肯定，他是一个控制欲极强的人。

"他的演说非常动人，不是吗？"旁边忽然传来一声冷冷的轻笑。

"谁？"我一惊，回过头去。

眼前站着个褐色长发的青年，也穿着一身元老的托加袍，一个十字架在他胸前闪闪发亮，眼睛炯炯有神。

"这些老家伙，真以为他会履行承诺，将一部分权力交还给元老院吗？太可笑了。这个家伙貌若圣贤者，实际上阴狠险恶着呢，不知道这些睁眼说瞎话的老家伙收了他从哥特人手里得到的宝藏，又有多少把柄被他的宦官组织握在手里！威逼利诱，可真有手段……"

他愤懑地低声斥责，说得煞有其事。

我直觉眼前这人怀着非同一般的目的，故作疑惑地打量着他，蹙起眉头："你跟我说这些干什么？"

"哦，恕我冒昧……"他朝我行了个世俗的折腰礼，敛起那种深恶痛绝的神色，"您不是阿尔塔莎公主吗？"

我点点头。

他直勾勾地盯着我，脸上浮起一丝意味不明的波纹："昨夜您也在场，就没看到什么吗？假若您愿现在走进去，说出凶手的名字，说出真相，看，那些坐在那儿沉默不语的罗马贤臣必会站起来支持您，撕下这异教徒的伪装。"

我的目光掠过尤里扬斯背后，果然发现并不是所有人都抬头仰望着他，还有一些影子藏匿在阴影里，低着头，像潜伏在平静水面下的鳄。

只等他靠近岸边，放松警惕之时，便悄然张开噬人的嘴，一拥而上。

"不瞒您说，我手中握有扳倒他的重要证据……证明这家伙结党营私，一手导演了昨夜的凶案。我们需要一个有力的证人，您代表亚美尼亚，是最合适不过的。"

神经蓦地一跳，随即，我故意露出一副无辜而震愕的表情，娘气兮兮地捂住了嘴。

"绝不能让这异教徒登上帝位，公主殿下。亚美尼亚人与罗马人一样是上帝的子民，不是吗？这是光荣的使命。"他凑得很近，尽力蛊惑我。

我抬起头直视他，嘘声："但不是现在。假如你方便的话，我想私下与您商讨……今晚午夜时分，我在那儿等您。"

我指了指宫殿后靠海的那座花园。助弗拉维兹坐上帝位本就是国王陛下的意思，我杀了这家伙不算渎职。

于是这找死的家伙心满意足地离开了，临走前还冲我笑了笑。

我盯着他的背影，暗自谋划着杀死他的方法。

勒死，伪装成上吊自杀？这样，也便于弗拉维兹找到托词……

没走出几步，迎面遇上一队来人。我认出那一袭紫黑纱从头披到了脚的女人正是皇后海伦娜，下意识地避开来。

"阿尔塔莎公主，请留步。"

刚转过身，我便被叫住了。

海伦娜的脸色异常憔悴，满脸泪痕，全然是一位悲痛欲绝的模样，丝毫没有前几日的美艳风采。

"皇后陛下，请您节哀……"我僵硬地朝她行了个礼。

她拭去脸上的泪痕，脸上浮起转瞬而逝的笑意，声音很轻："公主殿下一定是个知道分寸的人，不会乱说话的，对吗？"

我心下了然：大概是担心我进元老院说什么对弗拉维兹不利的话。

我面无表情地摇摇头："这是罗马的内务，我不宜插足，正准备离开呢。"

"原来是这样。"她抬起手拨了拨被风吹乱的鬓发，紫色的指甲划过黑纱，将它扯紧了些，从我身旁走过。碍于礼节，我毕恭毕敬地目送她。与我擦肩而过时，她忽然像踩着了裙子，趔趄了一下。

我本能地伸手去扶，她便一下靠在我身上。一股寒意侵身，让我泛起一种说不出的恶心感。

我直觉这女人很不对劲，她给人的感觉像个女巫。但一般的诅咒并不那么容易侵蚀武者，尤其是我们这种杀人如麻的军人。我冷冷地盯着她的手，面露凶煞。

皇后显然被我震慑住了，悻悻地站好了。

"阿尔塔莎公主打算什么时候离开呢？"她的声音轻得几不可闻，"我的父亲身边有个侍女很不寻常，被我的丈夫发现后，把她关到了监狱里。她的口音跟您真的很像……"

——是苏萨！

这念头在我心中爆炸。

她揣度着我的神色，微笑了一下，一个什么东西从黑纱下落到了地上。我定睛一看，那是一串骨头手链，的确是属于苏萨的。

"最好您能在葬礼结束前带她一起走，不然，她就要被公开审判了。那对您没什么好处。"她咯咯笑起来，"我的父亲已经知道你们是波斯人了。"

"那又怎样呢？将你们皇帝的死公开算到波斯头上，好有足够的理由开战？"惊愕过后，怒火自我胸中腾起，我盯着她——这个女人不是个花瓶一样的简单角色，她的背后藏着盘根错节的势力。

"您说呢？"她意味深长地眨了眨眼，便朝元老院走去。

我深吸了一口气，捡起地上的手链，迅速离开了这个是非之地。

天色已经全暗，穿过广场时，我不自禁地顺着那个古希腊地球仪形状的雕塑朝天穹中望去，繁星在黑暗中似乎交织成不祥的天兆。

诚然我坚信波斯一定有与罗马对决的实力，但假使因为我们的行动曝光而引发一场突如其来的战火，对与罗马停战不久还未从战争中恢复元气的波斯不死军没有任何好处，这必不是希望与罗马保持和平的国王陛下希望看到的。

即使他不降罪于我，我也没有颜面活着回到波斯。而这罪咎牵连伊什卡德和一手栽培我的养父，更是我万万不愿看见的。

不觉间，我已走入了广场背后的花园中。

一片浓稠的黑暗里，密林婆娑作响，空气中弥漫着一种泥土的腥味。这是个杀人的好地方。

警惕地观察着周围的环境，我抽出腰带攥在手里，静静等待着。

不知过了多久，一个身影终于鬼鬼祟祟地走进了林间，我稍稍制造出了一点动静，便听那边唤道："阿尔塔莎公主？"

"我在这儿。请进到里面来说。"我回应道，一面朝花园深处走去，他亦步亦趋地跟上前来，三步并作两步地追上了我。

临到一片人工湖前时，我停了下来。那男人靠近我，我抬起膝盖踢中他的下巴，勒住他的脖子，只容他发出一声闷哼，就利落地勒断了他的气管。

我看着他目眦欲裂的尸体，心里如落重石。

——这下子，他无法用手里的证据威胁到弗拉维兹了。

正要将腰带挂上树枝，制造一个自杀的假象时，我忽然听见背后响起一阵窸窸窣窣的碎响，是靴子踩在落叶上的动静。我浑身绷紧，没料到自己向来似野兽般的灵敏感知力下降到了这种地步，连敌人靠得如此之近，也浑然不知。

"谁允许你做这种事情的……阿硫因？"低沉的声音自暗处飘来。

我愣了一愣，回过身去。

"我没有猜错的话，你是为了我？"

我浑身一僵："先……先处理尸体再说吧。"

"我给你添麻烦了吗？"我不自禁地问。

"没有。我早就替他挖好了坟墓，你只是提早了他的死期。"

"他一定不是一个人，背后还有……"

他轻轻"嘘"了一声："这些事不用你替我担心。我会把我的障碍一个一个除掉，不会像我的堂兄一样把自己置于腹背受敌的境地。"

我瞥了一眼那具尸体，按那成亡魂的家伙说的，假如弗拉维兹真的暗中贿赂并控制了一部分重要朝臣，那么我的确多此一举。他不再是过去那个孱弱的青年，而是一位皇权在握，即将有能力执掌整个罗马命运星轨的君王。

"我真意外……你会为我做这样的事。不过我不希望你为了我弄脏自己的手。"

还是当年那般的语气。

我深吸一口气，喉头酸涩："我的手早就染满鲜血了。离开你以后我去当了武士，杀的人不计其数，你当我还是以前的孩子？"

不知怎么，这种话就脱口而出了，完全不像我。我从不善于表露自己的心声，却在弗拉维兹面前轻而易举就破了例。

——当我还是以前的孩子。

"是啊，从奴隶展台上第一眼看见你牙尖爪利的模样，我都差点认不出来了。"他把手伸向我，"走，我带你去个地方。"

"哪儿？"

他将我拉上马背，扬鞭策马，带着我像离弦之箭一样飞驰出去。

淡咸的海风迎面拂来，夹杂着连绵的雨，转瞬就织成一片雨雾。也许是因为重大的变故，街道上人烟稀少，潮湿的灰白石地在灯火照耀下泛着一层金色的光，映出我们踏马飞驰的影子，恍若置身于茫茫大漠里的海市蜃楼之中，虚幻得过分。

但美好永远转瞬易逝，正如海市蜃楼不过是一刹那的幻景。

我抬起眼皮，目光迷失于蒙蒙雨雾中，不自禁地伸手去接。

胸腔仿佛浸透了雨水，潮湿鼓胀，连呼吸都困难。

不知不觉间马速慢了下来，跑进一片废墟之中，在一座孤零零伫立着的白色建筑前停了下来。它就像是我们曾经待的那座神殿，只是没有那样长的阶梯，而且门被一块石壁封死了，上面刻着些密密麻麻的拉丁文与图腾。

"这是哪儿？"我跳下马，疑惑地打量这里。

弗拉维兹走到那扇缺了一半柱子的拱形石门前，伸手点过几个地方，所触之处立刻凹陷下去。是机关。果然，门后传来"咔嗒"一声，石门轰然开启，露出一道向下的阶梯，里面传来流水滴淌的声响，似是一个空旷的地下水宫。

"我重生之地。"

弗拉维兹回头做了个邀请的姿势，盯着我似笑非笑。我猛然一愣，如被引渡的魂魄随他逐级而下，凉风袭面而来，隐约似夹杂着女人的轻吟浅唱，仔细听去又仅仅是风声水声。几簇火光在两旁自动亮起，成串落下的水珠如星辰璀璨，自一根根石柱之间结成半透明的水帘，四周雾气氤氲，神秘莫测却又诱人深入。

因为四下无人，弗拉维兹取下了面具，侧颜被光线勾勒得清晰。他的正面与过去算不上太相似，从侧面望去，倒是并无二致。

从石廊尽头出去是一个空旷的石殿，神龛的位置空荡荡的没有神像，凿空的凹槽里只孤零零地放置着一个石盒。

一左一右蔓藤纠缠的两个粗壮石桩底下压着的两个圆形石雕，一个朝前，一个朝右，便是美杜莎的头颅，仿佛已在这黑暗古老的秘境沉睡了千年，眼窝里燃着焰火，灼灼逼视着误踏此地的来人，向他们施以传说中那可怖的诅咒。

我的目光被那神龛的石盒吸引。

一道已经生锈的铁锁扣住了盒盖，它的外表很朴素，什么雕纹也没有，只有一串字母，似乎是个古老的拉丁词汇。

这古怪的盒子似藏着奇妙的魔力，诱使我伸出手触摸。

"别动它，它很危险。"

想起希腊传说有关美杜莎的故事，我心疑这盒子里藏着什么诅咒，本能地退了一步，被弗拉维兹按住了肩膀："放心，美杜莎不会把你变成石头。她只惩罚欺骗者，报复背叛者。"

"还记得怎么写我们的名字吗，阿硫因？"弗拉维兹将一块碎石塞到我手心。

鼻腔突如其来地发酸。

见他一笔一画刻下我的名字，我也深深地刻下去，在自己的名字旁边加上"弗拉维兹"，一如我们小时候。

"我真高兴你没有忘记。"耳边响起弗拉维兹低低的沉吟。

"我不会忘。也从来没有忘过。"

"你将来会留在罗马吗？"他问。

我沉默了一会儿。

"你会成为罗马的皇帝，而我是个波斯人。"我有些艰难地说，"弗拉维兹，我有个请求，你能不能把……"

我的舌头打了个抖："把另一半战狼军符，交给我？"

弗拉维兹嘴唇微勾，脸上却毫无笑意，半眯着眼："想回波斯了？想回去效忠你的国王陛下？"

他着意强调了末尾的词，别有含义似的。

心像被什么攥紧往下拖，我一向不擅长拐弯抹角，更别提揣摩弗拉维兹深不可测的心思，索性坦白："我从军时就立过重誓，终身尽忠职守，绝不叛国。"

"那你对我发的誓言呢？"

我浑身一震，僵立在那儿，恍惚间手里抱着他的尸骸，跪在神像前痛哭流涕。失去他那种悲伤刻骨铭心，一回忆起来就让我心悸得发抖。那时的我无比奢望他能死而复生回到身边，却未曾想过，若干年后真的会重逢，又是这种处境。

"将军符交回波斯以后，我会申请……退役。"心脏如悬在天平，左右倾斜，摇晃不定。

然后呢？回到罗马？回到这片不属于我的异邦？我摸了摸掌心习武的薄茧，攥紧了拳头。

阿硫因，不要对你无法确定的事许下任何承诺。

养父的告诫在耳边回荡。

我甚至不敢抬头看弗拉维兹的表情，仿佛成了一个犯了错的怯懦的孩子。

他笑了一下："好，我相信你，我相信你不会与我为敌。"

在清晨的微光中，弗拉维兹带我穿过行人寥寥的罗马古道。我在这狭窄幽深的迷宫里昏昏欲睡。

斑驳的光线掠过眼缝，湿漉漉的风拂过脸颊，像时光从生命中过境一样留下转瞬即逝的痕迹。这一刻是如此温柔，让我几乎不愿醒来。

但不论是美梦或是噩梦，总会有结束的时刻。

在经过一个深巷时，弗拉维兹忽然勒马，马惊厥的嘶鸣叫我一下子惊醒了。

巷口的阴影深处，静静立着两个骑马的人影，拦住了我们的去路。

尽管来人蒙着黑色头巾，我依然一眼辨出那竟然是伊什卡德与塔图。

"早就料到他们不会一走了之。放心……我不会允许他们把你带走。"耳畔的轻笑温柔阴戾，"你也不会走的，是不是？"

我从伊什卡德的眼睛中窥见了一种可怕的杀意。

他想杀掉弗拉维兹，我毫不怀疑这点。

即使他顾忌王命不杀掉弗拉维兹，此刻也不会手软放他安然回到皇宫，顺利登上帝位了。但我尚存希冀，还有其他方式拿到军符。即使是从弗拉维兹眼皮底下窃取，也比正面冲突好。

"塔图，让开。"我知道劝不动伊什卡德，索性从塔图入手。

说罢我想下马，弗拉维兹却一把拉住我，没有半点放手的意思。

"你是男人吗？尤里扬斯！像个女人一样躲在人质的背后？怎么，没有哥特人的保护，你就手无缚鸡之力吗？"伊什卡德的目光在我身上流连了片刻，盯向了我的背后。

他缓缓踱近，抽出腰间的月勾刀划过身侧墙壁，刃石相击，发出刺耳的摩擦声。

我从来没有见过他用这种语气说话。像头噬人的恶狼，要把弗拉维兹撕成碎片，颇有种丧心病狂了的意味。

他想杀了弗拉维兹。

弗拉维兹的手动了一动，我按住他的手腕，提高音量："塔图！"

塔图的手中银光一闪，向我身边袭来。

我灵敏地抬手接住，但反应比以前慢了一瞬，刀柄迅速滑过我的掌心，锋利刃割破了我的手指。我松了一松，克服了疼痛，握紧。

我知道塔图是要我对付弗拉维兹，我离他近在咫尺，拥有最快制服他的优势。但我只是像个木头一样保持着握刀的姿势，一动也没动。

"阿硫因！你知道他干了什么吗？"塔图扯下面巾，仍是惯常那副蔑视他人的笑容，眼里却充满了怒火。

"什么？"我下意识地问，心底涌出一种不好的预感。

"你知道其他人去哪了吗？"伊什卡德转了转手中的刀，寒光直刺我的眼睛。

我握刀的手颤了一下，呼吸不稳："弗拉维兹，你是不是对他们做了什么？你……杀了他们？"

"不，只是关起来了而已。"弗拉维兹在我耳畔轻描淡写地幽幽道，"为了防止他们在我登上帝位前动什么手脚。你知道，毕竟是外来客，我不能不防。"

"等你登上帝位，就会放他们离开了？"我松了口气，心底发寒。

我有理由推断伊什卡德与塔图是漏网之鱼，假如他们没有侥幸逃脱，可能弗拉维兹会将他们悄无声息地一举剿灭，而不是关起来而已。

防守是一方面，也许，他还想彻底斩断我与波斯的联系。

"当然。但是我只答应放他们走，并不包括你。"他一字一句道。

这句话音刚落，我就看见伊什卡德的刀出了鞘，脸上阴云密布："干脆砍了你的手脚，送去罗马皇宫，也许我们还会快一点拿到战狼军符。"

"哦？"弗拉维兹的声线一挑，"原来你们是惦记这个。请替我转告伟大的沙普尔国王陛下，将来我亲自把军符交给他。"

亲自？还没来得及咀嚼这话中深意，一阵突如其来的锐器破风之声不知从哪里传来，砰地在地上爆开一簇火花，刹那间点燃了地上的杂物，火势蔓延开来。

马受惊了，高高仰起前蹄。弗拉维兹一把抓紧缰绳，马飞也似的疾奔出去。

一道飓风式的身影迎面冲来，一把抓住了我的手臂，寒芒从斜面劈来。唯恐伊什卡德伤到弗拉维兹，本能驱使我纵身一跃扑向他，将他撞在墙上。

一刹那伊什卡德震愕地僵在那儿，显然没料到我会这样做。

我被他的目光所慑，忙松了手退后几步，余光一扫，瞥见塔图冲了过来。

交锋发生在电光石火之间，弗拉维兹俯贴马背，堪堪从塔图凶猛的刀势下避过，旋身勒了住马。火势蔓延得更大了，四周弥漫起呛人的烟。

"不是我，这里有其他人。"弗拉维兹向我解释，身体姿态很僵硬。我看得出来他惧怕火，但仍然站在火源边缘不动，眯眼看着我，似是等待我做选择。

伊什卡德一把抓住我的胳膊，我挣开来，拳头在胸口捶了一下，用口型念着入伍的宣誓，这手势代表波斯军人永不叛国。他的眉头蹙了一蹙，黑沉沉的眼睛里搅起一丝波痕，终究没来拦我。他还是相信我的。

我越过塔图，弗拉维兹纵马跨越火堆，将我拽到马上。可掉转方向的一瞬间，一个白色身影自巷子的另一头猝然跃入了视线。

他在火光烟雾中兀自站着，让我恍惚置身那经年萦绕不散的梦魇之中，分不清是现实还是幻觉。

"弗拉维兹……"我不可置信，"我刚才好像……看见了你。过去的你。"

风声猎猎，弗拉维兹的声音缥缈得几不可闻："我在这儿，你为什么还惦念我过去的影子呢？"

连我自己都不知道这个问题的答案。

我摇摇头，什么也没说，心里腾然生出一丝异样的感觉。

弗拉维兹带我从一个隐秘的皇宫后门回到宫殿。宫里肃穆而沉寂，弥漫着一股死者的气息，宦官们在张罗君士坦提乌斯的葬礼。似乎没有人发现密林里的那具尸体，又也许已经有人察觉，但不敢声张地暗下处理掉了。

弗拉维兹还没有正式登位，但他已俨然是这座皇宫的新主人，路过的每个侍从和宦官都向他俯首致以觐见皇帝的礼仪，却对我露出一种鄙视的眼神。

我低着头，避开这些目光，仍然感到如芒在背。

他们在心里一定将我视作趋炎附势的奴隶、叛国者。

这种感觉让我一刻也不能忍受。

我加快了步伐，急匆匆地越过了弗拉维兹。我疾走了一段，在错综复杂的宫廊间甩掉了他。

满目庄严艳丽的壁画，璀璨夺目的水晶灯，精雕细琢的罗马圆柱。

这偌大华美的宫廷里，竟没有一处让我感到平静，没有一处是我的容身之所。就像在当年那个天堂似的神殿里一样，令我窒息。

七年前我曾以为假如弗拉维兹回来，我愿牺牲一切去换，乃至自己整个世界。

七年后我被关进他精心打造的牢笼，才发现自己早已不是当年一无所有的囚徒。

我品尝过自由的滋味，拥有捍卫自己的能力，又怎会再甘愿回到囚笼？

我厌倦了这座皇宫，我向往自由的生活。

淡淡的阳光投射到脚边，大理石地板上映出我的影子。我想念与我的同伴在沙场上、在山地、在大漠里骑马飞驰、并肩作战的那些日子。

那才是我，阿硫因，一个不死军人。

© 团结出版社，2024 年

图书在版编目（ＣＩＰ）数据

宿命之舞 / 崖生著 . -- 北京：团结出版社，
2024. 12. -- ISBN 978-7-5234-1486-6

Ⅰ . I247.5

中国国家版本馆 CIP 数据核字第 20245SV079 号

责任编辑：韩孟臻
封面设计：木南君

出　　版：团结出版社
　　　　　（北京市东城区东皇城根南街 84 号　邮编：100006）
电　　话：（010）65228880　65244790
网　　址：http://www.tjpress.com
E-mail：zb65244790@vip.163.com
经　　销：全国新华书店
印　　装：三河市兴博印务有限公司

开　　本：145mm×210mm　　32 开
印　　张：7.75　　　　　　　　　　字　　数：193 千字
版　　次：2024 年 12 月　第 1 版　　印　　次：2024 年 12 月　第 1 次印刷

书　　号：978-7-5234-1486-6
定　　价：49.80 元